「やっぱりイツキくんは凄いね！」
霜月アヤ
祓魔師の名家に生まれた女の子。
イツキとは別の小学校に通うことになったが、
幼馴染として交流は続いている。

凡人《ぼんじん》転生《てんせい》の努力《どりょく》無双《むそう》 2

～赤ちゃんの頃から努力してたら
いつのまにか日本の未来を背負ってました～

An Epic of a Mediocrity Reincarnated and Striving.

シクラメン

イラスト：夕薙

序章　悪夢の覚め方

夢を見ていた。

『おまッ、お前だろッ！』

不気味な男の口から放たれる鈍《にぶ》い声。到底《とうてい》、マトモとは思えない声。人のものではない声。

『導糸《シルベイト》』を編もうとして、手元で魔力《まりょく》を練る。だけど魔力《まりょく》が散ってしまう。糸にならない。形にならない。男が俺のところに踏《ふ》み込む。ナイフが刺《さ》される。

刃物《はもの》が俺の心臓を貫《つらぬ》く。

痛みで倒《たお》れる。男が俺にのしかかってくる。それを押しのけようとするのに、俺の手はまるで子どもに戻《もど》ったみたいで、宙を空振《からぶ》った。

血が溢《あふ》れて息ができなくなる。陸に打ち上げられた魚みたいに呼吸ができなくなる。

視界が暗くなる。どんどん見えなくなっていく。

せっかく魔法《まほう》の練習をしたのに。頑張《がんば》って強くなったのに。

全部、無駄《むだ》だったのか。全部、意味が無かったのか。

嫌《いや》だ。こんなの、あんまりだ。

死にたくない。

その瞬間《しゅんかん》、隣《となり》からどん、と蹴《け》られて目が覚めた。

「はぁっ、はぁっ！」

身体《からだ》を起こす。パジャマが寝汗《ねあせ》でぐしょぐしょで、喉《のど》はドライヤーでも当てたんじゃないかってくらいに渇《かわ》いている。横を見ると、隣《となり》で寝《ね》ているヒナが俺の脇腹《わきばら》を蹴《け》っていた。妹の寝相《ねぞう》の悪さが心配になる。だけど、それに助けられたのも事実。

俺は深呼吸をして、身体《からだ》を起こすとヒナの身体《からだ》からずり落ちている毛布をかけなおした。

そして、立ち上がる。

着替《きが》えないと、とてもじゃないがもう一度寝《ね》つけないくらいには気持ち悪かった。俺は寝《ね》る前まで見ていた小学生用の国語辞典――魔法《まほう》の名前を付けるためのもの――を、自分の机の上に移動させて、隣《となり》のカラーボックスから新しいパジャマを取り出した。

その場で着替《きが》え、脱衣所《だついじょ》に脱いだパジャマを持っていこうとしたのに……少し迷った。

雷公童子《らいこうどうじ》のせいで家が壊《こわ》れたので普通《ふつう》のマンションに引《ひ》っ越《こ》してから、一ヶ月。それだけ経《た》っているのにまだ間取りに慣れなくて困る。

家を建て直すまでの間とはいえ、こっちのマンションに住み始めてから変な夢を見ることが増えた。多分、まだ新しい家に慣れていないんだと思う。

パジャマを洗濯《せんたく》かごに入れてから、水を飲むためにキッチンに向かう。

真っ暗なキッチンの灯《あか》りを入れてから、導糸《シルベイト》を伸《の》ばし高いところにあるコップを取った。

良かった。ちゃんと、魔法《まほう》が使える。

さっき見ていた悪夢を振《ふ》り払《はら》うように、ぶんぶんと顔を横に振《ふ》ると水を飲み干した。

「……ふぅ」

強くなろうと思った。

強くなるために色んな手段を試《ため》してきた。

魔力《まりょく》を増やす訓練もそうだし、何より魔法《まほう》の詠唱《えいしょう》もその一つ。

父親から教わったのだが、一流のスポーツ選手たちが試合に挑《いど》む前にルーティンを大事にするように、祓魔師《ふつまし》たちも魔法《まほう》の威力《いりょく》を安定させるためにルーティンを持っているのだと。

だから魔法《まほう》名を口に出すことをルーティンにした。

そして、何度も魔法《まほう》の練習を繰《く》り返してきた。

だが……俺は本当に強くなっているのだろうか。

その疑問は、ずっと拭《ぬぐ》えない。

拭《ぬぐ》えないからこそ、俺はコップを置いて自分の部屋に戻《もど》る。戻《もど》ってからすぐに、辞典の隣《となり》に置いてある雷公童子《らいこうどうじ》の遺宝を手にとって導糸《シルベイト》を垂らした。

瞬間《しゅんかん》、糸の色が金に変わる。雷公童子《らいこうどうじ》の魔力《まりょく》に導糸《シルベイト》が共鳴する。

雷公童子《らいこうどうじ》の使っていた『雷魔法《かみなりまほう》』を使えるようになる。それが最近の目標だったので、眠《ね》気《け》が来るまで練習を再開することにした。

そうして俺が雷魔法《かみなりまほう》を使おうとした瞬間《しゅんかん》、バチッ！　と、音が鳴って紫電《しでん》が爆《は》ぜた。

慌《あわ》ててヒナを見る。幸いなことにヒナの眠《ねむ》りは深く、今の音で起きはしなかった。

それにほっと安堵《あんど》の息を吐《は》きながら、もう一度導糸《シルベイト》を垂らす。次は静かに、音を立てないように。

そうやって魔法《まほう》の練習をしていると、少しは死の恐怖《きょうふ》から逃《のが》れられる気がするから。

「……強くならないと」

何度そう思ったか分からない。

いつまで経《た》っても振《ふ》り払《はら》えない恐怖《きょうふ》によって、俺は突《つ》き動かされている。

第一章 誘い

雷公童子《らいこうどうじ》を祓《はら》ってから、三ヶ月が経《た》った。

ついに俺は六歳を迎《むか》えた。誕生日にはパーティーを開いて貰《もら》い、さらにケーキとプレゼントを貰《もら》った。誕生日プレゼントは、雷公童子《らいこうどうじ》の遺宝を加工したシルバーネックレス。

前世ではネックレスなんて着けたことも、買ったこともなかったのだが、まさか現世で着けることになるなんて思わなかった。人生何があるかさっぱり分からない。

ちなみに、遺宝がネックレスになった理由なのだが、

『他の祓魔師《ふつまし》たちはピアスや指輪にして身につけているものだが……。まだイツキは幼いからな。ピアスなどもっての外であるし、指輪も成長期を迎《むか》えれば指に嵌《は》まらなくなるだろう。だからネックレスが良《い》いと思ったのだ』

なんて、父親から教えてもらった。

確かにそう言われるとネックレスしか選択肢《せんたくし》が無いように思える。というか指輪はしょうがないとしてもピアスは痛いから穴を空けるのが怖《こわ》い。

そんなことを俺が思い出したのは、父親の車に乗り込む瞬間《しゅんかん》。

首にかけている雷公童子《らいこうどうじ》の遺宝がちらりと目に入ったので、そんなことを思った次第《しだい》である。

ちなみに車に乗りこむ理由なのだが、急に父親から『用事があるので一緒《いっしょ》に行こう』と呼ばれたから。あまりにも急だったので、シートベルトを着けながら目的地を尋《たず》ねた。

「どこ行くの？」

「『神在月《かみありづき》』家だ」

返ってきたのは意外な答え。てっきり、仕事に行くのかと思ってた。

「どうして？」

「イツキが破魔札《はまさつ》を使っただろう？　新しいものが出来たから受け取りにいくのだ」

父親がそう言うものだから、俺は「むむ」と唸《うな》った。

神在月《かみありづき》家のアカネさんから手放すなと言われていた破魔札《はまさつ》は雷公童子《らいこうどうじ》の腕《うで》を吹《ふ》き飛ばしたときに消えてしまっている。新しいものを貰《もら》えるなら、ぜひ向かいたい。

「それにな、パパとしてもイツキのことを話しておきたかったのだ」

「僕のことを？　どうして？」

「そうだな。イツキには話しておかないとなるまい」

父親はコンビニで買ったばかりのコーヒーを飲んで、「あつ」と漏《も》らした。

「イツキが雷公童子《らいこうどうじ》を祓《はら》っただろう」

「うん」

「あれが祓魔師《ふつまし》のコミュニティで話題になっていてな」

コミュニティで話題……？

そもそも祓魔師《ふつまし》のコミュニティがあるというのが初耳なのだが。コミュニティってどこにあるんだ。ネットか？　ＳＮＳみたいになってるのかな。

「どんなことを言われているの？」

「簡単に言うと雷公童子《らいこうどうじ》を祓《はら》ったことで三つの派閥《はばつ》ができているんだ」

「……はばつ？」

これまた予想していなかった言葉に、思わずオウム返しをしてしまう。

なんか思ったよりも大事になってそうだな。

「うむ。確信派、疑惑《ぎわく》派、否定派というべきか。確信派はイツキに『もっと強くなってもらって日本にいる他の第六階位の〝魔《ま》〟を祓《はら》ってもらおう』と思っている派閥だ。他の二つはイツキが雷公童子《らいこうどうじ》を祓《はら》ったことを疑ったり、嘘《うそ》だと思っている感じだな」

「え、でも僕、雷公童子《らいこうどうじ》の遺宝をもっているよ」

胸にあるシルバーアクセサリーを触《さわ》りながら答える。

流石《さすが》にあの戦いを『嘘《うそ》』と言われるのは心外だし、むっとする。

「疑惑《ぎわく》派と否定派はイツキではなく、パパが雷公童子《らいこうどうじ》を祓《はら》ったと思っているみたいでな」

「……む」

そう言われると、疑惑《ぎわく》派と否定派の気持ちも分からなくない。

六歳になりたての第七階位と、片目に眼帯をしている歴戦の第五階位だったら、後者の方が祓《はら》ってそうと俺だって思ってしまう。

「イツキも思うところはあるだろうが、この二派は放っておいて何も問題ないのだ。そもそも祓《はら》ったと信じていないんだからな。何も行動《アクション》は起こさないだろう。問題なのは確信派だ」

「僕が雷公童子《らいこうどうじ》を祓《はら》ったと思ってる人たちだよね？」

何が問題なんだろうか。というか、祓《はら》ったと信じているなら父親だってレンジさんだって、ここに入るんじゃないの……と思っていると、父親が続けた。

「過激派の主張はな『イツキを学校に通わせず、ひたすら特訓させろ』と言っていたり、『許嫁《いいなずけ》をあてがって子どもをたくさん作らせろ』と言っていたりするのだ」

「……う」

思わず、小さく唸《うな》った。

学校に通っている時間で、魔法《まほう》の練習や近接戦の訓練をする。そうすれば、その時間だけ強くなる。これは当たり前の話だ。一時間の訓練しかしていない人間と、百時間やった人間には天と地ほどの実力差が生まれてしまう。それが百時間と千時間なら、なおのことだ。

もちろん、俺もその選択肢《せんたくし》を考えなかったわけではない。

でも、もしそうなると俺って最終学歴はどうなるんだろうな？

保育園にも幼稚園《ようちえん》にも通ってないから学歴無しになるのかな。

「パパもイツキが強くなるのには賛成だが、せめて学校には行って欲《ほ》しい。祓魔師《ふつまし》でない知り合いや、友達をたくさん作って欲《ほ》しい。人生は仕事だけではないからな」

深くため息をついた父親に対して……俺はしばらくの間、何も言えなかった。

前世で同じことをただ繰《く》り返していた俺には『人生は仕事だけではない』という言葉が、とても眩《まぶ》しく思えたから。

確かにそれはそうだ。俺もその言葉を否定できない。

けれど仕事の合間に、休みの日に、適当な動画を見ながらソシャゲをして、時間を浪費《ろうひ》していくだけの人生は果たして『仕事だけじゃない』と胸を張って言えるのだろうか。

そんなことを、ふと思った。

「無論、仕事をしないと生きてはいけないがな。それでも、パパはイツキの人生を仕事ばかりで終えて欲《ほ》しくないのだ」

「……うん」

俺は頷《うなず》くと同時に、さっきまでのナイーブな考えを吹《ふ》き飛ばした。

つまらない日常を繰《く》り返すだけの人生は、前世までの話だ。

現世で前世と同じ人生を歩む必要なんてどこにも無いのだ。スタンプラリーのように決まった枠《わく》に同じ形のスタンプを埋《う》めるんじゃなくて、もっと楽しい人生を送ったって良いのだ。

だとすれば、それは訓練だけするのも同じ『逃《に》げ』じゃないだろうか。決まったことを繰《く》り返し、変化に飛び込まないことを俺はどこかで肯定《こうてい》しようとしていたんじゃないのだろうか。

それは果たして、前世と何が違《ちが》うのか。

せっかく生まれ直したのに、同じことを繰《く》り返すのはあまりにもったいない。

前世の呪《のろ》いに縛《しば》られてしまうのは、あまりにもったいないじゃないか。

だから現世では同じ過《あやま》ちは犯《おか》さない。俺は、変わりたいのだ。

「ちなみに話を戻《もど》すと、許嫁《いいなずけ》になりたいという人物は既《すで》に三十人ほどでている」

「……う？」

「全員、二十歳《はたち》以上だから断っておいたが」

現世での決意を固めた俺に、父親がそう言ったのが一番の驚《おどろ》きだった。

俺まだ六歳だよ⁉　なんで二十歳《はたち》以上の人から許嫁《いいなずけ》の話が来てるの！

「それにな、この確信派なのだが……どうにも、イツキが雷公童子《らいこうどうじ》を祓《はら》ったというところから始まって根も葉もない噂《うわさ》を流しているようでな」

「うわさ？」

「イツキが二メートルある巨人《きょじん》だとか、雷公童子《らいこうどうじ》を喰《く》ったとか、五歳じゃなくて五十歳だとか。そういう荒唐無稽《こうとうむけい》なものばかりだ」

それは愉快犯《ゆかい》なんじゃない……？

そう思ったけど俺は口に出さず、気になっていたことを投げかけた。

「でも、パパ。それがどうして神在月《かみありづき》家に行く話につながるの？」

「あそこは祓魔師《ふつまし》たちの統括《とうかつ》を行《おこな》っているからな。アカネ殿《どの》から確信派に落ち着くよう声をかけて貰《もら》えれば、それで沈静《ちんせい》化するだろうと思ったのだ」

統括《とうかつ》ってことは、祓魔師《ふつまし》たちのリーダーみたいなものか。

他の家の当主たちがみんな男なのに、あの人だけ女性だし、みんな敬語を使っているから只《ただ》者《もの》じゃないと思っていたんだけど、そんなに偉《えら》かったのか。

「パパがやるのじゃダメなの？」

「やろうとしたらレンジから『余計炎上《えんじょう》するからやめろ』と釘《くぎ》をさされた」

そりゃそうだ。

「とにかく沈静《ちんせい》化は早ければ早いほどに良《い》い。噂《うわさ》が広がるのは一瞬《いっしゅん》だからな」

そう言って父親は苦い顔をする。

変わると決意したばっかりだし、そもそも学校に通えず友達が作れないのは嫌《いや》だけど、それくらいの噂《うわさ》なら放っておいても良いんじゃないかな。ダメかな。

まぁ噂《うわさ》なんてどうでも良いが、せっかく神在月《かみありづき》家に行くのだったら破魔札《はまさつ》のお礼をしたい。

あれがあったおかげで、俺は命を繋《つな》ぐことが出来たのだから。

そんな感じで高速に乗っていると新しくなった防音壁《へき》が目を引いた。

……俺が祓《はら》ったときのやつだ。

五歳の『七五三』に向かう途中《とちゅう》で出てきたモンスターが壊《こわ》した壁《かべ》が修理されていた。

まだあの事件から数ヶ月しか経《た》っていないのに、散乱した瓦礫《がれき》はおろか、道路だって瓦礫《がれき》のせいで穴が空いたとは思えないほどに綺麗《きれい》になっている。

人間ってすごいなぁ、とインフラ整備の凄《すご》さに驚愕《きょうがく》している間にも車は進み流石《さすが》に今回は何事もなく神在月《かみありづき》家に着いた。


久しぶりに見る長い階段を上ると、そこにはアカネさんが別の女の人と談笑《だんしょう》しているのが見えた。その女の人が着ているのは、何だか変な服装。黒いスーツのようで、もっと中世的。そして、首には銀のロザリオを吊《つる》している。

吊《つる》しているのだが、それよりもまず気になったのはアカネさんの髪《かみ》の毛の色で、

「あれ、アカネさん。髪《かみ》の色が……」

前まで金髪《きんぱつ》だったアカネさんの髪《かみ》色が、どぎついパステルピンクになっていたのだ。

俺がそれに気がついて声を出すと、それに気がついたアカネさんが片手を上げて、俺のところにやってくる。

「おう、イツキ。よう来たの。これはいめちゃんじゃ。似合っておろう」

「いめちぇん……？」

え、あれ？　巫女《みこ》ってイメチェンありなの？

というか、あの金髪《きんぱつ》って地毛《じけ》じゃなくて染めてたの……？

困惑《こんわく》が困惑《こんわく》を呼んでいる俺をよそに、アカネさんの隣《となり》にいた女の人も近づいてくる。そして、中腰《ちゅうごし》になると俺に目線を合わせる、にっこり笑った。

青い瞳《ひとみ》。そして、金の髪《かみ》。明らかに日本人じゃない。

「はじめまして、イツキさん」

「は、はじめまして……」

その見た目に反して、びっくりするくらい流暢《スムーズ》な日本語。戸惑《とまど》いが重なりまくって、思わず返事の声が小さくなる。

だ、誰《だれ》？　この人……。

その疑問が顔に浮《う》かんでいたのだろうか。その女の人は続けて自己紹介《しょうかい》をしてくれた。

「私はイレーナ。イギリスの祓魔師《エクソシスト》です」

日本人じゃないとは思っていたが、まさか本当に外国の人だったとは。

てか、エクソシストってなんだ？　あぁ、祓魔師《ふつまし》のことか。

でも、なんでまた日本に。仕事かな……？

などと、俺があれこれ考えていると隣《となり》にいたアカネさんが、ぱん、と手を叩《たた》いた。

「細かい話は後じゃ後。まずは上がれ。座《すわ》って話をしようぞ」

そう言ってアカネさんが屋敷《やしき》に向かうものだから、俺は思考を中断。その後ろを追いかけた。

アカネさんは自由気ままに草履《ぞうり》を脱《ぬ》ぎ捨てて屋敷《やしき》に上がり込むと、その横ではイレーナさんがしっかりと靴《くつ》を揃《そろ》えて上がる。どっちが日本人か分かったもんじゃないよ、これ。

「さて、調子はどうじゃ。宗一郎《そういちろう》。家が壊《こわ》れたと聞いたが」

「今は瓦礫《がれき》の撤去中《てっきょ》です。建て直しはこれからですが……全部が終わるのは六月か、七月くらいにはなりそうです」

「随分《ずいぶん》とかかるな。建て直しとなるとそれくらいが相場か。金は足りておるか？」

「はい。ご心配なく」

「何より」

アカネさんはそのまま俺たちを大きな和室に案内してくれた。

雷公童子《らいこうどうじ》に壊《こわ》されるまで住んでいた我《わ》が家《や》も相当でかい家だったが、神在月《かみありづき》家はその規模が一つや二つ違《ちが》う。壁《かべ》にはなんか高そうな水墨画《すいぼくが》の掛《か》け軸《じく》がかかっているし置物の七福神？　か、何かの木彫《きぼ》り像は、これもまた高そうだし。

なんというか全体的に『金がかかってそうだな』という印象を持ってしまう。

珍《めずら》しいものが多いのできょろきょろと周囲を見ていると、上座に座《すわ》っていたアカネさんがニヤリと笑った。

「さて、改めて。久しいの、イッキ」

「お、お久しぶりです！」

「あまりそう硬《かた》くなるな。子どもは無遠慮《ぶえんりょ》なものと相場が決まっておろうて」

そうは言われても……と、俺は尻《しり》込み。

アカネさんは色々分からない人だから、どことなく不気味だし、ちょっと近づきにくいオーラが出ているのも事実。なので無遠慮《ぶえんりょ》と言われても『はい、そうですか』と簡単には呑《の》み込めないのだ。髪《かみ》の毛もピンクだし。

「さて、宗一郎《そういちろう》。実はこちらからも話があるのじゃが……まずはお前の方から済ませてしまおう。わざわざお前が足を運んでくるということは、何か話があるんじゃろうて」

「はい。アカネ殿《どの》もご存知かと思いますが……近頃《ちかごろ》、祓魔師《ふつまし》たちがイッキに対して無責任な発言を繰《く》り返しているのです。これを諫《いさ》めていただきたく」

「ふむ。無責任とな」

「イツキに小学校に通わせることなく、祓魔《ふつま》の技術を教え込めだの、許嫁《いいなずけ》を複数あてがえだの。子どものことなど何も考えていないような、あの発言です」

「なるほどなるほど。ちなみにだがな？」

そう言いながらアカネさんが取り出したのはタブレット。画面を点《つ》けると、そこには色んな女の人の顔がずらりと並んでいた。

今時の巫女《みこ》さんってタブレット使うんだ。和洋折衷《わようせっちゅう》だなぁ。

「既《すで》にわしのところにも、イツキと見合いをさせろという話が八十件ほど来ておる」

は、八十⁉ 父親のところに来ている話より全然多いんだけど……。

なんでそんなに来てるの⁉

「全部断ってください」

「良《い》いのか？ 上は二十一歳から、下は十四歳まで。選《よ》り取り見取りじゃろうて」

しかし、それをにべもなく父親が一蹴《いっしゅう》。

「イツキはまだ六歳ですよ。相手を決めるには早すぎます」

「子どものころに相手を決めるからこその許嫁《いいなずけ》よ」

けらけらと笑うアカネさん。

というか、さらっと年齢《ねんれい》公開されたけど、下が十四歳って……。出会ったことがない六歳の男の子と許嫁《いいなずけ》になれと言われた女子中学生の気持ちやいかに。というか、その年齢《ねんれい》と結婚《けっこん》させるのは犯罪じゃないのか。

いや、でも俺が六歳だから問題はないのか……？

「許嫁《いいなずけ》も、見合い婚《こん》も、祓魔師《ふつまし》の中では廃《すた》れゆく文化。イツキには自由に相手を決めてもらいたいのです」

「お前が言うと説得力があるのう。ん？ 宗一郎《そういちろう》」

その言葉に対して、父親は無言。

わずかな間を置いて、アカネさんが肩《かた》をすくめた。

「そうカリカリするな。冗談《じょうだん》じゃ、冗談《じょうだん》」

そして、そう言いながらタブレットの画面を消した。

「イツキに対して騒《さわ》いでいる者に対しては、こちらで釘《くぎ》を刺《さ》しておこう。任せておけ」

「ありがとうございます」

す、と父親が静かに頭を下げる。

そんな父親の頭が上がったタイミングで、黒服の人がお茶とお菓子《かし》を持ってきてくれた。

「のう、イツキ。ジュースの方が良かったけ？」

「ううん！　お茶で大丈夫《だいじょうぶ》！」

「それは何より」

そう言うと、アカネさんはヘラりと笑った。

「さて、そちらの話も済んだことじゃし、わしの方からも話をするか。まずはイツキよ。お主に預けた破魔札《はまさつ》。ちゃんと働いたようじゃの」

「はい！　ありがとうございます！」

俺も父親にならって頭を下げる。

雷公童子《らいこうどうじ》は突然《とつぜん》、パーティー会場のど真ん中に落ちてきて、何も出来ない俺を喰《く》おうとした。

もし破魔札《はまさつ》がなければあそこで死んでいたかも知れないと思うと……ぞっとする。

今更《いまさら》ながら恐怖《きょうふ》で震《ふる》えていると、アカネさんが今度は胸元《むなもと》から一枚の札を取り出した。

「宗一郎《そういちろう》から連絡《れんらく》が来てから、新しいのを作っておいた。次も手放すなよ」

「はい……っ！」

そういえば、この破魔札《はまさつ》ってどういう魔法《まほう》なんだ？

俺は貰《もら》ったばかりの破魔札《はまさつ》を、灯《あか》りに透《す》かすようにして持ってみる。雷公童子《らいこうどうじ》に襲《おそ》われるまで肌身《はだみ》放さず持っていた破魔札《はまさつ》だが、その仕組みについては考えたことがなかったな。

でも、少し考えてみると不思議な札《ふだ》だ。

何しろあらゆる魔法《まほう》は『導糸《シルベイト》』を変化させることで発動する。だが、破魔札《はまさつ》には一本として導糸《シルベイト》が付いていない。だから、どういう原理でモンスターを祓《はら》っているのか分からない。

形質変化……魔力《まりょく》さえあれば導糸《シルベイト》をどんなものにでも変化させられる魔法《まほう》もあるにはあるが、あれは時間が経《た》てば形が保てなくなって消えてしまう。だが、最初に貰《もら》った破魔札《はまさつ》は二年近く形を保った。そんなこと形質変化では不可能だ。

だとすれば、魔法《まほう》にはまだ俺の知らない何かがあるのか……？

もしそうだとしても、父親もレンジさんも教えてくれないのはなぜだろう。

教えられない理由があるんだろうか。それとも、あの二人もそれを知らないのだろうか。

「次の話じゃ。むしろこっちが本題と言えよう。何しろイツキの留学の話よ」

「留学……？」

人生でそう聞くことのない単語に、思わず首を傾《かし》げた。

「詳《くわ》しくはイレーナに継《つ》ぐ」

「では、イツキさん。宗一郎《そういちろう》さん。改めまして、イレーナです」

アカネさんが引くと、その代わりにとイレーナさんが胸に手を当てながら自己紹介《しょうかい》。

「実はイツキさんが小学校に入学する前ということで、よければぜひウチの学校に入学を、と思いまして。日本に来ました」

「ウチって？」

「イギリスの学校です。私たちの国には全寮《ぜんりょう》制の『祓魔師《エクソシスト》だけの学校』があるのです」

その言葉に、思わず前のめりになる。興味の引かれる話だ。

「類稀《たぐいまれ》なる才能を磨《みが》くためには、同じような才能の持ち主たちと切磋《せっさ》琢磨《たくま》していくのが一番です。優《すぐ》れた教師たちが行う魔法使《まほうつか》いのためだけの授業は、イツキさんの将来を考える上で、より良い選択《せんたく》になるかと」

イレーナさんはそこで一息つくと、さらに続けた。

「学費はもちろん、こちらで持ちます。それと、特別奨学金《しょうがくきん》も」

「とくべつ？」

これまた聞かない言葉だ。一応、俺も前世では奨学金《しょうがくきん》を借りてたんだけどな……。

「学費とは別に支給されるお金です。言ってしまえば生活費、交際費のようなものですね。優《ゆう》秀《しゅう》な祓魔師《エクソシスト》の卵がアルバイトで時間を潰《つぶ》すのは社会にとっての損失になります。当然ですが、これは返済不要なので気にせず使ってください」

いや、『当然ですが返済不要です』と言われても。

前世の俺が贅沢《ぜいたく》できなかった理由の一つが奨学金《しょうがくきん》の返済なんだけども。

なんてことを思うが、内心で惹《ひ》かれるところがあるのもまた事実だ。

何しろ思っていたより条件がかなり良い。学費も生活費も向こうが全部出してくれて、さらには魔法《まほう》も学校で学ぶことができるのだという。これを願ったり叶《かな》ったりと言わずしてなんと言おうか。ただ、留学に行くのであれば一つだけ、大きな問題があるのだが。

「あ、あのイレーナさん。僕は、英語が喋《しゃべ》れません」

「……？　イツキさんは魔法《まほう》が使えるのでしょう？　だとしたら『翻訳魔法《ほんやくまほう》』を使えば問題ないのでは。現に私も使っていますし」

え、そんな魔法《まほう》があんの？　問題が解決しちゃった……。

俺が驚《おどろ》いていると、イレーナさんがニコニコと笑《え》みを浮《う》かべて続けた。

「いかがでしょう、イツキさん。ええ、もちろん他の国からも『ぜひウチに』という話が来ているでしょうが」

いや、初耳ですが。

「イギリスは大英帝国時代《だいえいていこく》に土着の魔法《まほう》と近代魔法《まほう》を融合《ゆうごう》させた独自の魔法《まほう》……『妖精魔法《ようせいまほう》』があります。イツキさんがこれから先を見られるのであれば、ぜひウチにと」

「…………」

提案は、魅力《みりょく》的だと思う。もしイレーナさんの言う『翻訳魔法《ほんやくまほう》』があるのなら、言葉の問題もない。ただ……正直なところ、気乗りしないのだ。

だから俺は助け舟《ぶね》を求めて父親を見た。すると、父親も俺を見ていて、

「パパは……どう、思う？」

「留学か？　そうだな、パパの本音を言うと、行って欲しくない」

それは俺が求めていた答えそのもので、少しだけ安心する。

けれど、父親はその穏《おだ》やかな調子のまま続けた。

「だが、イツキの人生はイツキのものだ。もし外国で魔法《まほう》を学びたいと思うのであれば、パパは全力でイツキを支えようと思う」

それはまるで最初から決まっていた答えみたいで、俺は思わずたじろいだ。

たじろいだのだが、父親はそんな俺に向かって「ただ」と続けた。

「今回の件を普通の留学と片付けることはできない」

「どういうこと？」

「イレーナ殿《どの》の目的はイツキの青田買い……つまり、若い内から自分の国に取り込んで、ゆく

ゆくはイギリスで祓魔師《ふつまし》になることを見越《みこ》したものだ」

「僕が？　イギリスで？」

「ああ。祓魔師《ふつまし》はいつの時代も、どこの国でも、人手不足だからな」

そこで父親は湯《ゆ》呑みのお茶を飲んで「あつっ」と漏《も》らした。

もしかして猫舌《ねこじた》なんだろうか。

「日本にも神道《しんとう》と近代魔法《まほう》を融合《ゆうごう》させた魔法《まほう》がある。それに如月《きさらぎ》家に伝わる『相伝』の魔法《まほう》もな。故《ゆえ》に、イツキ。お前がやりたいこと、行きたいところを選ぶと良《い》い。パパはアドバイスこそするが……最後に決めるのは、イツキだ」

父親の、片目とは思えないほど強い眼力に射《い》貫《ぬ》かれて俺は覚悟《かくご》を決めた。

そうか。そうだよな。

せっかく二度目の人生なんだ。もっと俺のしたいようにしたって、良いもんな。

俺は自分の中でちゃんと決めると、イレーナさんに向き直った。

「イレーナさん。ごめんなさい。僕はその話は受けません」

「理由を聞かせていただいてもよろしいでしょうか？」

「まだ、家族と一緒《いっしょ》にいたいんです」

前世では一人が心地《ここち》良いと思っていた。誰《だれ》にも邪魔《じゃま》されなくて、自分の好きなことを好きなタイミングで出来る一人暮らしが。

けれど、それよりも今の暮らしの方が良いのだ。

父親がいて、母親がいて、ヒナがいて。みんなと過ごす、今の方が。

だから、一人で暮らすなんて考えられない。それに外国で暮らすってことはアヤちゃんとかレンジさんにも会えないということだ。それは嫌《いや》だ。

「だから、僕は外国には行きません。日本にいたいんです」

「……そう、ですか。いえ、確かに考えてみれば、それも当然ですね」

その理由を聞いたイレーナさんは少し目を丸くして驚《おどろ》いたが、『仕方がない』と言わんばかりに肩《かた》を落とした。

「第六階位《クイーン》を祓《はら》ったとはいえ、イツキさんはまだ六歳。親元で過ごしたいと思うのは当然ですよね。すみません、急ぎ過ぎました」

「ううん。大丈夫《だいじょうぶ》です」

俺はそう言って首を横に振《ふ》った。

「ん？　これで話は終わりか？　存外に早かったの。もう少しイレーナが渋《しぶ》るかと思ったが」

「これ以上の勧誘《かんゆう》は逆効果ですよ」

「そうか。なら、この件はこれで終わりにしよう」

そう言うと、アカネさんは右手で茶菓子《ちゃがし》をつまみながら、左手でオレンジ色のお守りを俺に手渡《てわた》してきた。行儀《ぎょうぎ》悪いな。

「ほれ、イツキ。ついでにこれも持っておけ」

「これなに？」

「学業成就《がくぎょうじょうじゅ》のお守りよ。お主、来月から小学生じゃろう？　魔法《まほう》だけでなく、勉学にしかと励《はげ》むようにな」

そう言うと、親戚《しんせき》のお姉さんみたいにカラカラと笑う。

俺はその学業成就《がくぎょうじょうじゅ》のお守りを受け取りながら、聞いてみた。

「ね、アカネさん。このお守りってどんな効果があるの？」

「効果？」

「破魔札《はまさつ》はモンスターから守ってくれたでしょ？　それと同じで、このお守りにも何か効果があるのかなって」

「んぁ？　無いと思うぞ。それはこの間、知り合いの神社で貰《もら》ってきたものじゃし」

そんな適当な。というか巫女《みこ》さんがそんな罰当《ばちあ》たりなことを言って良いもんなの？

しかし、学業成就《がくぎょうじょうじゅ》のお守りなんて貰《もら》うのは初めてなので、俺は頭を下げた。

「ありがとうございます！　大事にします！」

「うむ。友達をたくさん作るんじゃぞ」

そう言われて、俺は心の中で唸《うな》った。

……善処します。

第二章　海外からの挑戦者《チャレンジャー》

桜が咲《さ》いていた。

車道の両端《りょうたん》を一面のピンクが覆《おお》っていて、地面は散った花びらで華《はな》やかになる。

それを見ると今年も春が来たんだな、と思う。

季節やイベント事には全く興味の無かった前世の俺も、流石《さすが》に桜が咲《さ》けば春が来たんだと思ってテンションも上がったものだ。上がったところで、心機一転して新しいことを始めようとも、転職して環境《かんきょう》をリセットしようとも思っていなかったけど。

そんな桜の道を母親と一緒《いっしょ》に歩いていると、手を握《にぎ》ったままの母親が聞いてきた。

「イツキ。緊張《きんちょう》してる？」

「うん。ちょっとだけ……」

静かに首を縦に振《ふ》る。振《ふ》りながら、俺は『祝　入学式』と書かれた白い看板の横を通り抜《ぬ》けて、小学校の校門をくぐった。

緊張《きんちょう》しているに決まっている。何しろこれから待ち構えているのは入学という友達を作るチャンス。せっかく手に入れた二度目の機会を逃《のが》すわけにはいかない。前世ではいなかった友達を作るのだ。作りたいと思っている。……作れるかなぁ？

内心、物凄《ものすご》く緊張《きんちょう》している俺の手を引いて母親が校庭を進む。まっすぐ直線に歩き抜《ぬ》けると、そこには今時珍《めずら》しい掲示板《けいじばん》があって、一年生のクラス名簿《めいぼ》が貼《は》り出されていた。

無論、その周りにはすごい人が集まっている。

緊張《きんちょう》している感じの子どもに、はしゃいでいる子ども。

そして、友達と一緒《いっしょ》になって遊んでいる子ども……って、友達？

えっ、もう友達作ってるの？　早すぎない⁉

い、いや。流石《さすが》に保育園とか、幼稚園《ようちえん》のときからの友達だろう。

そうじゃなかったら俺はもうどうすれば良いんだ。

幼稚園《ようちえん》にも保育園にも通っていない俺にいる友達はアヤちゃんだけ。

しかし、アヤちゃんとは住んでいる学区が違《ちが》うので入学先は別の小学校になる。ずっと一緒《いっしょ》に魔法《まほう》の練習をしてきた友達なのに、離《はな》れ離《ばな》れになるなんて思わなかった。学校が違《ちが》ってもアヤちゃんは俺と友達でいてくれるだろうか。心配というか、不安になってきた……。

ちなみに、皐月《さつき》家のリンちゃんは同じ『七五三』だったが、俺とアヤちゃんは早生まれなので年度的には一つ下。まぁ、皐月《さつき》家は霜月《しもつき》家よりも家が離《はな》れているので同い年でも同じ学校にはならないのだが。

入学初日にして、もう人生二度目の友達作りの機会を逃《のが》しつつある……と、俺が軽く絶望している間にも母親がちょっとずつ捌《は》けていく人の集まりに辛抱強《しんぼうづよ》く付き合って俺の手を引いてくれた。そして、数分と経《た》たずに掲示板《けいじばん》までたどり着く。

別に近づかなくても『導糸《シルベイト》』を使った『視力強化』を行えば離《はな》れた場所からだってクラス名簿《めいぼ》を見ることはできる。できるのだけど、それは楽しくない。

そもそも色んなイベントを、すかした態度で片付けていたのが前世の俺である。

そういうのとはお別れすると決めたばかりだ。

「イツキは何組かな？」

「ん……。あっ、見つけた！」

一年一組から順番に名簿《めいぼ》を見るつもりでいたら、すぐに俺の名前が見つかった。なんと俺のクラスは一年一組。名字が『き』から始まるので、出席番号も五番。

自分の番号を見つけた俺は母親に手を引かれて、名簿《めいぼ》の前から離《はな》れた。離《はな》れると同時に、心配そうな顔をしている母親が、

「イツキ。ここから一人で教室まで行くんだけど、行ける？」

「うん。大丈夫《だいじょうぶ》だよ！」

頷《うなず》いてから、めちゃくちゃ緊張《きんちょう》した。

この歳《とし》で二回ほど死線をくぐり、何だったら一回死んでいる俺だが新しいクラスは普通《ふつう》に緊《きん》

張《ちょう》する。でも楽しみだ。これから六年間を過ごす小学校の最初の最初。これで緊張《きんちょう》しない方が無理というものである。

良い小学校生活を送れるように頑張《がんば》ろう。

そんなことを思いながら、俺は胸を高鳴らせて校舎の中に入った。そして、一年一組の下駄《げた》箱を探しながら、さっき見たばかりの名簿《めいぼ》についてぼんやりと思い返す。

掲示板《けいじばん》に貼《は》られていた名簿《めいぼ》には、海外の人っぽい名前がいくつかあったのだ。

前世のときにはほとんど無かったそれに時代の変化を噛《か》み締《し》めながら、俺は靴《くつ》を下駄《げた》箱に入れると新品のシューズを取り出して、履《は》き替《か》えた。このシューズって気がつけば真っ黒になってるんだよな。で、自分で洗うんだよ。それが大変なんだよなぁ。

下駄《げた》箱を抜《ぬ》けると、上級生の手作りっぽい看板が『1ねんせいはこっち⇒』と置いてあった。分かりやすくて良い。

看板に書いてある矢印の通りに歩いて、教室に向かう。

俺の他にも明らかに一年生っぽい子がいたが、ここで話しかけられるほどコミュニケーションに自信があるわけではないので、無言でクラスに向かう。いや、六歳相手に話しかけられないってどうなのよ。

自分に気落ちしつつ、俺は一年一組の教室の前にたどり着いて深呼吸。

何事も最初が大事なのだ。……しっかりしよう。

心を引き締《し》めると、扉《とびら》を開いた。

ががが、と引けば音が出るような扉《とびら》を開けると、そこは大騒《おおさわ》ぎだった。

なんか雪国の冒頭《ぼうとう》みたいになったが、実際にそうなのだからそれ以外に表現のしようもない。

多分、保育園とか幼稚園《ようちえん》のときからみんな友達なのだろう。教室の中では既《すで》にいくつかのグループが出来ていて、好き勝手に騒《さわ》いでいた。

黒板には『ごにゅうがくおめでとうございます』とひらがなで書かれていて、さらにその下に大きく座席表が書いてあった。座席表の名前も全部ひらがなだ。

チョークで手書きなんだけど、もしかして先生が書いたのかな……？

と、思いながら俺は騒《さわ》いでいる同級生の横を抜《ぬ》けて、自分の席に向かう。

「え、筆箱黒いやつなの？　だせー！」

「でも、鉛筆《えんぴつ》かっこいいもん」

「うわ！　良《い》いな！　俺もこれ欲しい！」

良いな、俺もそんな会話したいな。

なんてことを思いながら、窓際《まどぎわ》に向かう。俺の座席は一番後ろだ。

それにしても窓際《まどぎわ》の最後尾《さいこうび》って、なんだか青春っぽいことが始まりそうだなぁ……と、思わず間抜《まぬ》けなことを考える。そして、ランドセルを自分の机に置こうとしたときに、隣《となり》の席の女の子に目がいった。

ピンクのランドセルを机の横に掛《か》けて、騒《さわ》いでいる他の同級生たちに辟易《へきえき》しているかのようにムスッとした表情を浮《う》かべて頬杖《ほおづえ》をついている女の子。

いや、気になっているのはその態度の悪さではない。ランドセルの色だって、俺のときには珍《めずら》しかったが今時は何も珍《めずら》しくないピンク色だ。

珍《めずら》しいのは、その容姿だ。

透《す》き通るようなプラチナブロンドの髪《かみ》に、宝石みたいな青い瞳《ひとみ》。まるで日焼けなんて一度もしていないと思うほどに白い肌《はだ》。神在月《かみありづき》家で会ったイレーナさんにとても似ている女の子が、そこに座《すわ》っていた。

もしかしたら、この子もイギリスあたりから来た子なのかも知れない。きっと、さっきの名《めい》簿《ぼ》に載《の》ってた子だろう。

そんなことを思いながらランドセルから筆箱を取り出すと、横の女の子を見習って自分の机にランドセルをかけた。そして時計を見る。

入学式が始まるのは十時から。今は九時半。まだ三十分くらいある。

……どうしよう？

俺の想定だと入学式前の小学生はもっと緊張《きんちょう》した感じで、ガチガチだと。そこでお互《たが》いちょっとずつ距離《きょり》を縮めていければ良いや……なんて思っていたのだが、現実の小学生は死ぬほど元気だし、自由気まま。何だったら入学式前なのに既《すで》に友達を作っている始末。

や、やばい。

このままだと小学生活の最初から躓《つまず》いてしまう。だからこそ、俺は早い内に挽回《ばんかい》するべく周囲を見渡《みわた》してみるのだが……ダメだ。みんな席を離《はな》れて自由に喋《しゃべ》っている。付け入る隙《すき》が無いッ！　いないのか、他にまだ誰《だれ》とも喋《しゃべ》ってない子が……ッ！

慌《あわ》てた俺がぐるりと教室の中を見渡《みわた》すと、再び隣《となり》の女の子が目に入った。

思わず見えた光明《チャンス》にテンションが上がったものの、入学式前に誰《だれ》とも絡《から》まず頬杖《ほおづえ》をついている女の子には流石《さすが》に話しかけづらい。

いや、もちろん分かっている。隣《となり》の席の子に話しかけて友達を増やしていくのが基礎《きそ》中の基礎《き》だってことくらい。魔法《まほう》で喩《たと》えるのならそれは『廻術《カイジユツ》』にも匹敵《ひつてき》するレベル。当然、俺だってそんなことは分かっている。分かっているが、前世はそれが出来ませんでした。

俺は目を瞑《つぶ》ると深く呼吸を繰《く》り返す。

ダメだ。友達を作るって決めたんだ。こんなところでビビっていられるか……！

俺は意を決すると、廊下《ろうか》側を向いている女の子に話しかけた。

「こ、こんにちは……」

「…………」

しかし、女の子は無言。

ちょっとなにか言ってよ……と、思うものの、こんなところでは立ち止まれない。小学一年生の目標は友達を十人作ること。

隣《となり》の席の子と仲良くできないと、その目標を達成するのは難しいだろう。

だから俺は、さらに続けた。

「僕、イツキって言うんだ。君の名前は？」

「……ニーナ」

答えてくれた！

教室の騒《さわ》ぎにかき消されてしまいそうなくらいに小さな声だったけど、それでもちゃんと答えてくれた。嬉《うれ》しい。でも全然こっち向いてくれない。悲しい。

「はじめまして、ニーナちゃん」

「……ふん」

挨拶《あいさつ》したら威嚇《いかく》が返ってきた。手厳《てきび》しい。

なんて、そんなことを思っていたら彼女は頬杖《ほおづえ》をやめて俺の方を向いた。

「イツキ、なに？」

「え、何って？」

「苗字《ファミリーネーム》よ、教えて」

わずかに大人びた視線で貫《つらぬ》かれる。

しかし、苗字《みようじ》なんて別に隠《かく》すようなものでもないので、俺は続けた。

「如月《きさらぎ》だよ。如月《きさらぎ》イツキ」

そう言った瞬間《しゅんかん》の、ニーナちゃんの反応は劇的だった。

ガタッ！　と、音を立てると凄《すご》い勢いで立ち上がって、そのままビックリした様子で俺の前に立ち尽《つ》くした。

傍《はた》から見ればそれなりの奇行《きこう》だが、あいにくと入学式を控《ひか》えた他の一年生たちの中では、そんな行動も目立たない。そして、その喧騒《けんそう》に呑《の》まれてしまいそうなくらいの声で、言った。

「ほ、本当に……⁉」

本当に、というのは何の話だろうか。

もしかして俺のことを知っているのかな？

「ほんもの？『第六階位《くいーん》』を祓《はら》った……あの如月《きさらぎ》イツキ？」

「僕のこと知ってるの⁉　だ、だったら……その！　よかったら、友達にならない？」

祓魔師《ふつまし》の子だ！　思わず嬉《うれ》しくなった俺がニーナちゃんにそう話しかけたら、引いたように一歩後ろに下がられた。え、普通《ふつう》に傷つく。

「な、なんで同じクラスなの！」

「同じクラスだとダメなの……？」

「ダメに決まってるでしょ！」

俺のことを知ってるっぽいニーナちゃんは、怒《おこ》ったようにそう叫《さけ》ぶ。こちらとしては初対面なので、なんで怒《おこ》られているのかさっぱり分からない俺に向かって、彼女は続けた。

「私は第四階位《びしょっぷ》の魔術師《えくそしすと》！　イツキに勝つために、この学校に来たんだから！」

何を言われたのか一瞬《いっしゅん》理解出来ず、呆《ほう》けてしまった俺を詰《つ》めるように、さらに続けた。

「日本風に言うなら、第四階位《だいよんかいい》の魔法使《まほうつか》いよ。私も天才なんだから！」

俺が気にしていたのはそこではなく——いや、そこも気になってはいたのだが——もっと別のところにある。というのも、基本的に魔法《まほう》やモンスターは語らぬもの。

三十人近くの……それも、分別がついているかどうかも分からない小学生の前で言うようなものじゃない。平然と祓魔師《ふつまし》界隈《かいわい》のタブーを踏《ふ》み抜《ぬ》いたニーナちゃんに、俺は冷や汗《あせ》を流す。そして、今の話を誰《だれ》かに聞かれていないかと周りを見るが、運の良いことに周りの子たちは誰《だれ》も俺たちのことなんて気にしていなかった。

……良かった。

ほっと安堵《あんど》の息を吐《は》くと、まだ立ちっぱなしのニーナちゃんに向かって、俺は尋《たず》ねた。

「なんで僕に勝ちたいの？」

「…………」

ニーナちゃんは無言。

なるほど。言いたくないことは言わないと。だったら、話を変えよう。

「僕に勝ちたいんだとしても、どうして同じクラスになったらダメなの？」

「だ、だって！」

ニーナちゃんはそこまで言うと、少しだけ言いよどむ。

しかし、少しだけ間を空けると意を決したように口を開いた。

「同じクラスの隣《となり》の席は運命だもの！」

「……うんめい？」

俺の空気が抜《ぬ》けるような問い返しに、ニーナちゃんは全力で首を縦に振《ふ》った。

いや、どういうことなの……？

ニーナちゃんの言っていることが理解できずに、思わず首をかしげてしまう。これって俺が今時の小学生についていけないだけなの？

「同じクラスだと運命になるの？」

「しらないの？　一年生の最初に隣《となり》の席になった人とは結婚《けっこん》するの！　幼馴染《おさななじみ》ってヤツ！」

「え、なんで？」

普通《ふつう》に理由が分からないので更《さら》に質問。

するとニーナちゃんは胸を張って教えてくれた。

「日本にくるまえに読んだ漫画《まんが》がそうだったの！」

「……そ、そうなんだ」

多分、少女マンガでも読んだんだろうなぁ……と思ってしまって曖昧《あいまい》な返事しかできない。

それにしても、ニーナちゃん日本語上手《うま》いなぁ。

漫画《まんが》で勉強したんだろうか。祓魔師《ふつまし》の子だったら『翻訳魔法《ほんやくまほう》』かも知れない。

しかし自信満々に教えてくれる彼女には悪いが、現実にはそこまで上手《うま》い話なんてない。小学校の頃《ころ》の同級生なんてほとんどが疎遠《そえん》になるし、中学高校と違《ちが》って同窓会も開かれない。もちろん俺は同窓会なんてものには参加したことがないので想像だが。

とはいっても、俺はそんな現実をニーナちゃんに教えてマウントを取るほど子どもじゃない。こんなんでも中身は大人なのだ。大人と言えるほどろくに人生経験を積んでいないけど。

だから俺はニーナちゃんに「教えてくれてありがとうね」と返しておいた。

しかし、彼女は未《いま》だに納得《なっとく》いっていない様子で、

「だから、イツキと同じクラスだとダメなの！」

「でも、隣《となり》の席の人と結婚《けっこん》するなら僕じゃなくても良《い》いんじゃないの？」

「……？」

「向こう側とか」

俺がそう言って指さしたのは、俺の席からニーナちゃんの席を挟《はさ》んだ奥。

ニーナちゃんの机は俺を含《ふく》めて両端《りょうたん》から挟《はさ》まれる形になっている。なので、別に俺と結婚《けっこん》したくないなら反対側の席の子で良いと思ったのだが……。

「漫画《まんが》だとイツキ側の席だったのよ！」

反対側の席を見ることもないニーナちゃんから、お叱《しか》りをもらった。

なるほど。席の位置も大事なんだ。

それなら仕方ないな。

……いや、本当に仕方ないか？

そう思ったのもつかの間、俺はすぐに考えを改めた。俺はニーナちゃんを追い詰《つ》めたいのではなく友達になりたいのだ。だから気を取り直して、改めて告げた。

「と、とにかく。これから、よろしくね。ニーナちゃん」

「……ふん！」

そんな俺の問いかけを無視して、ニーナちゃんは再びそっぽを向く。

どうやら目標の友達十人までは、まだまだ遠そうだ。

しかし、隣《となり》の席の子と話すことは出来た。他にも近くにいる人と喋《しゃべ》ろうと思って席を立とうとしたら前方の扉《とびら》が開いて、若い女の先生が入ってきた。

「はい！　静かに静かに。みんな席に座《すわ》って！」

先生がそう言うと、さっきまで騒《さわ》いでいた子たちが自分の席に向かっていく。

「これから一年間、みんなの先生をする二葉《ふたば》です。じゃあ、これから体育館に行くから出席番号順に廊下《ろうか》に出てね。じゃあ一番の……」

二葉《ふたば》先生は名前だけの簡単な自己紹介《しょうかい》をすると、廊下《ろうか》に俺たちを連れ出す。

すると、そこには既《すで》に六年生が並んで俺たちを待ってくれていて、俺たちは彼らに手を引かれる形で体育館に向かった。

階段を下りて廊下《ろうか》を曲がる。その途中《とちゅう》で、ふと感じ取った。

――なんか、いる、な。

そう思って目を凝《こ》らすと、さっき通ってきたばかりの下駄《げた》箱に、そいつがいた。

乱雑に髪《かみ》の毛を伸《の》ばし、ぼろぼろになったワンピースを着て、泥《どろ》と傷だらけの素足《すあし》で下駄《げた》箱のところに立って、腕《うで》には赤ちゃんを抱《だ》きかかえるかのように何かを抱《かか》えている。

そんな不審者《ふしんしゃ》が立っているのに、悲鳴は上がらない。みんな、見えていないのだ。

だって、それは怪異《モンスター》だから。

『あ、あなたもォ、お、オおきくなったらァ……！　しょ、うがくせいィに……』

轟々《ごうごう》と唸《うな》る風みたいな声。聞いているだけで不安になってくる声だ。

多分だけど、第一階位か第二階位くらいかな。

吹《ふ》き抜《ぬ》けていく風のような声を放つ亡霊《ぼうれい》は、体育館に向かう小学生《おれたち》をじぃっと見ているだけで、こちらには何もしてこない。

……なんで？

普通《ふつう》のモンスターは人を喰《く》う。正確には人の魔力《まりょく》を食べるのだが、中でも子どもを好んで狙《ねら》う習性がある。それは子どもの方が生物として弱いというのもあるが、何より子どもの方が魔《ま》力《りょく》——即《すなわ》ち、生命力に溢《あふ》れているからだ。

だから、こちらを見るだけで何もしてこないモンスターには、珍《めずら》しいものを感じる。

そんなことを思いながらモンスターを見ていると、目と目があった瞬間《しゅんかん》に、亡霊《ぼうれい》が一歩前に踏《ふ》み出した。

『おオきく、なるには……た、た、食べないとォ……！』

モンスターの口が、がば、と大きく開く。

子どもに食べさせるんじゃないんだ……なんて、間の抜《ぬ》けたことを考えている間に、亡霊《ぼうれい》はバラバラになって黒い霧《きり》になる。既《すで》に俺が張っていた導糸《シルベイト》によるものだ。

珍《めずら》しいからといって、何の準備も対策もしないなんてありえない。

何しろ相手はモンスターなのだから。

そういえば、ニーナちゃんはさっきのモンスターを見てたのかなと思って振《ふ》り返ると、ちょうど階段を下りてきたところだった。それなら見てないな。

というか、今のモンスターを放っておいたらニーナちゃんが祓《はら》うところを見れたんじゃないの。ん？　もしかして、海外の魔法を見るチャンスを逃《のが》した……？

イギリスの祓魔師《エクソシスト》であるイレーナさんの言葉から考えるに、イギリスと日本の魔法《まほう》はどうにも違《ちが》うっぽいんだよな。実際にイレーナさんが使ったって言っていた『翻訳魔法《ほんやくまほう》』は導糸《シルベイト》を使っていなかった。

だから、海外には日本とは別の魔術《まじゅつ》体系が存在しているのだ。

それを……知りたい。

強く、そう思う。

もしかしたら、それは俺の知らない魔法《まほう》の先かも知れないから。

知りたいんだったらイレーナさんについてイギリスに行けば良かった話だが、それはそれ、これはこれ。全くもって自分でも都合の良い話だと思うが、俺はそれを知りたいのである。

とは言っても、ニーナちゃんが海外出身とはいえイギリスから来たのかどうかは分からないので、別の国の魔法使《まほうつか》いかも知れないのだが。

そんなことを考えつつ体育館に入ると、保護者たちがカッチリとした服装でパイプ椅子《いす》に並んで座《すわ》っていた。見渡《みわた》す限りのスーツの海。中には着物姿の女の人もいる。

そして着物姿の女の人の中から探してみれば、すぐに家族を見つけることができた。

「ほら、あなた。あそこにイツキが」

「う、うむ……！　絶対に見逃《みのが》さんぞ……！」

遠巻きにそんな会話をしているのが分かる。

そして、そんな父親が構えているのは、これまで見たことないくらいに厳《いか》つい一眼レフ。

あ、俺それ知ってるぞ！

ＹｏｕＴｕｂｅｒが使ってる百万近い値段のやつ。動画も写真も凄《すご》い画質で撮《と》れるカメラだ。

……いつの間にそんなものを買ってんだ？

下手をすればモンスターを狙《ねら》うときよりも真剣《しんけん》な表情で俺にカメラを向ける父親に内心で苦笑いしつつ、俺は自分の席に座《すわ》った。

そうして、入学式が始まるのを待った。

しばらくして校長先生が登壇《とうだん》すると、時候の挨拶《あいさつ》から始まるありがたいお話のスタート。そこからは校歌を聴《き》いたり、担任の先生の自己紹介《しょうかい》を聞いたりして、式は終了《しゅうりょう》。保護者たちからの温かい拍手《はくしゅ》を貰《もら》いながら、俺たちは体育館を後にした。

なんというか、何も無く入学式終わっちゃったな……。

つつがなく終わらない入学式があるのかどうかという話もあるが、人生のスタートとして気合いを入れてきている分、少し空回りをした気分だ。

教室に戻《もど》って席に座《すわ》っていると、ぞろぞろと体育館から保護者たちが列になってやってきた。

なんか参観日みたいになったところで、担任の二葉《ふたば》先生が保護者向けの話をして、それが終わるとそのまま解散となった。

あ、あっさりしてるなぁ……。

そう思うのは俺が二度目の入学式だからだろうか。

「イツキ、おめでとう」

「ありがとう、パパ」

肩《かた》からカメラの入ったカバンを下げるスーツ姿の父親は、言葉だけならどこにでもいる父親に見えた。見えるのだが教室の中では異様なまでに目立っていたし、他の保護者から距離《きょり》を置かれていた。ウチの父親は身長も高いし、身体《からだ》もゴツいし、それになにより片目が眼帯で顔には切り傷とか入っている人である。これで目立たない方がおかしいのだ。

そういえば、そうだよな。

感覚麻痺《まひ》してたけど、俺の父親って目立つんだよな。

祓魔師《ふつまし》の中で言えばレンジさんとか、他にも『七五三』で会った大人たちはみんな顔に傷があったり、体格が良い人間の方が普通《ふつう》なので忘れてた。……俺もいつかはこうなるのかなぁ。

「お昼ごはんはお寿司《すし》にしよう。イツキの入学おめでとう会だ」

「ほんと？　お寿司《すし》⁉」

「ああ、霜月家《しもつき》も来るぞ」

霜月家《しもつき》といえばアヤちゃんの家だ。

アヤちゃんとは年越《としこ》しパーティーをやった後も、お互《たが》いのお誕生日会をしたり、入学前には一緒《いっしょ》にランドセルを買いに行ったりと家同士の付き合いが続いている。

「レンジがせっかく同じ日に入学式をするのだから、一緒《いっしょ》に祝おうと言い出してな。せっかくだし、それも良《い》い試みだと思ったのだ」

そう言いながら父親がスマホで時間を確認《かくにん》する。アヤちゃんたちを待たせるわけにもいかないので『入学おめでとう会』に乗り遅《おく》れないよう急いで教室を後にしようとしたときに……ふと、気がついた。

ニーナちゃんの家族が誰《だれ》も来ていないことに。

彼女は頬杖《ほおづえ》をついて窓の外をじぃっと見ている。そのニーナちゃんの周りには誰《だれ》もいない。

それは入学式に来ていないのか、あるいは遅《おく》れているだけなのか。

「イツキ？　行かないの？」

「ううん。行くよ」

母親に返事をして、俺は踵《きびす》を返す。

ただ寂《さび》しそうにしているニーナちゃんの後ろ姿が、嫌《いや》に目に残った。


父親が運転する車に乗って向かったのは地元にあるちょっと高めの寿司《すし》屋だった。もちろん、回らないやつである。とはいってもランチ価格なので、そこまで高くないのだが……と、大人の嫌《いや》なところである金回りについて考えていると、お店の前には霜月《しもつき》家が揃《そろ》っていた。

アヤちゃんは初めて見る制服姿で、良いとこのお嬢様《じょうさま》感が増し増し。

いや、アヤちゃんは実際に良いところのお嬢様《じょうさま》なので、その評価は間違《まちが》っていないのだが、服装が変わるだけで印象が全然変わってしまうのは脳のバグなのか、俺がバカなのか。

そんなことを思っていると、アヤちゃんが制服姿のまま、おずおずと聞いてきた。

「ど、どうかな、イツキくん」

「に、似合ってるよ！」

「ほんと!? 良かった！」

年越《としこ》しパーティーでプレゼントしたヘアゴムを付けたアヤちゃんに『小学校の制服はどうか』と聞かれると月並みな言葉しか出てこない。そもそも気取ったことを言えるのであれば、俺は前世で彼女や友達が出来ていたはずで……。

けれどアヤちゃんは、そんな月並みな言葉で喜んでくれた。一安心。

「アヤちゃんの入学式、どうだった？ 僕のところはすぐに終わっちゃって」

「私も！ なんか、あっという間だったよね」

そう言ってアヤちゃんが笑う。俺の方も「そうだよね」と返すと、仲間に入れなかったヒナが少しだけ膨《ふく》れていたので、ヒナの手を引いてお店に向かう。

そんな俺たちの後ろから父親とレンジさんが、重い声で話す声が聞こえてきた。

「どうだった、レンジ。人数は」

「学校のだろ？ 見たところ、二人ってところだな。あれだといざってときに何かあったら困るだろうに。イツキくんのところは？」

「一人らしい。だが、非常勤で学校に来るのは週の半分だと言っていた」

「人手不足も極《きわ》まれりだな」

……何の話をしているんだろう？

非常勤、という言葉からして学校の先生の話だろうか？　それにしては、学校に一人とか二人とか……音楽の先生かな？

「ねぇ、パパ。レンジさん。何の話？」

「学校にいる祓魔師《ふつまし》の話だ」

「……学校の？」

なにそれ。聞いたことがないんだけど。

俺が不思議に思って首をかしげていると、レンジさんが続けてくれた。

「イツキ君もよく知ってると思うけど、〝魔《ま》〟は子どもを狙《ねら》う。そして、学校にはたくさんの子どもたちがいる。そうしたら、どうなると思う？」

「……モンスターが、寄ってくる？」

「大正解」

レンジさんはそう言って、にっこり笑った。

笑ってる場合なんですか、それは。

「昔から学校は怪談《かいだん》の舞台《ぶたい》になりやすいけどね。あれはそういうことなんだよ。子どもばかりを狙《ねら》う〝魔《ま》〟は弱いけど魔法《まほう》が使えないと食われるだけだからね。だから、学校には祓魔師《ふつまし》を必ず一人は雇《やと》うことが決まっているんだ。けど……最近は、祓魔師《ふつまし》も少なくてね」

祓魔師《ふつまし》が人手不足、というのは父親からもレンジさんからもたびたび聞かされる話なので、それ自体はすっと腑《ふ》に落ちた。ただ、まだ腑《ふ》に落ちていない部分があって、

「僕の学校には祓魔師《ふつまし》の人がいないってこと？」

「いないということではない。常駐《じようちゆう》していないだけでな。入学式の前に校長と話をしたが……人が集まらないと言っていた」

渋《しぶ》い顔で答える父親に『パパがやるのは？』なんてことは聞けない。

俺の父親は日本でも数少ない存命の第五階位。父親にしか祓《はら》えないモンスターが日本の各地に湧《わ》くものだから、あっちに行ったりこっちに行ったりと一ヶ月くらい家に返ってこないことはザラである。しかもそれはレンジさんも同じ。

あと父親にそう言うと本当にやりかねないというのもある。

まぁそれは置いておいて……あまり良い言い方ではないが、学校に勤務している祓魔師《ふつまし》は替えが利く祓魔師《ふつまし》なのだろう。しかし、そもそもとして祓魔師《ふつまし》には人を遊ばせる余裕《よゆう》はない。祓《ふつ》魔師《まし》という仕事自体に替《か》えが利《き》かないのだから。

だから、学校に一人だけ……というのが本当に人数的な限界なんだろうと思う。これは予想だけど非常勤の祓魔師《ふつまし》の人は別の学校と兼任《けんにん》しているんじゃないのかな。

「そうは言っても、宗一郎《そういちろう》。イツキ君がいるんだし、下手な祓魔師《ふつまし》だったら居ない方がマシか

もしれないだろう」

「そうだな。足手まといになりそうだ」

俺が祓魔師《ふつまし》の人手不足を考えている間に始まる俺への過大評価。

そもそもの話、戦い慣れている祓魔師《ふつまし》と、まだ片手で数えられるくらいしか実戦《じっせん》を積んでいない俺とじゃ話にならない。大体、俺は万全《ばんぜん》の状態でモンスターと向き合っているから祓《はら》えているだけだ。

雷公童子《らいこうどうじ》の一件があったからといって、俺は調子に乗るほど世の中を楽観視していない。舐《な》めてもいない。いや、そんなことはできない。

人は刃物で刺されただけで死ぬ。

どんなに修行《しゅぎょう》しようとも、それだけは変わらない。

簡単に死んでしまうのは世の中の真実で……と、そこまで考えたタイミングでふと思い出した。そうだ。死なないための魔法《まほう》があった。

「ねぇ、母さん！」

「どうしたの？　イツキ」

桃花《ももか》さんと喋《しゃべ》っていた母親のところに駆《か》け寄ると、俺は数ヶ月我慢《がまん》してきたお願いをした。

「小学生になったよ。『治癒魔法《ちゆまほう》』教えて！」

「そうね。約束してたものね」

それは数ヶ月前、森で第五階位のモンスターと戦ったときに知った怪我《けが》を治す魔法《まほう》。いざ、それを勉強しようと思ったら母親に『小学生になったらね』と流されてしまったのだ。完全に忘れていた。

しかし、それを聞いた桃花《ももか》さんが少し目を丸くすると、

「イツキくん。治癒魔法《ちゆまほう》の勉強、大変よ？」

「大変？」

「だってほら、楓《カエデ》さんは医師免許《めんきょ》持ってるから。六年間そういうことを勉強してきたから使えるけど、普通《ふつう》の祓魔師《ふつまし》で使える人はいないから」

「……!?」

えっ、なにそれ。うちのお母さんってお医者さんだったの!?

「お母さんは元々一般人《いっぱんじん》の生まれだったから……。あと卒業してすぐ結婚《けっこん》したから臨床《りんしょう》経験はないけどね」

「そ、そうなんだ……」

初めて知った。でも卒業してすぐ結婚《けっこん》ってどういうこと？　二十二歳で結婚《けっこん》？　いや、違《ちが》うか。医学部だから卒業は二十四歳か。今の人だと結構若い年齢《ねんれい》なんじゃないだろうか。

「治癒魔法《ちゆまほう》は身体《からだ》の形質変化。そのためには、人の身体《からだ》の勉強が必要なの。だから、勉強しないと簡単には使えないかな」

「……う」

それは前にも言われていた。治癒魔法《ちゆまほう》には形質変化が必要なのだと。そのために勉強しないと行けないから、小学校に入ってから治癒魔法《ちゆまほう》を学ぶのだと。

だけど、この勉強から逃《に》げるわけにはいかない。これは別に前世でもっと勉強しておかないといけないとか、そういう後悔《こうかい》があるわけではなくて、ただ単に嫌《きら》いだからと逃《に》げて死ぬような未来を迎《むか》えたくないだけだ。

「……うん。僕、頑張《がんば》るよ」

「じゃあ、一緒《いっしょ》に勉強しよっか」

決意を表明したら、母親が笑顔《えがお》で頷《うなず》いた。心なしか、ちょっと顔が明るそうに見える。

「ああ、そうだ。イツキくん」

「は、はい？」

急にレンジさんに呼びかけられて、俺は振《ふ》り返る。

「実はちょうどイツキくんに、実戦向きの新しい魔法《まほう》を教えようと思ってたところなんだけど……興味ある？」

「新しい魔法《まほう》？」

俺がそうレンジさんに問いかけると、にっこりと笑いながら頷《うなず》いた。

「『第六感』だよ」

え、なにそれ。

というわけで入学式の翌日。俺は霜月《しもつき》家の修練場にやってきていた。

どうして霜月《しもつき》家でやるかと言えば、雷公童子《らいこうどうじ》によって如月家《うち》がぶっ壊《こわ》されたから。それで今はマンション暮らしだが、当然ながらマンションには修練場なんてついているわけがない。

そのため俺はレンジさんに呼ばれる形で霜月《しもつき》家にやってきたのだ。

「イツキくん。後ろ」

「……んっ⁉」

レンジさんにそう言われた瞬間《しゅんかん》、バフという音と共に俺は後ろから飛んできたクッションに押されるようにして前に倒《たお》れた。俺が倒《たお》れた先には分厚いマットが敷《し》いてあって、そこに全身が沈《しず》む。柔《やわ》らかいな、これ。

「今の分からなかった？」

「ぜ、全然見えなかったです……」

俺はマットから起き上がって、レンジさんにそう言う。

全然見えない、というのは何もクッションが後ろから飛んできたからじゃない。俺の両目はいま目隠《めかく》しをされているのだ。

ここに連れてこられるなり、早速目隠《さっそくめかく》しをされて『導糸《シルベイト》の感覚を研《と》ぎ澄《す》ませて』と言われてのこれである。全くもって何も分からない。

「そういう訓練だからね。〝魔《ま》〟の中には五感を奪《うば》ってくるものがいる。だから、それに対抗《たいこう》するためには、俺たちの第六感……つまり、導糸《シルベイト》の感覚を研《と》ぎ澄《す》ませるしかないんだよ」

レンジさんに言われて、俺は短く唸《うな》る。

第六感というのは、つまり超常《ちょうじょう》的な感覚のことである。

変な感じがして普段《ふだん》とは別の道を通ったら事故を回避《かいひ》したとか、遠い親族の夢を見たらその人が同じ時間に死んでいたとかいうアレだ。なんだかオカルト臭《くさ》いなと思うが、魔法《まほう》があって童話が史実の世界でオカルトも何も無いと言われれば無い。

「パパ、それって役に立つの？」

「もちろん」

俺の後ろで属性変化の練習をしていたアヤちゃんがレンジさんに尋《たず》ねる。

それに、レンジさんは自信ありげに答えた。

「導糸《シルベイト》を伝わってくる微弱《びじゃく》な振動《しんどう》を感じることで、〝魔《ま》〟の攻撃《こうげき》を読めるようになる。そうだね、簡単に言えばヤバいと思った瞬間《しゅんかん》に身体が勝手に動いていいる」

「私も練習したい！」

「アヤは『属性変化』が使えるようになったら、かな」

「む！　じゃあ良《い》い。出来るようになるから！」

俺と一緒《いっしょ》に訓練しているアヤちゃんを諭《さと》してから、レンジさんが続けた。

「イツキくん。もう一度やろう。導糸《シルベイト》を周囲に張り巡《めぐ》らせて、感覚を研《と》ぎ澄《す》ませるんだ」

刹那《せつな》、レンジさんの足音が消える。

「いくよ」

俺の集中を打ち消すように右からクッションが飛んできて、俺は再びマットに倒《たお》れ込んだ。

ダメだ。導糸《シルベイト》の感覚が全然分かんねぇ。だけど、この導糸《シルベイト》の感覚を高めることで、モンスターの魔法《まほう》を見てから避《よ》けるのではなく、見る前に動けるようになるのであれば、それを覚えないわけにはいかない。

俺が起き上がって身構えた瞬間《しゅんかん》、レンジさんの言葉が耳に届く。

「今度は上だよ」

その瞬間《しゅんかん》、ぼふ、と落ちてきたクッションが俺の頭の上に乗っかった。

それにレンジさんの苦笑《くしょう》する声が聞こえると、目隠《めかく》しを外された。

「ちょっと休憩《きゅうけい》にしようか」

そう言われて目を開くと、急に入ってきた光に目が驚《おどろ》いて反射的に目を細める。

「アヤも休もう。属性変化はコツを摑《つか》むのが難しいからね」

「ううん。まだやるの！」

アヤちゃんの方を見ると、真剣《しんけん》な表情をして導糸《シルベイト》を伸《の》ばしていた。第六感を全く身に付けられていない俺がいうのもアレだが、アヤちゃんに何かを掴《つか》んで欲《ほ》しくて声をかける。

「アヤちゃん。属性変化は、糸にねじ込むんだよ」

「どういうこと？」

「ほら、空気の中に水って沢山《たくさん》あるでしょ？　それを集めて、糸にねじ込むイメージだよ」

「……やってみるね」

アヤちゃんは半信半疑という顔で、属性変化に取り掛《か》かる。それを見ていたら、レンジさんが「面白《おもしろ》いことを言うね」と言って、俺に目隠《めかく》しを手渡《てわた》してきた。

「イツキくんって『真眼《しんがん》』持ちだよね。他の人の導糸《シルベイト》が見えてるんだよね？」

「は、はい！　見えてます」

「それが原因で第六感が難しいのかもね。今まで視覚に頼《たよ》ってたから、弱い刺激《しげき》の導糸《シルベイト》の感覚が分からないのかも」

「……う」

言われてみれば、俺が修行《しゅぎょう》するときやモンスターと戦うときには必ず相手の導糸《シルベイト》を見てきた。それは俺が真眼《しんがん》を持っていたから出来たことであって、見えない相手と戦うときにはあまりに有利というものだ。

だから、それに頼《たよ》っていたから感覚が鈍《にぶ》ったという話をされれば納得《なっとく》するしかない。

「どうする？　今日はこのあたりでやめて別の魔法《まほう》の練習をしても良いけど」

「ううん。やります」

「焦《あせ》ることは無いよ？　君はまだ五歳だし、君くらいの子はそもそも絲術《シジュツ》の練習ばっかりで、魔法《まほう》を使う練習なんて誰《だれ》もしていないんだ。導糸《シルベイト》の感覚を捉《とら》えるなんて高度な練習なんてもってのほかだ」

「……僕、六歳になりました」

「ああ、そっか。小学生だもんな」

レンジさんに慰《なぐさ》められるが、俺としては納得《なっとく》いかない。

他の子がどうであれ、俺は出来るようになりたいのだ。だって、モンスターは俺の成長を待ってくれない。むしろ雷公童子《らいこうどうじ》のように向こうから襲《おそ》ってくることだってある。

だから魔法《まほう》は一刻も早く使えるようになりたいのだ。

そんなことを考えた瞬間《しゅんかん》、ばしゃッ！　と、凄《すご》い音がして飛んできた水が俺を直撃《ちょくげき》した。

避《よ》ける間もなくびしょ濡《ぬ》れになった俺の後ろからアヤちゃんの明るい声が聞こえた。

「わっ、できたっ！　できたよっ！」

そして、すぐにこちらに走ってやってくる足音。

「ご、ごめんなさい。イツキくん」

「……ううん。良《い》いよ、大丈夫《だいじょうぶ》」

すぐさま駆《か》け寄ってきたアヤちゃんが謝《あやま》ってくれた。

「タオル取ってくるね。ちょっと待ってて！」

言うが早いか、アヤちゃんは踵《きびす》を返すと修練場から出て行った。

そういえば俺も初めて水の属性変化を成功させたときはびしょ濡《ぬ》れになったな。アヤちゃんの練習でも濡《ぬ》れるとは思っていなかったけど。なんてことを思いながら、俺はレンジさんを見た。

「……早く第六感を覚えたいです」

「あはは。覚えたら確かに今みたいにはならないだろうね」

レンジさんは苦笑《くしょう》しながら、右手で二本の導糸《シルベイト》を絡《から》めた。その瞬間《しゅんかん》、ドライヤーみたいに温風が俺に向かって噴《ふ》き出す。

「わぷっ！　これ、なんの魔法《まほう》ですか？」

「これ？　火と風の複合属性変化」

レンジさんに髪《かみ》の毛を乾《かわ》かされながら、俺は不思議に思ったことを聞く。

だって、その魔法《まほう》は俺が初めて成功させた複合属性変化で……。

「それって、『爆《バク》』ですよね？」

「そうそう。イツキくんが七五三で使った属性変化だよ。でも、魔法《まほう》は使いようだからね」

しかし、レンジさんはそう言って笑う。そう言われると、俺はまだ何も知らないんだな……という気持ちになって、やる気が湧《わ》いてくる。魔法《まほう》のことを知りたいという欲が出てくる。俺も使えないかな、と思いながら導糸《シルベイト》を絡《から》めると、アヤちゃんがタオルを抱《かか》えて戻《もど》ってきた。

「これ使って、イツキくん」

「ありがと、アヤちゃん」

白いタオルを受け取って顔をぬぐった瞬間《しゅんかん》、レンジさんのスマホが聞いたことのない音で鳴り始めた。すると、レンジさんは一瞬《いっしゅん》で真剣《しんけん》な表情を浮《う》かべてから、電話に出る。温風が無くなったので、見様見真似《みようみまね》でレンジさんの魔法《まほう》を再現。服を乾《かわ》かしていく。

そんな俺をよそにレンジさんは、二言、三言会話して電話を切った。

「仕事が入った。第三階位だそうだ」

非番のときでも容赦《ようしゃ》なく連絡《れんらく》が入ってくるのが祓魔師《ふつまし》業界の大変なところである。優秀《ゆうしゅう》な祓《ふつ》魔師《まし》は引っ張りだこだ。

第六感の練習を始めたばかりなんだけどな……と、思っているとレンジさんが優《やさ》しく続けた。

「イツキくんもおいで」

「……良《い》いんですか？」

「もちろん。アヤも連れて行くからね」

レンジさんがニッコリ笑う。今度はそれにアヤちゃんが反応した。

「え、良《い》いの⁉」

「今回のは勉強になるからね」

レンジさんの含《ふく》みが気になったが、そもそもプロの祓魔師《ふつまし》の仕事は何であれ勉強になるし、せっかくの間近で見れる機会を見逃《みのが》すわけにはいかない。俺は素早《すばや》く頷《うなず》いた。

というわけで、俺たちは素早《すばや》く霜月家《しもつき》の裏手に移動。父親が普段《ふだん》乗っているような黒いセダンと違《ちが》って、キャンプに行くようなデカい車に乗り込んだ俺はレンジさんの運転によってモンスターの発生現場へと向かった。

「今回の相手は憑依型《ひょういがた》なんだ。イツキくんは遭《あ》ったことある？　アヤはないよね」

「ううん。無いです」

「うん。ないよ」

憑依型《ひょういがた》？　なんだそれ。初めて聞いたぞ。

「こいつは言葉通り人を乗っ取る〝魔《ま》〟だ。昔だと狐《きつね》憑きとか、悪魔《あくま》憑きとか言われていたヤツだね」

……言葉だけは聞いたことがあるな。

意味は知らなかったけど。

「どうやら刃物《はもの》を持って暴れてるみたいでね。人に取り憑《つ》く〝魔《ま》〟は第三階位以上だし、憑《ひょう》依型《い》は霊感《れいかん》を持っていなくても姿が見えちゃうから、大事になる前に祓《はら》ってくれって連絡《れんらく》が入ってさ。珍《めずら》しい相手だから、二人の勉強になると思ってね」

霊感《れいかん》というのはモンスターを見るのに必要な力のことだ。

これは遺伝するものらしく祓魔師《ふつまし》であれば誰《だれ》でも持っているし、ヒナのように『生成り《なまなり》』になってしまった結果、後天的に手に入るものでもあるらしい。

そんなことを考えていると、アヤちゃんから素朴《そぼく》な質問が飛び出した。

「パパ。どうしてモンスターが人を乗っ取るの？」

「ん？　そうすれば、祓魔師《パパたち》にバレることなく魔力《まりょく》を喰《く》えるだろ？　〝魔《ま》〟だってバカじゃない。第三階位の知能があればできるだけ人に気づかれないようにするくらいの頭は働くさ」

レンジさんの返答に、それでもアヤちゃんは納得《なっとく》いってなさそうな表情を浮《う》かべる。

「でも、だったらどうして暴れてるの？　バレたくないなら、暴れない方が良《い》いのに」

「そろそろ成長するタイミングなんじゃないかな」

レンジさんが手元のボタンを操作すると、緊急《きんきゅう》車両用のパトランプが鳴り始めた。その音を聞いた周りの車が避《よ》けているのを見て速度を上げたレンジさんに、今度は俺が尋《たず》ねた。

「……成長って？」

「あれ？　言ってなかったっけ。〝魔《ま》〟は人の魔力を喰うことで成長する。第一階位だって、理論上は第六階位になるんだ」

「「えぇっ⁉」」

アヤちゃんと俺の声がハモる。そんなこと初めて聞いたぞ。

「〝魔《ま》〟は人と違《ちが》って、魔力《まりょく》総量を増やせるからね。魔力《まりょく》を増やせば階位も上がる」

だから、モンスターは魔力《まりょく》を喰《く》うのか。

てっきり、ただ生きていくために喰《く》ってるもんだと思ってた……。

「力を付けた〝魔《ま》〟は大きく二つの行動を取り始める。溢《あふ》れた力の万能感《ばんのう》に吞《の》まれるか、あるいはもっと隠《かく》れて力をつけようとするか。今回のは前者だったんだろうね」

淡々《たんたん》と語るレンジさんに、俺は前世の記憶《きおく》がチクリと刺激《しげき》されて息苦しくなった。

思い出したのは、前世の死の間際《まぎわ》。あの時、意味不明な言葉と共に、俺を刺《さ》した不気味な男。

あれはもしかしたら、モンスターだったんじゃないか……と。

「アヤも、イツキくんも仕事を見ているだけで良《い》い。これから先、同じように人に憑《つ》く〝魔《ま》〟が出てきたときにどうするか。その対処法を知ってほしいんだ」

「は、はい！」

「とは言っても、そんなに身構えなくても良いよ。ほとんど釣《つ》りみたいなものだから」

「……釣《つ》り？」

おおよそ魔祓《まはら》いとは関係無さそうな言葉が飛んできて、首を傾《かし》げる。

前世のほとんどをインターネットと共に過ごした俺としては『どっちの釣《つ》りなんだ……？』という疑問もあるのだが、見ていればいずれ分かるだろうということで深くは聞かなかった。

そんなこんなで俺たちがたどり着いたのは小さな商店街。

警官が既《すで》に入り口を封鎖《ふうさ》しており、それを囲むように野次馬《やじうま》たちが人集《ひとだか》りを作っていた。

「裏から回ろう。人目につくのは避《さ》けたい」

レンジさんはそう言うと、商店街の裏手に車を走らせる。他にも停車している車の列に紛《まぎ》れ込ませるようにして車を停《と》める。

俺たちが降車するのと、そこに若い警察官が走ってやってくるのはほぼ同時だった。

「お疲《つか》れ様です！」

「状況《じょうきょう》は？」

そんな警察官に開口一番、レンジさんが短く尋《たず》ねる。

「被害《ひがい》が出ないよう三人がかりで取り押さえたのですが、謎《なぞ》の力で吹《ふ》き飛ばされました。それで二人が軽い怪我《けが》をして、一人は刺《さ》されて今は病院です」

「分かった。どこにいる？」

「今はここの楽器店の店長とその妻を人質《ひとじち》にして立て籠《こ》もっています」

ここの、と言いながら警察官が地図を指さした。

……これ、結構な大事件では？

普通《ふつう》に全国ニュースになるレベルだと思うのだが、レンジさんも警察官の人も全く慌《あわ》てていない。ということは、こういう状況《じょうきょう》に慣れているということだ。改めて思うが祓魔師《ふつまし》って凄《すご》い仕事だな。

「裏から回る。話は通しておいてくれ」

「大丈夫《だいじょうぶ》です。既《すで》に人払《ひとばら》いは済んでいます。……ところで、そちらのお子さんたちは？」

「弟子《でし》だ」

「了解《りょうかい》です」

レンジさんが短く答えると、若い警察官の人は走って戻《もど》っていった。

え、今ので通じるの……？

交《か》わされたコミュニケーションがあまりに短く終わったもので、若干《じゃっかん》驚《おどろ》きを抱《いだ》いたが……

もしかしたら、前にレンジさんから教わった後処理部隊――『軀《むくろ》』の人なのかも知れない。

祓魔師《ふつまし》を志《こころざ》したが、モンスターを祓《はら》うには力が及《およ》ばず、それでも人を助けたいと思う人たち。

そういう人は警察などに入って、祓魔師《ふつまし》のサポートをするのだと。

「こっちだよ、二人とも」

レンジさんは今の一瞬《いっしゅん》で地図を暗記したのか、商店街の中に向かって歩いた。俺もレンジさんに遅《おく》れないように後ろを追いかけながら全身を導糸《シルベイト》で強化。ちらりとアヤちゃんを見ると、やや遅《おく》れていた。

「アヤちゃん、こっちだよ」

「あ、ありがとう……」

アヤちゃんの手を引いて、レンジさんの後ろを追いかける。

すると、レンジさんは角を曲がりながら口を開いた。

「人質《ひとじち》を取るのは憑依《ひょうい》型の典型的な行動だ。いかにも隠《かく》れて魔力《まりょく》を集めている小賢《こざか》しいやつの考えそうなことだろ？　だから、釣《つ》りになるんだよ」

一体何が『だから』なのかは不明だが、曲がり角の先には警察官が複数人で取り囲んでいる楽器店があった。そこを包囲している警察官たちの下《もと》に、さっきの若い警察官が走っていって何かを話す。

それを見ながらレンジさんは、導糸《シルベイト》を伸《の》ばした。

「二人とも。お店の中に男がいるのが見える？」

「見えます」

俺は両目の前で導糸《シルベイト》をレンズのように丸くして『強化』をすれば、視界がぐっと拡大されて店の中が見渡《みわた》せる。そこには初老の夫婦《ふうふ》と、それよりはわずかに若い――四十代ほどの男が、血のついた包丁を持って立っていた。

アヤちゃんはぎゅっと目を細めて見ようとしていた。視力良いな。

「よく見ておいて」

レンジさんはそう言いながら男の様子を窺《うかが》うと、導糸《シルベイト》をまっすぐ伸《の》ばした。

それはまるで、海に向かって釣《つ》り糸を垂らす釣り人のように。

「大切なのは〝魔《ま》〟に祓魔師《ふつまし》が来たと悟《さと》られないことだ。憑依型《ひょうい》は追い詰《つ》められたら、簡単に憑《つ》いている人を殺すからね」

……あぁ、そうか。

いま、あそこに立て籠《こ》もっている人もモンスターに操《あやつ》られた被害者《ひがいしゃ》なんだ。

レンジさんの導糸《シルベイト》はガラスの扉《とびら》をすり抜《ぬ》けて店の中に入ると、包丁を構えている男の首に突《つ》き刺《さ》さった。その瞬間《しゅんかん》、まるでコンセントを抜《ぬ》いた玩具《おもちゃ》のように男の動きが止まる。

「……食いついた」

小さく呟《つぶや》いたレンジさんが、勢いよく導糸《シルベイト》を引き抜《ぬ》いた。

その瞬間《しゅんかん》、ぷつん、と男が糸の切れた人形のように真正面に倒《たお》れる。

それに合わせるように、店の周りを囲んでいた警察官が店の中に突入《とつにゅう》。扉《とびら》が開くのを待ってから、レンジさんは釣《つ》り上げたばかりのモンスターを引き寄せた。

導糸《シルベイト》にくっついて、俺たちに向かってくるのは黒いモヤみたいなモンスター。だが、それは飛んでくる途中《とちゅう》に人の形を取ると、レンジさんが引き寄せるよりも速く、走ってやってくる。

その顔は、さっきまで取り憑《つ》いていた人によく似ていた。

「ひっ」

四十代の人が険《けわ》しい表情を浮《う》かべてこっちに走ってくるのは、まぁまぁビジュアル的に強いものがあって、アヤちゃんが悲鳴を漏《も》らす。

次の瞬間《しゅんかん》、モンスターが振《ふ》りかぶると、右手が膨《ふく》らむ。

そして、膨らんだ右手を投げてきた。だが落ち着き払《はら》ったレンジさんは、導糸《シルベイト》を飛んできた右手に向かって放つ。魔法《まほう》が着弾《ちゃくだん》、爆発《ばくはつ》。次の瞬間《しゅんかん》、煙幕《えんまく》でも張ったかのように目の前が真っ白になった。

そして煙《けむり》の向こう側から、一本の導糸《シルベイト》が伸《の》びた。その矛先《ほこさき》は、アヤちゃんだ。

「……ッ！」

誰《だれ》も糸が見えていない。見えているのは俺だけだ。

『焔蜂《ホムラバチ》』は……ダメだ。威力《いりょく》が強すぎる。『天穿《アマウガチ》』も無理だ。攻撃範囲《こうげきはんい》が狭《せま》すぎる。素早《すばや》い魔法《まほう》で、的確に相手を撃《う》ち抜ける魔法《まほう》を使うしかない――。

そう思った瞬間《しゅんかん》、俺の身体《からだ》は勝手に動いていた。

胸元《むなもと》に吊《つる》している雷公童子《らいこうどうじ》の遺宝を握《にぎ》りしめると、魔力《まりょく》を共鳴させる。

バジッ、と音を立てて導糸《シルベイト》が金に染まる。

そして、モンスターの魔法《まほう》が形になるよりも先に、それを放った。

――雷魔法《かみなりまほう》。

手元を離《はな》れた金の導糸《シルベイト》は紫電《しでん》になると、モンスターを追尾《ついび》するような蠢《うごめ》きを見せてから、白煙《はくえん》の向こうで何かが爆《は》ぜる音がした。その瞬間《しゅんかん》、白煙《はくえん》が一気に晴れて、黒い霧《きり》だけがそこに残る。それはモンスターの消失反応で、

「うん。流石《さすが》だね、イツキくん」

レンジさんは手元に導糸《シルベイト》を揺蕩《たゆた》わせながら、そう言った。

この反応を見るに、モンスターの動きが分かってたけど俺に譲《ゆず》ってくれたのかな。

……危ないことをする人だなぁ。

レンジさんに怖《こわ》いものを感じつつアヤちゃんを見ると、彼女は俺の魔法《まほう》をじぃっと見ていた。

まるで、何かを吸い寄せるかのように。

その様子が見慣れないものだったので、思わず問いかけると、

「アヤちゃん？」

「すっっっごい！！！」

ぱっ、と顔を輝《かがや》かせたアヤちゃんが、ずいっと俺に向かって顔を近づけてきた。その勢いに凄《すさ》まじいものがあり俺は後ろに下がったのだが、さらにアヤちゃんは踏《ふ》み込んできた。

か、顔が近い……。

「今のどうやったの⁉　魔法《まほう》が勝手に動いているみたいだったよ！」

「えっと、今のは雷公童子《らいこうどうじ》の遺宝を使った雷魔法《かみなりまほう》で……」

「雷魔法《かみなりまほう》だったから、〝魔《ま》〟を追いかけたの⁉」

「いや、それは……」

それは、どうだろう？

雷魔法《かみなりまほう》をモンスターに使ったのは初めてだから、その辺はまだ分からないんだよな。なんてことを考えていると、アヤちゃんはその長い髪《かみ》を振《ふ》るってから、さらに近づいてきた。

「やっぱりイツキくんは凄《すご》いね！」

アヤちゃんの真《ま》っ直《す》ぐな称賛《しょうさん》に、俺は少し視線を外すと……どう答えるべきかを迷い、

「……ありがとう」

照れくささを隠《かく》すように、そう答えた。それで離《はな》れてくれると思ったのだが、アヤちゃんは顔を近づけたままで、すっと真剣《しんけん》な表情になると、

「今の、私にも出来るかな？」

手元で魔力《まりょく》を編みながら、考え込むようにしてそう言った。

第三章 友達百人できるかな！

小学校に入ってから、一ヶ月が経《た》った。

その間、放課後は魔法《まほう》の練習、土日は母親と一緒《いっしょ》に身体構造の勉強を繰《く》り返した。『治癒魔《ちゆま》法《ほう》』は練習に入る前に勉強が必要だと聞いていたので、気合いを入れていたものの一ヶ月経《た》って未《いま》だに治癒魔法《ちゆまほう》の一つも使えないとなると流石《さすが》に気が滅《めい》入ってくる。

だからと言って学校をサボって魔法《まほう》の練習をするつもりにもなれない。レンジさんにも父親にも学校が大事と言われてしまったのだ。

学業の方が大事ってことは、俺は大学まで進学するんだろうか？

正直、祓魔師《ふつまし》としてやっていくのに弁護士や医者みたいな資格は必要じゃなさそうだし、学歴だって要《い》らないだろう。何だったら高校に入らず、中卒で祓魔師《ふつまし》になったって良いのだ。中卒祓魔師《ふつまし》は色々とまずい気もするが。

考えても仕方がないことを考えながら、俺は算数の授業を聞き流す。

……うーん。退屈《たいくつ》だ。

前世では決して頭の良い方ではなかったものの、だからといって小学校一年生の勉強が分からないほど頭が悪いわけでもない。『かずの授業』と言って二桁《けた》や三桁《けた》の数字の話をされて理解できない大人はそう多くないはずだ。

だから、こうした簡単な授業は本当に暇《ひま》になるし、眠《ねむ》くもなる。

なので導糸《シルベイト》の出力強化特訓の出番だ。

そもそも、祓魔師《ふつまし》が才能の世界と言われているのには大きく分けて理由が三つある。

一つ、モンスターが見えること。つまり『霊感《れいかん》』を持っているかどうかだ。

だが、これは祓魔師《ふつまし》の一族に生まれてくれれば皆《みな》、持っているものだ。

二つ、生まれ持った魔力《まりょく》総量が増えないこと。

だが、これは魔喰《まぐ》いを使ったトレーニングによって増やせることを俺だけが知っている。

そして、三つ。問題はこの三つ目にある。

魔力《まりょく》の出力に関してだ。

魔力《まりょく》出力というのは一本の導糸《シルベイト》に込《こ》められる魔力《まりょく》量の限界のこと。例えば、魔力《まりょく》総力を百としたら、普通《ふつう》は二とか、三くらいしか導糸《シルベイト》には込《こ》められないのである。

水が蓄《たくわ》えられたタンクと、それに繋《つな》がっている蛇口《じゃぐち》だと想像しやすいかもしれない。タンクが総量で、蛇口《じゃぐち》が出力だ。

どんなに大きなタンクがあっても、蛇口《じゃぐち》が小さければ水の出力は弱くなる。

魔力《まりょく》の出力が弱いと、魔法《まほう》も弱くなる。

そして一人の祓魔師《ふつまし》が出せる導糸《シルベイト》の限界数も、この出力に関わってくるのだ。

例えば魔力《まりょく》出力が二十の祓魔師《ふつまし》は魔力《まりょく》量が一の導糸《シルベイト》を二十本までしか生み出せない。では、この祓魔師《ふつまし》が一本あたりに十の魔力《まりょく》を込《こ》めたらどうなるのか。

答えは簡単。二本までしか出せないのである。

だから、魔力《まりょく》出力を鍛《きた》えるというのは大切なのだ。

大切なのだが、これも生まれ持った才能によるものが大きいらしい。だから祓魔師《ふつまし》は才能の世界なのだ。ただ、この魔力《まりょく》出力は微量《びりょう》だが鍛《きた》えることが出来るらしい。

というか正直なところ、俺は自分がどこまで導糸《シルベイト》を出せるのか知らない。

だが、一本あたりにどれだけの魔力《まりょく》量を込《こ》められるかは分かる。

だから、それを増やすために糸の強度を高める訓練を行う必要があるのだ。

これについては特に父親から口酸《す》っぱく言われた。

普段《ふだん》、父親が戦うときに使う導糸《シルベイト》の本数は二本。これは第五階位の魔力《まりょく》総量を持っていながら、さらに魔力《まりょく》の口先を絞《しぼ》ることによって一本あたりの出力を高めているのだと。

だから、俺もそれを見習って出力強化訓練中である。訓練中である、とカッコつけたは良いものの実際には両手をあやとりするみたいに組んでその中で導糸《シルベイト》を出しているだけだ。そして、ちょっとずつ込められる魔力《まりょく》量を増やしていくという地味な訓練。しかも地味すぎて特訓の成果が分かりづらいというデメリットまである。

　この訓練は今日で二週目だが、やる前と比べて増えた出力は1・01倍とか1・1倍とかだろう。やっている勉強も地味、やっている訓練も地味。地味が過ぎる。前世の俺みたいだ。

しかし、思い返せば魔力《まりよく》量を増やす訓練も地味だった。けれど積み重ねたことによって、俺は第七階位になった。だから、いくら地味でも回数をこなすことが大事なのだ。

というわけで俺は今も机の上で手を組んで、そこで魔力《まりよく》出力を高めている。

もっともっと強くならないと。

そんなことを考えていると、終業のチャイムが鳴った。今日の授業はここまで。

あとはみんなで掃除《そうじ》をして、帰りの会をしたら帰れる。

今日は早く帰りの会が終わってくれるといいなぁ。

そんなことを思いながら、机の上に出しっぱなしの筆箱や算数の教科書を片付けていると、
隣《となり》の席に座《すわ》っていたニーナちゃんが勢いよく立ち上がると一人、教室の外に出て行った。

「あれ？　ニーナちゃん、掃除《そうじ》だよ」

「……ふん」

そう言って俺は話しかけたのだけれど、ニーナちゃんは無視。

そんな俺に対して、同じ班のメンバーが呆《あき》れたように口を開いた。

「イツキ。やめとけって〜」

「いつも無視されてるでしょ」

周りの席の子たちがそんなことを言いながら、誰《だれ》も後ろに下げないニーナちゃんの机を教室の後ろへと持っていく。

入学してから一ヶ月。

ニーナちゃんは、クラスの中で明らかに浮《う》いていた。

最初はその珍《めずら》しい容姿──金髪《きんぱつ》だし、目も青いしで、物珍《ものめずら》しさから女の子たちに囲まれていたのだが、ニーナちゃんの自意識の高さというか『私はアンタたちとは仲良くしないから』というオーラのせいで、今ではもうクラスの中で関わる人がいなくなってしまったのだ。

いや、嘘《うそ》。俺だけが関わっている。

しかし教室から出ていったニーナちゃんの後ろを追いかけるほどでもなく、やっていることといえば給食のときに話しかけては無視をされ、掃除《そうじ》のときに話しかけては無視されているだけである。流石《さすが》に俺も心臓が痛くなってきた。

でも同じ祓魔師《ふつまし》仲間だし、友達ゼロ人は前世の俺みたいだし、それに何よりせっかく同じクラスなのだから友達になりたいと思っているわけなのだ、俺は。

「イツキくん。ちょっと良《い》い？」

「はい？」

俺も掃除《そうじ》しようと教室の後ろに席を下げると、廊下《ろうか》から担任の二葉《ふたば》先生に呼び止められた。

なので、ほいほいと教室の外に出る。すると、笑《え》みを浮《う》かべた先生から尋《たず》ねられた。

「イッキくんってニーナちゃんと仲良《なかい》い？」

「う、うーん。仲、良《い》いのかなぁ」

仲良くなりたいとは思っているが、仲が良《い》いかと聞かれると怪《あや》しいところがある。

俺の渋《しぶ》い返答に、二葉《ふたば》先生がゆっくりと続けた。

「ニーナちゃんね。日本に来たばかりで、慣れない環境《かんきょう》に困っているみたいなの」

それは入学式のときに話した感じや、教室での過ごし方から伝わってくる。

ニーナちゃんは『俺に勝つため』なのが目標だと言っていたが、それで外国から日本に来るのは不自然だ。それよりも親の転勤に合わせて日本にやってきて、そこで俺の噂《うわさ》を聞いたから『勝つ』という目標を立てたと考える方がよっぽど理解できる。

というか、ニーナちゃんが日本に来たばかりなのに日本語がぺらぺらなことを、二葉《ふたば》先生の中ではどう折り合いを付けているんだろう？　少し不思議だ。

「イッキくんにはね、ニーナちゃんと友達になって欲しいの」

友達⁉　心が揺《ゆ》れる言葉に、思わず前のめりになってしまう。

「ニーナちゃんも、やっぱり友達がいないと学校には来づらいだろうし。イッキくんもクラスメイトが来なくなっちゃうのは寂《さび》しいでしょ？」

先生からそう聞かれて『寂《さび》しい』と素直《すなお》に頷《うなず》けないのは大人の悪いところだ。

良くも悪くも自分と他人を切り離《はな》してしまっているから、来なくなったところで「ああ、そうなんだ」と思うだけである。

でも、ニーナちゃんはどうだろうか。

生まれ育った国を離《はな》れて、友達が誰《だれ》もいない学校に入れられて。そして、外には漏《も》らせない祓魔師《エクソシスト》という秘密まで抱《かか》えている。それで疎外《そがい》感を覚えないというのは、おかしな話だ。

だったら、同じ祓魔師《ふつまし》である俺が友達になった方が良いんじゃないのか。

なんてことまで先生は考えていないだろうが、ニーナちゃんに話しかけている一年一組のクラスメイトが俺しかいないので、他に選択肢《せんたくし》も無いんだろう。

とはいえ、俺としてもニーナちゃんと友達になることができれば卒業までの目標である『友達を十人作る』の進捗《しんちょく》率がゼロから一割になる。比率で言ったら十分の一を達成だ！

だから、俺は先生に快諾《かいだく》した。

「僕、ニーナちゃんと友達になります！」

「ありがとう、先生も安心だよ」

微笑《ほほえ》んだ二葉《ふたば》先生の顔には安心や安堵《あんど》のような感情が混じり合っていて『先生って大変なんだなぁ』と、そんなことを思った。

「じゃあ、ニーナちゃんを探してきます」

「帰りの会までには戻《もど》ってきてね」

二葉《ふたば》先生に見送られるようにして、俺も教室を離《はな》れる。

廊下《ろうか》や階段にいる掃除《そうじ》中のクラスメイトたちに、ちょっとした罪悪感を覚えつつ……俺は『探索魔法《たんさくまほう》』を使った。

探すのは、この学校で俺の次に魔力《まりょく》総量の多い人物。

ニーナちゃんが言っていたが、彼女は第四階位。小学校には数百人単位で人がいるとはいえ、それだけの突出《とっしゅつ》した魔力《まりょく》を持っているのは俺とニーナちゃんの二人だけである。

だから、そこにターゲットを絞《しぼ》れば良いわけだ。

俺の手元で形質変化させた導糸《シルベイト》がコンパスの針のように回転すると、矢印になって階段の下を指した。掃除《そうじ》をサボって何をしているんだろうか……と、思いながら矢印の方向に向かって歩いていると、俺の足は自然と校舎裏に向かっていた。

行き先に気がついた俺は一安心。

ニーナちゃんが女子トイレとかにいたら探すに探せないし。

校舎の外に出ると、人気《ひとけ》が完全にゼロになった。それもそのはず。こんなところを掃除《そうじ》する班なんて無い。

もしかして、誰《だれ》にも見つからない場所でサボってるんだろうか。

そんなことを考えながら、コンパスの先に向かって歩いていると遠くから声が聞こえてきた。

「……イツキは授業中にも魔法《まほう》の練習をしてるの。あんなのズルだわ」

誰《だれ》かに話しかけているニーナちゃん。

一体、誰《だれ》と喋《しゃべ》ってるんだろう……？

うちの学校はスマホの持ち込みが禁止。だから、誰《だれ》かと電話をしているとは思えない。

俺は校舎の陰《かげ》に隠《かく》れるようにして声のする方に視線を向けると、そこには裏門の手前に立っているニーナちゃんがいた。そして、彼女の目の前に浮《う》かぶ紫色《むらさきいろ》の煙《けむり》みたいな、モヤみたいな、そういう不思議なもの。

……なんだろう、あれ。

じぃっと目を凝《こ》らすが、その紫色《むらさきいろ》の何かから導糸《シルベイト》が伸《の》びている様子は見えない。だったら、あれは魔法《まほう》じゃないのか。なら、モンスターか……？

それを警戒《けいかい》しながら、俺は手元で魔力《まりょく》を編む。しかし、モヤと相対しているニーナちゃんは、普段《ふだん》よりも落ち着いた様子で話しかける。

「でも、ママは私に魔力《まりょく》を教えてくれないから……。自分でやるしかないの」

ニーナちゃんの言葉に、紫色《むらさきいろ》のモヤがぶるぶると震《ふる》える。

「え？　それはダメ！　イツキに勝てなくなるじゃない」

傍《はた》から見れば一人で喋《しゃべ》り続けるやばいやつだが、俺にはニーナちゃんが紫色《むらさきいろ》のモヤと会話しているように見える。モヤの方も彼女に襲《おそ》いかかる様子はなく、逆に諭《さと》すように震《ふる》えた。

……なら、あれはモンスターじゃないのか？

心の中で首を傾《かし》げるが、誰《だれ》からも答えは返ってこない。

どうしたものか……と、思っていると、閃《ひらめ》いた。

そうだ。ニーナちゃんに聞けば良いんだ。

もしかしたら、それが接点になるかも知れないし。

「ニーナちゃん！　探したよ！」

「……何？」

俺が話しかけた瞬間《しゅんかん》、こちらに気がついたニーナちゃんが露骨《ろこつ》に不機嫌《ふきげん》な表情を浮《う》かべて振《ふ》り返る。そして、俺が何かを言うよりも先に、俺から距離《きょり》を取るように吐《は》き捨てた。

「先生に言われて来たんだろうけど、私は掃除《そうじ》しないわよ。それよりも大事なことがあるの」

「何が大事なの？」

「魔法《まほう》の修行《しゅぎょー》よ！　私はイツキに勝つんだから！」

そう言って「ふん！」と、そっぽを向いてしまうニーナちゃん。

いや、さっきお母さんが魔法《まほう》を教えてくれないって言ってたよね。

そんな言葉が喉元《のどもと》まで出かけたが、これを言うと覗《のぞ》き見をしていたことがバレてしまうので、ぐっと呑《の》み込む。

俺とは視線を合わせないニーナちゃんだが、一方で紫色《むらさきいろ》のモヤを隠《かく》そうとはしない。

だったら、このモヤについて聞いても良いのかな？　ダメなら隠《かく》すか。

「ねぇ、ニーナちゃん」

「何よ」

「この紫《むらさき》のやつって、ニーナちゃんの魔法《まほう》なの？」

俺がそう話しかけた瞬間《しゅんかん》のニーナちゃんの反応は、凄《すご》かった。

びびびッ！と、まるで猫《ねこ》が全身の毛を逆立てるようにして驚《おどろ》く。可愛《かわい》い。

しかし、それだけにとどまらず、勢いよく俺の肩《かた》を摑《つか》んできた。痛い。

「み、見えてるの⁉　私の妖精《フェアリー》が……」

「フェアリー？」

フェアリーというと、あれか。妖精《ようせい》とか、精霊《せいれい》の……。

肩《かた》を摑《つか》まれたままの俺が思わず聞き返すと、ニーナちゃんは、ただでさえ大きな目をさらに大きくしてから言った。

「そうよ！　私が作ったから、私にしか見えないはずの……」

ニーナちゃんはそう言いながら、紫色《むらさきいろ》のモヤに目を向ける。

ふわり、とモヤが彼女に応えるように踊《おど》ったものだから、俺は思わずそれを目で追いかける。

「やっぱり、見えてる」

そう言いながら、彼女は俺の両目を深く深く覗《のぞ》き込んできた。

その蒼《あお》い瞳《ひとみ》が俺の視界いっぱいに広がって、まるで空とか海とかを眺《なが》め続けたときのように意識が呑《の》まれかけている俺に向かって、ニーナちゃんが静かに言った。

「イツキは持ってるのね、『魔眼《まがん》』を」

「魔眼《まがん》……？」

そんな大層なものは持っていないが。

「ううん。僕のはそんなものじゃないよ。ただ、他の人の導糸《シルベイト》が見えるだけで」

「……シルベイト？」

「これだよ」

俺は手から導糸《シルベイト》を伸《の》ばすが『真眼《しんがん》』を持っていないニーナちゃんには見えないようで、

「魔力《まりょく》を練って糸にしたものだよ。これを伸《の》ばして色んな魔法《まほう》を使うんだ」

「……し、知ってるわよ！」

絶対に知らなかったでしょ。

「とにかく！　魔法《まほう》になる前の魔力《まりょく》が見えてるんでしょ？　それは、魔眼《まがん》を持ってるからなの。魔力が見えるから魔眼《まがん》！」

ニーナちゃんはそう言うと、俺の前からすっと離《はな》れた。

もしかして、ニーナちゃんが言っている魔眼《まがん》は真眼《しんがん》のことなんだろうか。

確かによく考えてみれば祓魔師《ふつまし》をエクソシストって言うし、階位についても呼び方が違《ちが》うんだから、真眼《しんがん》の言い方が違《ちが》ってもおかしくはない。

しかし、そうか。

ニーナちゃんは導糸《シルベイト》という言葉を知らなかった。その代わりに俺の知らない妖精《フェアリー》という言葉を使った。

それの意味することは、ただ一つ。

彼女は俺の知らない魔法《まほう》を知っている。

……その魔法《まほう》を見てみたい。知りたい。

俺の好奇心《こうきしん》とも生存欲ともつかない気持ちが疼《うず》く。

そんな強い気持ちに促《うなが》されるようにして、今度は俺がニーナちゃんの肩《かた》を摑《つか》んだ。

「ねぇ、ニーナちゃん！」

「……な、何よ！」

「僕に魔法《まほう》を教えてよ！」

俺はそう言って彼女の目を覗《のぞ》き込む。

海外の魔法《まほう》。俺の知らない魔法《まほう》。

それは、もしかしたら俺を知らないところまで連れて行ってくれるかも知れない。

そんな強い期待に対して、ニーナちゃんはやや困惑《こんわく》しながら続けた。

「わ、私が？　魔法《まほう》を？　イツキに？」

「うん！　知りたいんだ。ニーナちゃんの使っている魔法《まほう》を」

強い希望を胸にしてニーナちゃんにそう言ったのだが、逆に彼女は一歩後ろに引いた。

なんでよ。

「あ、あのね！　私は……そもそも『凝術《リコレクト》』の修行《しゅぎょう》中で……」

ニーナちゃんは俺の知らない言葉を使った瞬間《しゅんかん》、ぶんぶんと首を横に振《ふ》った。

「違《ちが》うわ！　なんでライバルに魔法《まほう》を教えないといけないの」

「え、でもさっき修行《しゅぎょう》中だって……」

「いまのなし！」

勢いよくニーナちゃんが叫《さけ》んだ瞬間《しゅんかん》、掃除《そうじ》時間の終わりを知らせる音楽が鳴る。

……どうやらここまでっぽい。

先生には『帰りの会までに戻《もど》ってくるように』と言われている。もう帰らないと、帰りの会が終わるのが遅《おそ》くなってしまう。あれはみんなが揃《そろ》わないと始まらないからだ。

もう少し話を聞きたかったんだけどな……。

仕方がないので、俺は話を深掘《ふかぼ》りせずに聞いた。

「だったら、リコレクト？　それを教えてよ！」

「無理よ」

「どうして？」

「凝術《リコレクト》は『錬術《エレメンス》』を修行《しゅぎょー》しないとできないもの」

し、知らない言葉ばっかりだな……！

しかし、ニーナちゃんの口ぶりからは、俺にいじわるをしているというよりも本当に使えないっぽい。

どうしよう……？　俺はニーナちゃんの使う魔法《まほう》は使えないんだろうか。

一人困っている俺をおいて、ニーナちゃんが教室に戻《もど》っていたので、俺は慌《あわ》ててニーナちゃんの後ろを追いかけた。

それにしてもエレメンスに、リコレクトね……。

こっちでいう廻術《カイジュツ》と絲術《シジュツ》みたいなもんだろうか？

だとすれば、ニーナちゃんの修行《しゅぎょう》中という言葉も頷《うなず》ける。日本の祓魔師《ふつまし》たちだって、三歳から廻術《カイジュツ》の修行《しゅぎょう》を始め、五歳から絲術《シジュツ》の訓練を始める。

ちゃんとした魔法《まほう》……『属性変化』や『形質変化』を教えてもらえるのは七歳になってからだ。俺たちが小学校に入学してからまだ一ヶ月。

ニーナちゃんの誕生日が四月なら、もう七歳だ。けど魔法《まほう》は教えてもらえてないっぽいし多分、誕生日がもっと後なんだろう。だから、まだ六歳。日本なら絲術《シジュツ》の練習をしているころだ。

アヤちゃんと同じ立ち位置と思えば練習中なのも頷《うなず》ける。

それにしても、ニーナちゃんってどこの国の祓魔師《ふつまし》なんだろうか。

後ろを追いかけながら、俺はそんなことを不思議に思った。

教室に戻《もど》るとニーナちゃんを連れて戻《もど》ってきたことで先生に褒《ほ》められ、掃除《そうじ》をサボったことで班員からちょっとしたお小言を言われた。ぴったりプラスマイナス0《ゼロ》である。

しかし、同じ班員なのにニーナちゃんは何も言われず、なんだかみんなに無視されているみたいで胸が痛い。当のニーナちゃんは高飛車な顔で自分の席に座《すわ》っていたが。

そうして始まった帰りの会だったが、今日は特にイベントらしいイベントもなく、あっという間に終わった。

やった、今日は早く帰れるぞ！

早く家に帰って何をするかと言えば、魔法《まほう》の練習である。授業中でも導糸《シルベイト》の出力強化ができるとはいえ、逆に言えばそれしかできない。

新しい魔法《まほう》を使う練習だったり、未《いま》だに掴《つか》めない『第六感』の練習は家に帰ってからじゃないとできないのだ。

クラスメイトたちが友達同士で一緒《いっしょ》に帰るのを横目に、俺も帰るべくランドセルを背負う。

今日も下校は一人だ。いや、これは決して一緒《いっしょ》に帰る友達がいないから一人なわけじゃない。いま住んでいるマンションが学校から遠いから、近くまで一緒《いっしょ》に帰る友達がいないだけだ。

そんなことを考えながら教室を後にしようとした瞬間《しゅんかん》、俺はランドセルを勢いよく後ろに引っ張られて思わず倒《たお》れそうになった。

ぱっと後ろを振《ふ》り向くと、ニーナちゃんが俺のランドセルを引っ張っていた。

「どうしたの……？」

こんなことされるのは初めてだったので、おっかなびっくり聞いてみたらニーナちゃんからは不機嫌《ふきげん》に返された。

「……無視しないでよ」

「無視なんてしてないよ……？」

急にどうしたんだろう……と、思っていると、ニーナちゃんは言いづらそうに続けた。

「いつも『バイバイ』って言うのに、どうして今日は言わないのよ」

「言ってたっけ……」

「言ってたわよ！」

ニーナちゃんに怒《おこ》られてしまったので、ふと記憶《きおく》を探《さぐ》ってみると確かにいつも言っていたような気もする。いや、でも別にそれはニーナちゃんだけに言っていたわけではない。

クラスメイトたちの中で、少しでも俺が話しかけられる子たちにはみんな帰る前に、バイバイと言っているのだ。挨拶《あいさつ》は大事だから。

「ごめんね、ニーナちゃん。また明日、バイバイ！」

だから、俺はいつものようにそう言った。

そして、そのまま帰ろうとしたら、もう一回ランドセルを引っ張られた。

「ちょ、ちょっと待って！」

「どうしたの……」

一日に二回もランドセルを引っ張られるなんて人生初の俺は、思わずそう返す。

すると、ニーナちゃんはこっちが本命と言わんばかりに続けた。

「あ、あのね。イツキと話があるの。でも、今は人が多くて……」

「人がいるとできない話？」

俺がそう聞くと、ニーナちゃんはこくりと頷《うなず》いた。

なるほど。そうなると魔《ま》法《ほう》の話かな。

「だったら場所を変えた方が良《い》いかな。どこかに行く？」

「ここで良《い》いの。もう少ししたらみんないなくなるから」

どういう意味だろう……？

彼女の言葉を不思議に思った俺だったが、その意味を十分もしないうちに理解した。

小学生たちの気は早いもので帰りの会が終わってから、しばらくして俺とニーナちゃんだけがぽつんと二人きりで残された。

二葉《ふたば》先生も『早く帰るのよ』と言って職員室に戻《もど》っていったので、本当に二人きりである。

「ほらね」

「すごい！　ニーナちゃんは詳《くわ》しいんだね」

「べ、別に！　ただ、いつもこの時間まで残ってるだけよ……」

俺は帰りの会が終わるやいなや、我先にと帰っていた帰宅部なので、こんなに早く教室から人がいなくなるなんて知らなかった。

「それで、話ってどうしたの。ニーナちゃん」

「あのね、あれから考えてみたの。それでね……」

ニーナちゃんは少しだけ恥《は》ずかしそうにしながら、続けた。

「私はイツキに錬術《エレメンス》を教えることにしたわ！」

「えっ！　本当に⁉」

思わず声が大きくなったが、校庭を走り回っている小学生の声にかき消された。

「でも、タダでは教えないわ！　私がイツキに魔法《まほう》を教える代わりに、イツキにも私のお願いを聞いてもらうの」

「うん。良《い》いよ」

俺はニーナちゃんの提案に二つ返事で頷《うなず》く。

しかし、そんな俺の返事にニーナちゃんは目を丸くして、

「え、い、良《い》いの？　お願いの中身はまだ言ってないのよ……？」

「うん。大丈夫《だいじょうぶ》！　僕に出来ることだったら、何でも言ってよ。あ、でもお金は持っていないからお小遣《こづか》いは無理かな……」

「いっ、いらないわよ！　そういうお願いじゃないもの！」

そう言ってニーナちゃんはそっぽを向いたが、すぐにこちらに視線を戻《もど》した。

「でも、そうね。イツキがそこまで言うなら契約成立《けーやくせーりつ》だわ！　私がイツキに錬術《エレメンス》を教える代わりに、イツキは私のお願いを一つ聞く。完璧《ぱーふぇくと》！」

そして、ニーナちゃんは自信満々に胸を張りながら、

「じゃあ早速《さっそく》、錬術《エレメンス》を教えてあげるわ！」

「お願いします！」

俺は新しい先生に礼をしながら、ふと思った。

自分のお願いを先に聞けというのではなく、俺のお願いを先に聞いてくれるあたり、悪い子ではないんだろうな。ニーナちゃんは。

「じゃあ、イツキ手を出して」

「う、うん？　こう？」

俺は手をそっと前に出すと、ニーナちゃんが俺の手をぎゅっと包んだ。

「良《い》い？　錬術《エレメンス》は魔力《まりよく》を精錬《せーれん》するの。精錬《せーれん》した魔力《まりよく》を使って、より高い位相《いそー》の魔力《まりよく》にするのが錬術《エレメンス》！」

勢いよく語ってくれたニーナちゃんだったが、マジで何を言っているのか分からず顔に『？』が浮《う》かぶ。あれだけ勉強したかった海外の魔法《まほう》だが、もう拒否《きよひ》反応が出つつある。

「……今ので分かりなさいよ」

「う、うーん……」

そうは言われても、分からないものは分からない。

なんだよ、魔力《まりょく》を精錬《せいれん》って。

「今からやるから、それで覚えて」

「うん？」

ニーナちゃんは「行くわよ」と言って目を瞑《つぶ》った。

「……熱《あつ》ッ！」

次の瞬間《しゅんかん》、ニーナちゃんの手から伝わってきたのは信じられないほどの熱。

それは慣れ親しんだ魔力《まりょく》の熱だ。父親、アヤちゃん、そしてヒナの分まで触《さわ》っているし、自分のものだって常に自覚している。だから、その熱を見誤ることなんてない。

だが、ニーナちゃんのそれは俺たちのものとは比較《ひかく》にならないほどに――熱い。

「錬術《エレメンス》で精錬《せーれん》した魔力《まりょく》を手に集めたの。どう？」

「全然、違《ちが》う……」

「でしょ？」

ふふん、と自慢《じまん》げな表情を浮かべるニーナちゃん。

不機嫌《ふきげん》そうな顔じゃなくて、ずっと今みたいな顔をしていれば教室でも浮《う》くことは無いのに……と思ったが、今は黙《だま》っておいた。その代わりに尋《たず》ねる。

「これ、どうやってやるの？」

「そうね、まずは精錬《せーれん》のやり方よね。私たちは三歳くらいから練習するんだけど……」

と、言いながらニーナちゃんは俺のお腹《なか》を指さす。

「ここに魔力《まりょく》が溜《た》まってるでしょ？」

魔力《まりょく》が溜《た》まる場所。言わずもがな、丹田《たんでん》のことだ。

「その中の魔力《まりょく》をちょっとずつ外に出すの。そうしたら重い魔力《まりょく》がお腹《なか》の中に残って、軽い魔《ま》力《りょく》がお腹《なか》からゆっくりと身体《からだ》に回っていくの」

「…………？」

ニーナちゃんの言葉に、首を傾《かし》げる。

魔力《まりょく》に軽い、重いなんてあるのか……？　魔力《まりょく》は魔力《まりょく》。そうじゃないのか？

納得《なっとく》いっていない俺に対して、ニーナちゃんが続けた。

「両足でまっすぐ立つでしょ」

「うん」

「魔力《まりょく》を溜《た》めてるところから、煙《けむり》みたいにしてちょっとずつ魔力《まりょく》を身体《からだ》の外に出していくの。とりあえず、やってみて」

それは絲術《シジュツ》じゃないの……？

そう思いながらニーナちゃんの言う通り、外に魔力《まりょく》を出そうとしたら待ったがかかった。

「手、離《はな》さないで」

「え、う、うん」

よく分からないまま俺はニーナちゃんの手を握《にぎ》って、ゆっくりと微量《びりょう》な魔力《まりょく》を外に出した。

本当に微《かす》かな量。そうしないと、モンスターたちが寄ってくるから。

絲術《シジュツ》の要領で全身に回した魔力《まりょく》が手のひらに届いた瞬間《しゅんかん》、ニーナちゃんに怒《おこ》られた。

「これはダメよ、イツキ。魔力《まりょく》の濃《こ》さがいっしょじゃない」

「一緒《いっしょ》だと、ダメなの？」

「もちろんよ。大事なのは重い魔力を残すこと。最初はその感覚を知るところからなの！」

そう言われてしまえば、そうなのだろう。

「だから、もう一回！」

言われるがままに、全身の魔力《まりょく》を丹田《たんでん》に戻《もど》す。

魔力《まりょく》を戻《もど》すのなんて魔喰《まぐ》いトレーニング以来である。

何だか腹が痛くなってきたような気もしてくるな。流石《さすが》に気のせいだと思うが。

というわけで、俺は再び挑戦《ちょうせん》。

魔力《まりょく》を再び手に持っていくが、これもまたダメ。ニーナちゃんには「魔力《まりょく》が一緒《いっしょ》すぎる！」

と怒《おこ》られてしまった。

三回目に挑戦《ちょうせん》しようとしていたときに、教室の扉《とびら》が開いて二葉《ふたば》先生が戻《もど》ってきた。

「あら、イツキくん。もうニーナちゃんと仲良くなったの？」

そう言いながら二葉《ふたば》先生は担任机の上に置いてあった日誌を手に取った。

いや、まぁそうか。傍《はた》から見ればそう見えるよな。

俺たちがいまやっているのは教室の端《はし》の方で手を繋《つな》いで立ち尽《つ》くしている。これで仲良くしてないと思う方がおかしいだろう。

他人事《ひとごと》みたいにそんなことを考えていたら、ニーナちゃんは先生の言葉が気に入らなかったのか、ちょっと怒《おこ》った様子で、

「別に仲良くなってないわ！」

「そうなの？　ごめんね、でも先生は二人が仲良くしてくれると嬉《うれ》しいな」

「もう！　早くどっか行ってよ！」

「はーい。またあしたね、ニーナちゃん。イツキくん」

そう言いながら日誌を片手に教室を後にする二葉《ふたば》先生。

先生って大変だなぁ、と思っているとちょっとだけ顔を赤くしたニーナちゃんが、俺の方を振《ふ》り向いた。

「もう一回！」

「……うん」

中断された修行《しゅぎょう》を再開。俺は言葉通り、再び魔力《まりょく》を全身に回したが……それがどうにもニーナちゃん的には気に入らなかったらしい。

「あのね、イツキは魔力《まりょく》をコントロールしようとしすぎ。もっと魔力《まりょく》を自由にさせるの」

「自由に……？」

「力を抜《ぬ》いて、でも魔力《まりょく》が勝手にお腹《なか》に戻《もど》らないように力を入れて。重たい魔力《まりょく》と軽い魔力《まりょく》が分かれるように力をコントロールするの！」

ニーナちゃんに指摘《してき》されて、俺は自分の癖《くせ》に気がついた。魔力《まりょく》をガチガチにコントロールしたがるという癖《くせ》に、だ。

確かに俺にはそういう癖《くせ》がある。魔喰《まく》いトレーニングの際に痛みから逃《のが》れるべく、俺は魔《ま》力《りょく》を徹底《てってい》してコントロールしていた名残《なごり》だろう。だから、身体《からだ》の中の魔力《まりょく》を操《あやつ》ることに関しては、同年代の祓魔師《ふつまし》の中で誰《だれ》よりも歴が長いと言っても過言ではない……と、思う。

ただ、それが『エレメンス』の際には裏目に出ているのだ。

あちらを立てれば、こちらが立たず。

そう上手《うま》くいくことばかりでもないらしい。

「私がお手本を見せるから手、貸して」

貸して、と言われても俺の右手はニーナちゃんが持っている。

だから空いている方の左手をおずおずと差し出すと、それを素早《すばや》く摑《つか》んだニーナちゃんは自身のお腹《なか》に手を当てた。

「行くわよ」

他人のお腹《なか》を、服越《ご》しとはいえ触《さわ》る経験なんて無いので俺はちょっと緊張《きんちょう》。

しかし次の瞬間《しゅんかん》、俺はニーナちゃんの魔力《まりょく》の動きに意識を持っていかれた。

お腹《なか》が触《ふ》れている左手と、ニーナちゃんが握《にぎ》っている右手の熱に差があるのだ。

「ほら、こうすれば軽い魔力《まりょく》は身体《からだ》の先に、重たい魔力《まりょく》は身体《からだ》の中にとどまるの。慣れれば誰《だれ》だってできるわ」

……なるほど。これは凄《すご》い。

確かに実際に触《ふ》れてしまえば魔力《まりょく》の濃淡《のうたん》と、それを達成するためのトレーニングがあるというのも理解できる。

「ほら、イツキ。やってみて」

俺が頷《うなず》くと、ニーナちゃんは左手を離《はな》して俺のお腹《なか》に手を置いた。

呼吸を二度、繰《く》り返す。そして、ゆっくりと俺は魔力《まりょく》への意識を薄《うす》めた。

その瞬間《しゅんかん》、ふわりと魔力《まりょく》が身体《からだ》の中で自由に動き始める。

その感覚は生まれ直したばかりのあの日、魔喰《まく》いに襲《おそ》われ死にかけたとき以来で、トラウマがぞくりと刺激《しげき》される。背筋に冷たいものが走る。

けれど、あの時の俺と今の俺は違《ちが》う。

あれからずっと魔力《まりょく》に向き合ってきた。魔法《まほう》に向き合ってきた。

そして、魔力《まりょく》をコントロールする術《すべ》を身に付けてきたのだ。

刹那《せつな》、体の中で魔力《まりょく》が分離《ぶんり》するのが分かった。

いや、分離《ぶんり》というのは正しくない。丹田《たんでん》に留《とど》められなかった軽い魔力《まりょく》が手のひらに近づき、動かなかった重い魔力《まりょく》が丹田《たんでん》に残った。

廻術《カイジユツ》なんかでは味わえない、奇妙《きみよう》な感覚。

軽い魔力《まりょく》が手の先にやってきた瞬間《しゆんかん》、ニーナちゃんは俺の手を離《はな》した。

「及第点《ベター》ね。でも、いい感じ。ちゃんと変な感じがしたでしょ」

「……うん。魔力《まりょく》が、二つになった」

「そう！　そこから重い魔力《まりょく》を抽出《ちゆーしゆつ》して、身体《からだ》の外に出すの。それが錬術《エレメンス》っ！」

彼女はそう言うと、眉《まゆ》をきゅっと顰《ひそ》めた。

しかし、俺はそれの言葉に引っかかったので尋《たず》ねた。

「ねえ、ニーナちゃん。エレメンスって……魔力《まりょく》を外に出すの？」

「そうよ。そうしないと錬術《エレメンス》にならないもの」

「ええ⁉　三歳の頃《ころ》から身体《からだ》の外に魔力《まりょく》を出す練習をしてるの？」

「日本だとしないの？」

びっくりして思わずそう聞いてしまったのだが、ニーナちゃんからは逆質問が返ってきた。

「うん、しないかな。日本だと魔力《まりょく》を身体《からだ》の外に出すのは絲術《シジュツ》って言うんだけど、練習するのは五歳になってからだよ」

「ふうん？　国によって違《ちが》うのね」

彼女はそれだけ言って興味を無くしたようだが……俺としては、引っかかるところがあった。

それは廻術《カイジュツ》の意味について。

父親もレンジさんも廻術《カイジュツ》のことを『魔力《まりょく》操作に慣れるため』と言っていたが、あれは多分、半分だけしか意味を捉《とら》えていない。

もう半分は魔力のムラを無くすため、じゃないのだろうか。

身体《からだ》の中にある重い魔力《まりょく》と軽い魔力《まりょく》。これを混ぜることなくそのまま使うと、魔法《まほう》の威力《いりょく》や安定性に問題があるのではないだろうか。もし、問題があるのだとすれば祓魔師《ふつまし》として生き残っていく上で、大きな不安要素になる。

俺が雷公童子《らいこうどうじ》と戦ったときは『朧月《おぼろづき》』の威力《いりょく》を信じていた。信じたからこそ、切り札《ふだ》として使うことができたのだ。もし、あれを使うたびに威力《いりょく》の大小が生まれてしまうのなら、そんなものを切り札《ふだ》として持っておけるわけがない。

だからこそ魔力《まりょく》を糸にする前に廻術《カイジュツ》で、魔力《まりょく》の質を均等にしていたんじゃないだろうか。

……ありそうだな。

そんなことを考えていると、ニーナちゃんは「それはともかく」と言いながら続けた。

「ちゃんと重い魔力《まりょく》の感触《かんしょく》は覚えた？　イツキ」

「お腹《なか》の中にあるやつでしょ？　うん。ちゃんと、覚えた」

「その重たい魔力《まりょく》は、他の魔力《まりょく》よりも位相《いそー》が高いの」

　位相ってなんだよ。

　しかし、なんだか高ければ高いほど良い感じっぽいので俺は黙《だま》って重い魔力《まりょく》に意識を向ける。そうやって意識を向けてみれば不思議なことに、その重い魔力《まりょく》と軽い魔力《まりょく》は気がつかなかっただけで、最初からずっと身体《からだ》の中にあったことのような気がしてくるのだ。

　それは俺が魔喰《まく》いに襲《おそ》われた後に、魔力《まりょく》の熱を知覚したのと全く同じ。

　知るまでは分からないが知ったら戻《もど》れない、あの感覚だ。身も蓋《ふた》もない言い方をすれば要は自転車の乗り方と同じである。覚えるまでが大変だけど、覚えてしまえば忘れない。

「さっきイツキが精錬《せーれん》した魔力《まりょく》は第二位相《レベル2》。強い祓魔師《えくそしすと》は、この重い魔力《まりょく》をもっともっと重くするんだけど……私にはできないから、教えられないわ」

「……第二位相《レベル2》」

　なるほど。ちょっとずつだが、分かりかけてきた。

　普通《ふつう》の魔力《まりょく》が第一位相《レベル1》で、いま重たくしたものが第二位相《レベル2》。

　なるほどね？

「昔ね、私の国の魔術師《えくそしすと》は、魔力《まりょく》をずっとずっと精錬《せーれん》していけば、それが世界のいろんな素《もと》になるって考えたの。それが超純粋魔力《ぷらま・まてりあ》。そして、それを探し出すのが錬金術《あるけみあ》なのよ！」

「錬金術《れんきんじゅつ》⁉　それ聞いたことあるよ！」

俺の浅い浅い錬金術《れんきんじゅつ》のイメージは大釜《おおがま》で混ぜて、何だかポーションみたいな薬品を作っているイメージだが。

「ええ、由緒《ゆいしょ》正しい歴史ある魔法《まほう》なのよ」

そこまで言って、ニーナちゃんは胸を張った。

こ、この子魔法《まほう》に詳《くわ》しいな……。

恥《は》ずかしいことに俺は日本の魔法《まほう》について全然知らない。知らないから彼女みたいに他の人に説明できない。なので、ちょっと落ち込む。

「ま、今はどうだって良《い》いわ。練習の続きをするわよ」

「……分かった」

確かにニーナちゃんの言う通り、今はどうだって良い話だ。

俺は身体《からだ》の中にある位相の高い魔力《まりょく》――重たい魔力《まりょく》に意識を向ける。

「次はその重たい魔力《まりょく》だけを動かすの。できる？」

「……う」

小さく声を漏《も》らす。

意識して動かそうとするのだが……ダメだ。全然動かない。

試《ため》しに力を強めてみたのだが丹田《たんでん》から重たい魔力《まりょく》を外に出そうとした瞬間《しゅんかん》に、身体《からだ》の中にあった軽い魔力《まりょく》と混じり合って、中途《ちゅうと》半端《はんぱ》な魔力《まりょく》になってしまった。

「難しいでしょ」

「混ざっちゃう」

「これぱっかりは慣れるしかないわ」

魔力《まりょく》操作は、慣れの世界だ。

俺はそれを廻術《カイジュツ》と絲術《シジュツ》で嫌《いや》というほど学んだ。

前世の俺はそういう話をされると『根性論《こんじょう》とか今どき流行《はや》んねーよ』と思ってしまうタイプだったのだが……世の中、最終的には根性《こんじょう》と努力を積み重ねるしかない場所があるのだと魔《ま》法《ほう》の練習をしていく中で知ってしまった。

そして本気でやれば人間、案外なんとか出来るようになるというのも。

そんなわけで俺は重い魔力《まりょく》だけを外に出そうとするのだが……全然出ない。試《ため》しに大福のように、軽い魔力《まりょく》で重い魔力《まりょく》の周りをコーティングしてみたのだが、そうしたらコーティングは失敗。互《たが》いが混じり合ってしまった。

残念ながら大福作戦は失敗である。

他に何か方法が無いかな……と、思った瞬間《しゅんかん》に俺の腹を鋭《するど》い痛みが貫《つらぬ》いた。

あ、ダメだ。さっきのやつ気のせいじゃないわ。

「ニーナちゃん、ごめん」

「何？　もう降参《ギブアップ》？」

「ちょっと、トイレ……」

「さっさと行ってきなさいよ」

ニーナちゃんにため息を吐《つ》かれ、俺は誰《だれ》もいない一年生エリアを歩いてトイレに向かう。

それにしても、みんな帰っていて良かった。

小学校ですることをしようものなら、うんこマンなんてあだ名を付けられるからな！

スリッパを履《は》き替《か》えて、洋式の方に入る。入学してから知ったが、今どきの小学校はトイレが洋式なのだ。

俺のときは和式だったなぁ……。

なんてことを思いながら腹痛に意識を向けていると……ある考えが鎌首《かまくび》をもたげてきた。

「…………」

いや、俺だってこんなことは考えたくなかった。

だって流石《さすが》にこういうのは一歳とか二歳だから許される行為《こうい》であって、六歳になってまでこんな方法を試《ため》してみるのはいかがなものかと思う。本当に思っている。でも、気になるのだ。

さっきの重たい魔力《まりょく》、このまま出せるんじゃないかって。

いや！　いやいやいやいや。流石《さすが》にダメだろ！

何がダメなのか具体的には思い浮《う》かばないのだが、兎《と》にも角《かく》にもダメなものはダメなのだ。

「……うーん」

でも、トイレにいるしな……。

おむつのときは母親の替《か》える手間があった。しかし、トイレでしている分には誰《だれ》にも迷惑《めいわく》はかかっていない。ということは別に良いのか？

思えば絲術《シジュツ》のときも最初は尻《しり》から出していた。

……やってみるか。

思うだけ思って、力んでみた。


俺はうんこマンだった。


「遅《おそ》いわよ」

「ごめん」

教室に戻《もど》った俺はニーナちゃんと向かい合う。

「ちゃんと手を洗ったの？」

「当たり前だよ」

流石《さすが》に重たい魔力《まりょく》を外に出せたという話は黙《だま》っておいた。

ニーナちゃんが女の子だから、というわけではなく、俺のプライド的な話である。

誰《だれ》が言えるか、こんな話。

俺の墓場まで持っていく秘密が一つ増えたところで、ニーナちゃんが時計をちらりと見た。

「イツキ。今日はここまでにしましょ」

「あれ？　もう？」

「私、帰らないといけないから」

そう言われたものだから、俺も教室にかかっている時計を見る。

そこに表示されている時刻は十六時三十分。

大人からすれば早すぎる門限だが、小学一年生とすれば普通《ふつう》くらいだろう。

俺はまだ第二位相《レベル2》の魔力《まりょく》を動かすコツを全く掴《つか》めていないままだ。そういえば絲術《シジュツ》のときも俺は一ヶ月かけて出来るようになったし、魔力《まりょく》を身体《からだ》の外に出すのが苦手なのかもしれない。

逆に身体《からだ》の中の魔力《まりょく》操作をする廻術《カイジュツ》と魔力《まりょく》の精錬《せいれん》はすぐに覚えているから、そっちが得意分野なのかも。

なるほど。得意不得意、見えてきたな。

「ニーナちゃん。今日は魔法《まほう》を教えてくれてありがとね！」

「良《い》いわよ、約束だし」

「あ、そうだ。僕のお願いを聞いてくれたから、ニーナちゃんのお願いも教えてよ」

俺がニーナちゃんにそう言うと、彼女は少しだけ考えるようにして眉《まゆ》をひそめると、

「ううん。今はやめる。イツキが錬術《エレメンス》をちゃんと覚えたときに、私のお願いを聞いてもらうことにするわ」

「そっか。分かったよ」

「だから、明日も続きをやるわよ」

「え、良《い》いの！」

俺が思わずそう聞くと、ニーナちゃんは照れくさそうに続けた。

「……当たり前じゃない。じゃあ、また明日ね」

「うん。また明日！」

そう言って俺は彼女が教室を出るのを見送ってから、ふと思った。

そういえば、ニーナちゃんから挨拶《あいさつ》が返ってきたのは初めてじゃない？

おお、なんだか距離《きょり》が縮まった感じがして嬉《うれ》しい。まるで友達みたいだ。

そんなことを考えながら俺は自分のランドセルを背負ってから、ふと思った。

校門まで一緒《いっしょ》に帰れば良いじゃん、と。

「あ、ニーナちゃん！　ちょっと待って、僕も帰るから！」

そういうわけで俺はランドセルを持つと、彼女の後ろを追いかけた。

廊下《ろうか》に出ると階段のところで「早くしなさいよ！」と言って待っててくれた。やっぱり優《やさ》しいよね、ニーナちゃんは。

「そういえばニーナちゃんってどこに住んでるの？」

「あっち側。歩いて二十分くらいよ」

下駄《げた》箱で外履《そとば》きの靴《くつ》に履《は》き替《か》えながらニーナちゃんに聞いてみたら、ウチとは全く被《かぶ》りもしていない方向だった。

うーん。そっちだと一緒《いっしょ》に登下校は無理か……。

「イツキはどっちなの」

「僕はね、向こうの方だよ」

俺が指さした方向を見て、ニーナちゃんが「逆ね」と呟《つぶや》いた。

まぁ、それは俺もそう思う。

だったら校門のところでお別れかなぁと思っていると、校門に一人の男が立っていた。

見たところ四十歳くらいに見える。

乱雑に頭の上で散らかった脂《あぶら》ぎった髪《かみ》の毛と、何が面白《おもしろ》いのか薄《うす》っぺらい笑顔《えがお》を貼《は》り付けて、男は小学校をじぃっと見ていた。

あからさまな不審者《ふしんしゃ》。

だというのに校門の前を歩く人も車も、誰《だれ》も気がつかない。

男は上半身が裸《はだか》で、でっぷりとした腹を惜《お》しげもなく晒《さら》しており、人が持っている二つの腕《うで》に加えて胸のあたりから脂肪《しぼう》の乗った三本目の腕《うで》が伸《の》びていた。その三本目は校門をしっかりと摑《つか》んでおり、摑《つか》んだ場所からてらてらとした脂《あぶら》が滴《したた》っていく。

そして、男の瞳《ひとみ》がじぃっと俺たちの方へと降りてきた。

モンスターだ。

『ね、ね、一緒《いっしょ》に、サァ。遊ぼォ……！』

階位としては第二階位と言ったところだろうか。

普通《ふつう》に喋《しゃべ》ってきているあたり第一階位ってことは無さそうだけど。

『お、お、お名前をォ、教えてよォ……！』

ガチ、ミシ、とモンスターが握《にぎ》りしめている金属製の校門が歪《ゆが》んでいく。

分析《ぶんせき》している場合じゃないな。ちゃんと祓《はら》おう。

俺が導糸《シルベイト》を編もうとした瞬間《しゅんかん》、隣《となり》に立っていたニーナちゃんが浅く息を吐《は》き出した。

「……ひゅう」

ぱ、と隣《となり》を見れば、ニーナちゃんは顔を真っ青にして、カタカタと震《ふる》えている。

明らかに普通《ふつう》ではない。

「だ、大丈夫《だいじょうぶ》⁉」

「はっ、はっ……」

俺の問いかけに何も答えず、過呼吸気味になりながらガクガクと首を縦に振《ふ》る。どう見たって大丈夫《だいじょうぶ》ではない。もしかして、モンスターにトラウマを持ってるのか……？

そんな可能性に、ふと思い当たる。

それは別に珍《めずら》しい話じゃないらしい。モンスターに襲《おそ》われた人の中には、それが一生付きまとうPTSDを持っていることもあるのだと、父親から教えられたから。

ニーナちゃんがどんなトラウマを持っているのか分からないが、早々に決着を付けた方が良いことは明らかだ。

だから、祓《はら》う。

「『天穿《アマウガチ》』」

俺の一ミリ以下で細く展開された導糸《シルベイト》がモンスターの脳天を捉《とら》える。

そして、属性変化。

刹那《せつな》、俺が生み出した高圧数量が脳天を貫《つらぬ》かんばかりに放たれて、

『や、痩《や》せまァす！』

モンスターは素早《すばや》く三本目の腕《うで》を腹に突《つ》き刺《さ》した。

その瞬間《しゅんかん》、ぶしゅう、とガスが抜《ぬ》けるような音が響《ひび》くと身体《からだ》が一気に小さくなって『天《アマ》穿《ウガチ》』が空を切った。

「……は⁉」

なにそれ！　そんな魔法《まほう》見たことないんだけどッ！

『太りまァす！』

そう言ってモンスターが再度三本目の腕《うで》を胸に叩《たた》きつけると、身体《からだ》が一気に肥大化。

まるまると太って、元の姿になった。

な、何なんだよ。そのお手軽ダイエット……っ！

腹の底で悪態を吐《つ》くと同時、俺は今の『天穿《アマウガチ》』に今までにない違和《いわ》感を覚えていた。

……今のやつ、外に出るのがちょっと速かったような？

『お、面白《おもしろ》いでしょォ？　楽しイでしょ？　面白《おもしろ》いって言えよ』

モンスターの言葉を聞き流しながら、俺はニーナちゃんを庇《かば》うように前に出る。

そして、魔力の精錬を行った。

その瞬間《しゅんかん》、重い魔力《まりょく》が腹の底に軽い魔力《まりょく》が身体《からだ》の先端《せんたん》に移動する。

指先にやってきた軽い魔力《まりょく》を糸として練り上げると、刃《やいば》にして放つ。

――ひゅぱッ！

空気を切り裂《さ》く鋭《するど》い音が響《ひび》き、モンスターの胸から飛び出していた三本目の腕《うで》を斬《き》り落とす。

『痛ァイ！』

腕《うで》が無くなったモンスターは、どろりと鈍色《にびいろ》の液体を傷口から流しながら、ひっくり返った。

やっぱり、そうだ。

軽い魔力《まりょく》で生み出した魔法《まほう》は、速い。

体感だが普通《ふつう》に魔法《まほう》を使ったときよりも、１・３倍か１・５倍ほど速くなっている気がする。

ただ残念ながら速い分、火力は落ちている。だが、モンスターの傷口から見るに第二階位くらいなら問題なく相手できるだろう。問題なのは廻術《カイジュツ》を挟《はさ》んでいないことで魔法《まほう》の威力《いりょく》にブレが生まれてしまうところだが、それも今の一撃《いちげき》で新しいアイデアを思いついた。

やってみるか。

「ニーナちゃん。落ち着いて、大丈夫《だいじょうぶ》」

後ろにいるニーナちゃんの呼吸が「ひぅ」と吐《は》き出される。すがりつくように伸《の》ばされたニーナちゃんの手が震《ふる》えながら俺のシャツを掴《つか》んだ。

『あ、遊びたかッタだけなのにィ……！』

モンスターがそう言った瞬間《しゅんかん》、でっぷりとした腹が、ガバッ！　と開いて、巨大《きょだい》な口になった。その中には茶色く濁《にご》った巨大《きょだい》な歯と、デカい舌が見えている。

俺はモンスターが仕掛《しか》けてくるよりも前に再び精錬《せいれん》。

右手に集めた魔力《まりょく》をその場に留《とど》めると、右手だけで廻術《カイジュツ》を試《ため》す。

「……うん。やっぱり、そうだ」

その瞬間《しゅんかん》、俺の魔力は、な、ら、さ、れ、た。

やってみてから分かった。別に廻術《カイジュツ》は全身だけが対象じゃない。

これは身体《からだ》の一部だけでも出来るのだ。

魔法《まほう》の精錬《せいれん》と廻術《カイジュツ》を組み合わせたそれは、魔法《まほう》の早撃《クイックショット》ち。

和洋折衷《わようせっちゅう》、極《きわ》まれりって感じだ。

そんなことを思いながら放った導糸《シルベイト》が、逃《のが》さないようモンスターを雁字搦《がんじがら》めに縛《しば》り上げる。

そして『形質変化：刃《ヤイバ》』に斬《き》り裂《さ》かれたモンスターがバラバラになって地面に落ちた。

絶命したモンスターは、そのまま黒い霧《きり》になって消えていく。

俺はそれを見届けてから、ニーナちゃんの方を振《ふ》り返った。

「ねぇ、大丈夫《だいじょうぶ》⁉ 保健室に行く？」

「うぅん……。大丈夫《だいじょうぶ》。大丈夫《だいじょうぶ》、だから……」

さっきまでの自信をまるで丸ごと失ったかのように、ニーナちゃんの声はとてもか細く、消えてしまいそうだった。流石《さすが》にこのまま一人で帰らせるわけにもいかない。

……家まで、送っていこう。

だから俺は、彼女が落ち着くまで待つことにした。

そうしてニーナちゃんを送っていくことにしたのだが……帰っている間、俺たちはずっと無言だった。ピンクのランドセルをニーナちゃんの代わりに持って、隣《となり》を歩く。

……気まず。

ニーナちゃんはずっとバツの悪そうな顔で俯《うつむ》いているし、俺もこういう時にどう話しかけて良いか分からないし。

誰《だれ》か教えてほしい。こうなったときの女の子との接し方を。

しかし、見知らぬ誰《だれ》かにすがっても何かが起きるはずもない。

そんな黙《だま》りこくった俺たちが赤信号になった横断歩道の前で立ち止まる。立ち止まった瞬《しゅん》間《かん》、走り去っていく自動車にかき消されてしまうほど小さな声で、ニーナちゃんが口を開いた。

「……笑ってよ、イツキ」

「な、何を……？」

急にそう言われても、何を笑えば良いのか分からずに問い返す。

「わ、私はモンスターを前にすると……頭が真っ白になるの。モンスターを祓《はら》ったことも、ないの。それで、イツキに勝つって言ったのよ。バカみたいでしょ」

ニーナちゃんはそう言いながら、ぎゅっと拳《こぶし》を握《にぎ》りしめた。

うーん、これ相当メンタルやってるな。

思考が悪い方向に走ってる。

「僕はモンスターを前にして動けなくなるくらいで笑わないよ。僕たちと同《おな》い歳《どし》なら、モンスターなんて祓《はら》ったことがないのが普《ふ》通《つう》だと思うけど」

「でも、イツキは祓《はら》ってるじゃない」

俺は転生してるし……とは言えないので、「運が良かったんだよ」と言って誤魔化《ごまか》した。

でも考えてみればモンスターを祓《はら》わなくても良い環境《かんきょう》と、祓《はら》わないと死んでしまう環境《かんきょう》だと後者の方が運悪いよな。

「私は……私はね、本当は祓魔師《えくそしすと》に向いていないの。自分だって分かってる。ママにもずっとそう言われてきたから……」

「そうなの……？」

「うん。だって、ママは私に魔法《まほう》を教えてくれないから」

それはニーナちゃんがこっそり校舎裏で練習していたときに紫色《むらさきいろ》のモヤに漏《も》らしていた話だ。漏《も》らしていた話なのだが、改めて考えてみるとなんだか不思議な話だ。

普通《ふつう》の祓魔師《ふつまし》は自分の子どもがモンスターに襲《おそ》われても大丈夫《だいじょうぶ》なように、魔法《まほう》を教えて身体《からだ》を鍛《きた》えさせる。生まれながらに人並みはずれた魔力《まりょく》を持っている祓魔師《ふつまし》の子どもは、他と比べて尚《なお》のこと狙《ねら》われやすい。

だから、彼女の母親が魔法《まほう》を教えていないというのは、どうにも奇妙《きみょう》に思えるのだ。

「ママは私に魔法《まほう》の勉強なんてしなくて良《い》いって、才能が無いんだからやっても無駄《むだ》だって言うの。イツキの話をしたら、簡単に『イツキと結婚《けっこん》すれば良《い》い』って言うし」

なんかそんな話をどっかで聞いたな。どこだっけ。

しかし同級生から結婚《けっこん》の話をされると気まずいので、俺は話をそらした。

「で、でもニーナちゃんは魔法《まほう》が使えるでしょ？　誰《だれ》から教えてもらったの？」

「ママ。でも、最後に教えてくれたのは半年前なの」

「お父さんは？」

「……いないわ」

しまった。余計なことを聞いてしまった。

祓魔師《ふつまし》の殉職率《じゅんしょくりつ》は高い。少し考えれば、その程度はすぐに考えついたはずだ。

こういう気まずい雰囲気《ふんいき》になるたびに、俺は本当にコミュ力が無いのだと思ってしまう。

「でも、イツキに勝てば……きっと、ママも見直してくれる。私に祓魔師《えくそしすと》の才能があるって言ってくれると思ったの。そうしたら、魔法《まほう》を教えてくれるかもって……」

その瞬間《しゅんかん》、信号が青に切り替《か》わる。

ニーナちゃんは前に進みながら、心の奥底を教えてくれた。

なるほど。そういうことだったのか。

肩《かた》からずり落ちたニーナちゃんのランドセルを持ち直し、入学式のときの言葉を思い返す。

――『イツキに勝つために、ここに来たんだから！』

何かに焦《あせ》るような、怒《おこ》るような、そんな言葉。

あれはきっと、母親に認めてほしいニーナちゃんの心から絞《しぼ》りだされた言葉だったのだ。

けれど、だとすれば一つの疑問が浮《う》かぶ。

「ねぇ、ニーナちゃん」

「何？　イツキ」

「魔法《まほう》を教えてもらいたいって、ニーナちゃんは祓魔師《ふつまし》になりたいの？」

魔法《まほう》を知るということは、つまりはそういうことだ。

モンスターを前にして息が出来なくなってしまうのに、あえて自分から危険な道に飛び込むこともないだろうと思って、俺はニーナちゃんに聞いた。

それに、ニーナちゃんはそっと首を縦に振《ふ》って、

「……うん。私は、パパやママみたいな、立派な祓魔師《えくそしすと》になりたいの」

「祓魔師《ふつまし》になるってことは、モンスターと戦うってことだよ」

「もちろん、知ってるわ。だから、イツキにお願いしようと思ったの……私に、モンスターの祓《はら》い方を教えて、って」

そう言ったニーナちゃんは顔を赤くしたうえに、そっぽを向いてそう言ったものだから、どんな表情をしているのか摑《つか》みづらい。だから俺はしばらく無言でいると、ニーナちゃんはぱっと俺を振《ふ》り返ってから、

「やっぱり今のはなしよ！　忘れて！」

そう言って、話を誤魔化《ごまか》しに来た。

ただ、そう言われて簡単に忘れられるものではない。

「そんなにすぐには忘れらないよ……。だから、ちゃんとお願いを教えて。ニーナちゃん」

「うー……」

ニーナちゃんは静かに地団駄《ちだんだ》を踏《ふ》んでから、再び消え入るような声で言った。

「イツキに勝ちたいと思ってるのに……モンスターの祓《はら》い方を教えてっていうのは、変、なんだけど……」

横断歩道を渡《わた》りきったニーナちゃんがまっすぐ俺の目を見た。

「だけど私にモンスターの祓《はら》い方を教えてくれるのは……イツキしか、いないから」

本気なんだな、と思った。

まだニーナちゃんの顔色は悪い。それでも目に浮《う》かんだ決意の色は何も変わっていない。

……この子は、凄《すご》いな。

見るだけで過呼吸になるようなトラウマを持っていて、それでも自分のやりたいことに手を伸《の》ばそうとしている。

「だから私はイツキに魔法《まほう》を教えたの。教えたら、その……私にも魔法《まほう》を教えてくれるかもって、思ったから」

すっげぇ正直に言ってくれるな。

俺がニーナちゃんに感心していると、彼女は少しむっとして続けた。

「……笑ってよ。私はモンスターも祓《はら》えないのに、イツキに勝とうとしてたんだから。でも、勝とうとしたのに、イツキに魔法《まほう》を教えてもらおうとしてるのよ！　笑いなさいよ！」

「笑わないって」

笑えない。笑えるはずがない。

俺にはニーナちゃんが眩《まぶ》しくて、仕方がないのだ。

彼女は前世の俺のようにただ流されて流されて生きているような人間じゃない。

自分の望みと向き合って、それを叶《かな》えるために――喩《たと》えやり方が子どもっぽくても――自分で考えて、決意して、進んでいる。

それは、前世の俺には出来なかったことだ。考えもしなかったことだ。

だからこそ、思う。

ニーナちゃんは凄《すご》いな、と。

その熱意が、考え方が、俺にはとても眩《まぶ》しい。

……あぁ、本当に父親とレンジさんの言っていた通りだ。

学校に行って良かった。学校に行かないと、こんな凄《すご》い人に出会えなかったから。

だから俺は話を切《き》り替えるように、精一杯《せいいっぱい》明るい声を出した。

「ニーナちゃんのお願いは分かった。いつから、やる？」

「……え、何を？」

「何って、モンスターを祓《はら》う練習だよ」

「笑わないの……？」

どんだけそこを気にするの。

もしかして、笑われることにトラウマでもあるのかな。

「うん、僕は笑わない。だって、ニーナちゃんのことを凄《すご》いと思ったんだから」

「凄《すご》いの？　私が？　どうして……？」

「だってニーナちゃんは自分の苦手なことを乗り越《こ》えようとしているんだよ。自分の夢に向かって頑張《がんば》ってるんだもん。それを僕は笑わないよ」

そう言うと、ニーナちゃんは「そう」と呟《つぶや》いて黙《だま》ってしまった。

なので、俺は続ける。

「それに、ニーナちゃんは優《やさ》しいから」

「はぁ？　私のどこが優《やさ》しいのよ」

「だってニーナちゃんは僕に魔《ま》法《ほう》を教えてくれたし」

「は、話聞いてた？　あれは、私がイツキにモンスターの祓《はら》い方を教えてもらおうと思って」

「でも、ニーナちゃんのお願いを先に叶《かな》えて。僕のお願いを聞かないってことも出来たでしょ？」

俺がそう言うと、ニーナちゃんはそんなことを考えなかったと言わんばかりに目を丸くして、次の瞬間《しゅんかん》、きゅっと眉《まゆ》を顰《ひそ》めた。

「そ、そんなことしないわよ！　約束したんだし！」

「うん。それはニーナちゃんが優《やさ》しいからだよ」

きっと、彼女はそれを受け入れないだろうけど。

俺は心の底から、そう思うのだ。

「ニーナちゃんが約束を守ってくれたように、僕も約束を守りたい。モンスターを祓《はら》えるようになって、ニーナちゃんのママに『才能があった』って言わせようよ！」

「…………」

彼女は時間を作って俺に魔法《まほう》を教えてくれた。

早撃《クイックショット》ちという新しい可能性の片鱗《へんりん》を、教えてくれたのだ。

次は、俺が恩を返す番だ。

俺がそう言うとニーナちゃんは「そうね」と頷《うなず》いた。

頷《うなず》いてから、急に元気になった。

「そうよ、イツキの言う通りだわ！　モンスターの祓《はら》い方を教えてもらって、ママをびっくりさせてやるんだから！」

「うん！　そうだよ。そうしようよ！」

元気になったニーナちゃんを見て、俺はちょっと安心する。さっきみたいに落ち込んでいるよりも、元気な方が似合っているから。

「ありがとう、イツキ。元気でたわ！」

「どういたしまして」

お礼にそう応えると、ニーナちゃんがすっと足を止めた。

「ここが私の家よ」

「……ほわ」

そう言ってニーナちゃんが指さした建物を眺《なが》めて出てきた最初の感想は『デカいマンションだな……』という小学生みたいなものだった。いや、俺は小学生なんだけど。

住んでいるマンションはとにかくでかい。何階建てなんだろう。ぱっと見、三十階は超《こ》えてそうだ。あと入り口は透明《とうめい》な自動ドア。ホテルじゃなくて、これが普通《ふつう》の家なの？　もしかして、これがタワマンってやつだろうか。

ニーナちゃんの家を見ながら、ぼんやりとそんなことを考える。

……良いところに住んでるんだな。ニーナちゃん。

タワマンと言えば家賃がクソ高いという話を聞いたことがあるが、稼《かせ》ぎの良い祓魔師《ふつまし》なら住むことも余裕《よゆう》なんだろう。いや、東京のど真ん中に一軒家《いっけんや》を構えてるウチもウチか。

そんな無駄《むだ》なことをつらつらと考えながら、俺は持っていたランドセルをニーナちゃんに手《て》渡《わた》した。家についたなら、俺はお役御免《ごめん》だ。

「ニーナちゃんが元気になって良かったよ。また明日、学校でね」

「ちょっと待って！」

ランドセルを背負っているニーナちゃんに踵《きびす》を返して帰ろうとしたら、勢いよくランドセルを引っ張られた。

おい、これ今日で三回目だぞッ！

「ど、どうしたの……？」

「せっかく来たんだから、お茶くらい出すわよ！」

しかし、小学生相手に怒《おこ》るわけにもいかずに理由を聞いてみたら、とても小学生のものとは思えない言葉がニーナちゃんの口から飛び出した。

「お茶？」

「紅茶よ」

なるほど。

……なるほど？

納得《なっとく》いかない俺を引っ張るようにして、ニーナちゃんはマンションのエントランスに案内してくれた。ありえないくらいに綺麗《きれい》なエントランスを抜《ぬ》けて、エレベーターを降りた先には内廊下《ろうか》が広がっていた。内廊下《ろうか》というのは、ホテルみたいな感じだ。つまり扉《とびら》が外ではなく、建物の内側で完結しているのである。しかも廊下《ろうか》にはカーペットが敷《し》かれている。

ここ本当にマンションか？

俺が今の今まで積み上げてきた価値観が音を立てて崩《くず》れていくのを感じる。

如月家《うち》も相当金を持っていると思ってたけど、ニーナちゃんの家もお金持ちだ。

なんて、そんなことを考えてから俺は首を横に振《ふ》った。

やだやだ。大人になるとすぐに金のことを考えるんだから。

「ここよ」

ニーナちゃんはそう言うと、カードキーで解錠《かいじょう》。すごい世界だな。

そのまま玄関《げんかん》に入るとアロマみたいな芳香剤《ほうこうざい》の匂《にお》いがした。

「良《い》い匂《にお》いだね」

「ルームフレグランス。ママが好きなの」

ニーナちゃんが指さした先には、透明《とうめい》な液体が満たされたガラス瓶《びん》に、冗談《じょうだん》みたいな木の串《くし》が刺《さ》さっていた。何だこれ。

しかし、言われてみれば確かにここが匂《にお》いの元に思える。

ああ、でもそうなんだ。芳香剤《ほうこうざい》じゃなくてルームフレグランスって言うんだね。

知らなかったな〜。

……本当に知らなかった。

「イツキ、あがって」

もしかして海外育ちだから家の中だと靴《くつ》とか履《は》いたままなのかな……という、ネットで手に入れた浅知恵《あさぢえ》が鎌首《かまくび》をもたげるが、そんなことは無くニーナちゃんは普通《ふつう》に靴《くつ》を脱《ぬ》いでいた。

俺も当然、その後を追いかける。

「ニーナちゃんはよく友達を誘《さそ》うの？」

「ううん。友達いないから」

なんだ、俺と一緒《いっしょ》だ。

「僕は？」

「イツキは……。まぁ、イツキね」

よく分からない返答がやってきて、俺は閉口。

ニーナちゃんが「ランドセルはそこに置いて」と言うから、カーペットの上に置いた。いや、このモコモコしているのはラグって言うんだっけ？　違《ちが》いが良く分からん。

前世では『使えれば何でも良いだろ』ってことで、チェーン店の安い家具を買ってきて部屋を埋《う》めていた俺とは大違《おおちが》い。ニーナちゃんの家の中は全て白を基調とした家具で取り揃《そろ》えられていて、窓際《まどぎわ》に置かれた観葉植物がいい感じのアクセントになっている。

ただ家具の中でニーナちゃんのピンクのランドセルは、ちょっと浮《う》いているような気がした。

異文化のど真ん中の部屋に案内された俺は、ふと違和《いわ》感を覚えた。

……結界がない？

祓魔師《ふつまし》の家なら絶対にあるはずのそれが無いことに疑問を抱《いだ》いた俺が部屋の中をキョロキョロとしていると、キッチンからニーナちゃんが話しかけてきた。

「イツキは何が好き？」

「何って？」

「紅茶よ。色んな味があるでしょ」

色んな味と言われても、紅茶なんて午後ティーくらいしか飲んだことが無いんだけどな。

「何でもいいよ！　美味《おい》しいやつ」

「じゃあダージリンで良《い》い？」

分からん。ダージリンで良いかと聞かれても。

しかし、何でも良いと言ったし、何が出てきても味の違《ちが》いなんて分からないので、俺は「お願い」と返した。

「ソファーに座《すわ》ってて。お茶は持っていくから」

「ありがとね」

まだ数回しか使っていないんじゃないかと思うくらいに真っ白なソファーに座《すわ》ると、座《すわ》り心《ご》地《ち》が前世のものと全然違《ちが》って思わず笑ってしまった。これ絶対高いやつでしょ……。

そのままリビングに視線を向けると、ニーナちゃんはとても慣れた手付きでお湯をカップに注いでいた。まるで毎日やってるみたいな手さばきだから俺は驚《おどろ》いて、

「ニーナちゃんは良くお茶を淹《い》れてるの？」

「何？　友達がいないのに飲んだらダメなの？」

そんなことは言ってないんだけどな。

「違《ちが》うよ。紅茶を淹《い》れるの、上手だなって思って」

「は、はぁ!?　どこが上手なのよ！」

そう言って大声を出すニーナちゃん。

けれど、その顔はどこか嬉《うれ》しそうで、

「ママがずっといないから自分で入れただけよ」

「ニーナちゃんのママは忙《いそが》しいの？」

「そうね。全然帰ってこないわ。でも昨日は帰ってきたから……次は一週間後じゃない？」

どこの国の出身でも祓魔師《ふつまし》は忙《いそが》しいらしい。

実を言うと、うちの父親も今は長期で出払《ではら》っているのだ。ニーナちゃんの母親と同じように一週間は顔を見ていないから、そろそろ帰ってくるかもしれない。

けれど、と俺は部屋の中を見渡《みわた》してから思う。

うちには母親がいる。ヒナがいる。父親が出払《ではら》っても、家の中で一人になることなんてない。

一人……。そうか。一人なんだ。

ん？　小学生で？

「あれ？　ニーナちゃんって一人暮らしなの⁉」

「そうよ」

「じゃあ、もうご飯とか作ってるの⁉」

「ううん。作ってないわ。ママがお弁当をお願いしているの」

「お弁当……？」

「そう。毎日持ってきてくれるの。美味《おい》しいわ」

そんなサービスあるんだ？　そういえば前世の会社に社食代わりに似たようなサービスがあったな。あれって一般《いっぱん》家庭用もあるのか……。

そんなサービスを受けちゃうあたりに、カルチャーショックを受けていると、ニーナちゃんがお盆《ぼん》――多分、別の名前がある――に紅茶を載《の》せて、キッチンから持ってきてくれた。けれど、その手付きは紅茶を淹《い》れていたときと比べて、とても危なっかしい。

あれかな。普段《ふだん》、自分で飲むように紅茶を淹《い》れてはいるけど、来客には出したことがないから慣れてないいって感じかな……。

俺がおっかなびっくりニーナちゃんの動きを見ていると、彼女はお盆《ぼん》の上をじぃっと見ていたものだから、足元のラグに躓《つまず》いた。

「わっ！」

こうなった時のためにあらかじめ用意していた導糸《シルベイト》を放つと、紅茶が撒《ま》き散らされないように空中でキャッチ。前につんのめったニーナちゃんをソファーから立ち上がって受け止めた。

「ご、ごめんなさいイッキ！　大丈夫《だいじょうぶ》⁉　お茶はかかってない⁉」

「うん。大丈夫《だいじょうぶ》。受け止めたから」

見たことないくらい焦《あせ》った様子のニーナちゃんを落ち着かせてから、俺は空中で紅茶を受け止めている導糸《シルベイト》を指《ゆび》さした。というかこれ、俺には真眼《しんがん》があるから糸が見えてるけど、他の人からしたらどんな感じに見えるんだろ。紅茶が空中に浮《う》いている感じになるのかな？

ニーナちゃんは宙に浮《う》いたままのお茶を見ると、ほっとしたように胸を撫《な》で下ろす。そしてお盆《ぼん》をテーブルの上に置くと、「良かった……」と小さく漏《も》らした。

そんなニーナちゃんの様子を見て、俺は逆に聞いた。

「ニーナちゃんこそ、大丈夫《だいじょうぶ》？　怪我《けが》はない？」

「だ、大丈夫《だいじょうぶ》よ。別に、ただつまずいただけだから……」

「そっか。なら、良かった」

ほっと息を吐《は》いて、俺は導糸《シルベイト》でティーカップを掴《つか》む。

そして紅茶を捉《とら》えている方の導糸《シルベイト》を球から漏斗《ろうと》の形に変えて、カップに注いだ。

「ありがとう、ニーナちゃん。飲んでも良い？」

「口に合えば良いんだけど……」

ちょっと照れくさそうにそういうニーナちゃんを横目に見ながら、口に含《ふく》む。

お、おお。紅茶だ。なんか馬鹿っぽいが、実際にそれ以外の感想が出てこない。けど、多分、良い茶葉を使ってるんだろうな……とは思う。

なんて言っても香りが濃《こ》いのだ。いや、やっぱり馬鹿の感想だな、これ。

そんなことを思っていると、ニーナちゃんがじぃっと俺のことを見ているのに気がついた。

「ど、どうしたの？」

「美味《おい》しい？」

言われて、まだ味の感想を言っていないことに気がついた。

せっかく淹《い》れてくれたのに、無言というのはいかがなものか。

しかし、こういう時に気の利《き》いたことが言えないから友達がいないわけである。俺は少し考え……考えている間にも、ちょっとずつ不安げな表情になっていくニーナちゃんを見て、慌《あわ》てて口を開いた。

「お、美味《おい》しいよ。ありがとう」

「そうなの？　良かった！　じゃ、なくて……」

ニーナちゃんは、ぱっと顔を輝《かがや》かせると急にそっぽを向いた。

「当然でしょ！　私が淹《い》れたんだから、美味《おい》しいに決まってるのよ」

「今度から紅茶はニーナちゃんにご馳走《ちそう》になるよ」

「そ、そんなに⁉」

そっぽを向いていたのに、急に視線を戻《もど》してきたニーナちゃん。可愛《かわい》いな。

しかし、彼女は一呼吸を置くように深呼吸をすると、小さく呟《つぶや》いた。

「イツキと喋《しゃべ》ってると、なんだか調子が狂《くる》うわ……」

ニーナちゃんはそのまま自分の紅茶に口をつけた。

そして、自分で入れた紅茶を飲み込むとゆったりとため息をついて、

「なんだか、馬鹿みたい」

「どうして？」

「だって、イツキのことをライバルだと思ってたのは私だけだったってことでしょ」

「そうだね、僕はずっとニーナちゃんと友達になりたかったから」

「な、なんで……？」

おっかなびっくり、と言った様子でニーナちゃんが聞いてくる。

「だってほら僕たちは祓魔師《ふつまし》だし。同じクラスだし……」

「…………」

そこまで言って、理由に詰《つ》まった。詰《つ》まったのだが、ニーナちゃんは続きを聞きたそうな顔をして俺を見ている。そんな顔をされると俺も『友達になりたかった理由』を言いたいのだが、なんて言おう……？

いや、あったぞ。俺がニーナちゃんと話そうと思った理由が。

「それに僕に似てる気がしたんだよ。それで仲良くなれそうと思ったから……」

「止《ストップ》まって！」

しかし理由を告げている俺を遮《さえぎ》るように、ニーナちゃんは真っ赤になって立ち上がった。

「どうしたの、ニーナちゃん」

「それ以上はダメ！　まるで、運命みたいじゃない」

運命……？　ああ、ニーナちゃんが入学式の日に言っていたあれか。

すっかり忘れてたな。なら、ちょっとニーナちゃんをからかうか。

「運命かも？」

と、冗談《じょうだん》を言ったら、顔を真っ赤にしたニーナちゃんが無言で部屋から出て行った。

「ご、ごめん！　冗談《じょうだん》だよ、ニーナちゃん」

俺は慌《あわ》ててそれを追いかけた。

機嫌《きげん》を直してくれるのに、三十分かかった。

第四章　箱を見ろ

ニーナちゃんの家にお呼ばれした週の土曜日。

俺は父親の運転する車に乗って、関東圏《けん》のとある中学校に向かっていた。

既《すで》に日は半分ほど落ちていて、休みの日だからか車の通りは随分《ずいぶん》と多い。

「そのニーナという子に魔法《まほう》を教えてもらっているのか？」

「うん。ニーナちゃんは優《やさ》しいから魔法《まほう》を色々教えてくれるの」

「なるほど、だから……」

目の前の信号が赤に変わり、ゆっくりと車が減速していく。

俺はそれを横目に父親に買ってもらったばかりのオレンジジュースを口に運んだ。

「だから、最近はパパと一緒《いっしょ》に魔法《まほう》の練習をしてくれないのか……」

「違《ちが》うよ。パパと練習してないのは、ニーナちゃんと練習してるからじゃなくてパパが家にいないからだよ」

「ううむ……」

オレンジジュースをドリンクホルダーに戻《もど》す。

一週間ぶりの父親は、一週間ぶりとは思えないほど相変わらずだった。まぁ、そんな短時間で人が変わるはずもないのだが。

そんなことを考えていると、停《と》まった車の中で父親が口を開いた。

「イツキ。もし良かったらだが、次はそのニーナちゃんを家に招待したらどうだ？」

「招待？　どうして？」

「紅茶をいただいたのだろう？　こちらも茶菓子《ちゃがし》くらい出すのが礼儀《れいぎ》というものだ」

……なるほど。

実はあの後、ニーナちゃんの家にもう一度お邪魔《じゃま》したのだ。その時にも紅茶と、そして小さなお菓子《かし》を貰《もら》っている。

ごちそうしてもらってばかりが悪いなら、たまにはウチにも……というのは理解できる。

でも、ウチはニーナちゃんの家から遠いんだよな。

俺は『身体強化』を使い、走って帰ることで魔法《まほう》の持続時間を延《の》ばす練習も兼《か》ねている。だから遠くても苦じゃないが、ニーナちゃんはそうじゃないだろう。

「でも、パパ。ニーナちゃんの家は遠いよ？」

「ならば帰りはパパが車で送ろう」

「今度、聞いてみるね」

「友達が出来たのは良《い》いことだ。特に、祓魔師《ふつまし》の友は貴重だからな。大事にするんだぞ」

「うん！」

前世では友達が全然出来なかった俺である。せっかく現世で出来た貴重な友達を無下にできるはずもない。

そんな風なことを考えていると信号が青へと変わって車がゆっくりと進み始めた。どうして俺たちが中学校に向かっているかというと、そこに出たモンスターを祓《はら》うためである。

父親の説明によると、これから向かう中学校は旧校舎の老朽化《ろうきゆう》と耐震《たいしん》基準の問題で建て直しの準備をしていたらしい。だが、準備のために旧校舎の片付けを行っていた教師が二人、行《ゆ》方《え》不明になった。

どうにも旧校舎には『開かずの部屋』と呼ばれている教室があって、そこの片付けに向かってから帰ってきていないと。それで学校に勤務している祓魔師《ふつまし》が開かずの部屋へ、行方《ゆくえ》不明になった教師を助けに向かい、その祓魔師《ふつまし》も帰ってこなかった。

そうなると普通《ふつう》の祓魔師《ふつまし》の手には負えないということで、父親に白羽の矢が立ったのだ。そして、せっかくだからということで俺も一緒《いっしょ》に行くことになったのだが、ずっと気になっていることが一つ。

「でもさ、パパ」

「どうした？」

「なんで夜に学校に行くの？」

せっかく休みの日なのだ。別に夜じゃなくて昼に行っても良いんじゃない……？　と、そう思って聞いたのだが、父親からは随分《ずいぶん》とあっさりした返答で、

「それがどうにも夜に行かねば開かないらしいのだ」

「……どうして？」

「部屋に巣くっている〝魔《ま》〟が夜行性なのだろう。普通《ふつう》の〝魔《ま》〟は夕方から夜にかけて活性化しやすい。おかしくない話だ」

そう言えば前にレンジさんやアヤちゃんと一緒《いっしょ》に奥多摩《おくたま》の方まで熊を狩《か》りに行ったときも夜だった。それに基本的に怪談《かいだん》――モンスターと出遭《であ》った人間の体験談はどれも夕方や夜に集中している。昼に出遭《であ》ったという話は少ない。

さらに言えば黄昏《たそがれ》時は、逢魔《おうま》が刻《とき》……つまり『魔《ま》に逢《あ》う時』なんて名前まで付いているくらいである。モンスターが夜行性というのは理解できる話だ。

ちなみに『なんで夜に旧校舎の片付けをしに行ったのか』なんて野暮《やぼ》なことは聞かない。前世でSNSに長い時間を捧《ささ》げていた俺は知っているのだ。

教師という仕事が残業だらけで大変なことくらい。

「この辺のはずなのだが……」

父親がそう言いながらハンドルを切った瞬間《しゅんかん》、目の先に大きめな中学校が見えた。

父親は車を学校の裏側に走らせて、停車。そこに三人の大人たちが走ってやってきた。その内の二人は五十代か六十代といったところだが、逆に一人だけは二十代に見えるくらい若い。

……どういう組み合わせ？

俺がそんなことを考えながら車を降りると、一番若い人が真っ先に口を開いた。

「お、お待《ま》ちしておりました！　宗一郎《そういちろう》さん」

「すまない、少し遅《おく》れた。渋滞《じゅうたい》に巻き込まれてしまってな」

「いえ、ご高名な宗一郎《そういちろう》さんにお会いできるなんて、イチ祓魔師《ふつまし》として光栄です！」

そう言って笑《え》みを浮《う》かべる二十代の男性。

その首からかかっているネームプレートを見ると『佐藤《さとう》』という名前の横に、『担当教科：理科』と書いてあった。祓魔師《ふつまし》と言っていたけど、学校の先生も兼任《けんにん》しているんだ？　いや、違《ちが》うか。前にレンジさんが言っていた学校に常勤している祓魔師《ふつまし》か。

いや、でも父親の話だと祓魔師《ふつまし》が一人行方《ゆくえ》不明になってるって話だったけど……？

「宗一郎《そういちろう》さん。そちらのお子さんは？」

「息子《むすこ》だ。祓除《ばつじょ》の経験を積ませるためにな」

「……ご、ご子息でしたか。お噂《うわさ》はかねがね」

父親が俺の紹介《しょうかい》をした瞬間《しゅんかん》に、佐藤《さとう》さんの表情が目に見えてこわばった。

俺の噂《うわさ》って絶対に雷公童子《らいこうどうじ》周りだろ。ロクな噂《うわさ》がないやつだ。

俺は思わず顔をしかめたが、佐藤《さとう》さんは一度、咳払《せきばら》いをする。そして、後ろにいる二人の大人をそれぞれ紹介《しょうかい》してくれた。

「すみません、紹介《しょうかい》が遅《おく》れました。ウチの校長と、教頭です」

そう言って紹介《しょうかい》された二人は、父親にビビった様子も隠《かく》さずに頭を下げていた。

……まぁ、そうなるよね。

ウチの父親は身長も高ければ、身体《からだ》も分厚いし、それになにより片目眼帯に顔中傷だらけである。これでビビらないヤツは祓魔師《ふつまし》かヤクザしかいない。

それでも校長先生は震《ふる》える声で続けた。

「宗一郎《そういちろう》さん、先生たちをどうかお願いいたします」

「……命の保証はできない。既《すで》に部屋に呑《の》まれて一週間経《た》っていると聞いた。死んでいる可能性の方が高い」

「はい。それは佐藤《さとう》先生から聞きました。それでも……お願いいたします」

父親はそれに対して『分かった』と答えた。俺もその横で、気を引き締《し》める。

人がいなくなっているのだ。甘《あま》えた気持ちで向かうべきではない。

そんな俺たちに向かって、佐藤《さとう》さんが続けた。

「部屋までは私が案内します。そこからは、宗一郎《そういちろう》さん。お願いいたします」

「ああ、任された」

旧校舎は歩いて五分もかからなかった。新校舎の横を抜《ぬ》けて、見えてきたのは全体的に古臭《ふるくさ》い建物。塗料《とりょう》は剝《は》げて、夜でも分かるほど建物の色がくすんでいる。それに細かいひび割れもいたる所に見えた。そして、入り口は生徒が入らないように鎖《くさり》に南京錠《なんきんじょう》で施錠《せじょう》されている。

「ちょっと待ってください。鍵《かぎ》を開けます」

そう言って佐藤《さとう》さんが旧校舎の入り口の扉《とびら》を解錠《かいじょう》すると、俺たちはいつものように靴《くつ》を履《は》いたまま校舎に上がる。その部屋に佐藤《さとう》さんが懐中《かいちゅう》電灯の光を灯《とも》した。

誰《だれ》もおらず月明かりも届かない校舎の中に、一筋の細い光が走る。

「こっちです」

約束通り開かずの部屋まで案内してくれる佐藤《さとう》さんの後ろを追いかけながら、俺は思わず心の中で深く息を吐《は》き出した。

……怖《こわ》い。

校舎の中にいるのは本当に俺たちだけなのだろうか。靴《くつ》がタイルを踏《ふ》む音が建物の中に反《はん》響《きょう》して、後ろやら前やら色んなところから音が返ってくる。色んなところに『何か』がいるんじゃないかと、潜《ひそ》んでいるんじゃないかと思って背筋に冷たいものが流れる。

深く息を吸い込むと、胸にある雷公童子《らいこうどうじ》の遺宝を手で触《さわ》る。そうすると、安心するのだ。

懐中《かいちゅう》電灯で照らされた階段を上ってたどり着いたのは三階。さらにそこから奥に向かって進むと『理科準備室』と書かれたプレートが吊《つる》されている扉《とびら》の前で佐藤《さとう》さんが立ち止まった。

「ここです。ここが開かずの部屋です」

佐藤《さとう》さんが指さした部屋を前にして、俺は思わず息を呑《の》んだ。

呑《の》まざるを得なかった。

「どうした、イツキ」

誰《だれ》よりも早く俺の緊張に気がついた父親に尋《たず》ねられ、俺は見たままのことを答える。

「パパ。この扉《とびら》……『導糸《シルベイト》』がびっしり張り付いてる。罠《わな》かも」

「……ふむ」

それは、明らかに異質な光景だった。

まるで何者かを封印《ふういん》するように扉《とびら》そのものが無数の導糸《シルベイト》で覆《おお》われている。まるで『触《さわ》るな』と警告でもしているかのように。

「助かったぞ、イツキ」

一方で父親はそう言って手元から導糸《シルベイト》を伸《の》ばすと、扉《とびら》にかける。そして、スライド。俺はそれを見ながら早撃《クイックショット》ちをいつでも出来るように手元に魔力《まりょく》を集めた。

さて、鬼《おに》が出るか、蛇《じゃ》が出るか。

身構えると同時、父親の導糸《シルベイト》がドアの目の前で無理やり引きちぎられると、とぐろを巻き、みるみる内に立方体へと圧縮されてから地面に落ちた。

そして、完全に開いた部屋の中には、

『いやァ！　変態ィ！』

全身にタトゥーの入った上半身裸《はだか》のモンスターがムンクの『叫《さけ》び』みたいな姿で、俺たちを見ていた。

「………」

目の前に飛び出してきたモンスターに、思わず呆気《あっけ》に取られた。

人型、そして痩《や》せ型。だが、身体《からだ》にはしっかりとした筋肉の盛り上がりが見えている。つまりは上裸《はだか》。そんな変態を前にして、どうリアクションして良いか分からないままの俺と違《ちが》い、モンスターはまっすぐ父親を指さして叫《さけ》んだ。

『入室するときにはノックをするのがマナーッ！　着替《きが》え中だったらどうするのッ！』

バン、と壁《かべ》を叩《たた》いてヒステリックに叫《さけ》ぶモンスター。

着替《きが》え中だったらって言ったが、上半身が裸《はだか》なのは良いんだろうか。それは着替《きが》え中ではないってこと……？

「マナー？　勝手に学校に巣くっているお前がマナーを語るのか？」

『学校は税金で建てられているのよ。誰《だれ》のものでもないわ』

「〝魔《ま》〟は税金を納めていないだろう」

父親は淡々《たんたん》と言葉を紡《つむ》ぎながら、月明かりの差し込む理科準備室に一歩踏《ふ》み込んだ。それを見たモンスターの片頬《かたほお》がぴく、と痙攣《けいれん》。

それはまるで、思春期の子どもが自分の部屋に勝手に親が入っているのを見つけたときのような、隠《かく》しきれない苛立《いらだ》ちが透《す》けている。

しかし、そんなことで立ち止まる父親でもなく、俺もその後ろを追うようにして準備室の中に入った。佐藤《さとう》さんが来る途中《とちゅう》で教えてくれた話だと、数十年は開けられていない部屋ということだったが、変な臭《にお》いもしないし、ホコリが溜《た》まっているということもない。

部屋の中にはビーカーや、傾《かたむ》いた人体模型や、学校だったらどこにでもあるようなスチール製の収納棚《だな》が置いてあるだけである。

おかしなところを挙げるとしたら、収納棚《だな》の扉《とびら》が全て剝《は》ぎ取られていて棚《たな》の一番上には三つのルービックキューブが並んで飾《かざ》ってあるところだろうか。

「下らない問答を続けるつもりはない。ここに三人……人が、来たはずだ。答えろ」

『ええ、ええ！　来たわよ。私の部屋《ところ》に。人間らしく不細工で、惨《みじ》めで、可哀想《かわいそう》だったから、素晴《すば》らしくしてあげたの』

「……素晴《すば》らしく？」

父親が短く尋《たず》ねたとき、月明かりが柔《やわ》らかく光を強めた。

『素晴《すば》らしく、よ。人の身には余るほどにね』

その光はスチール製の棚《たな》を冷ややかに照らすと、棚《たな》に置いてあったキューブを照らし出す。

さっきまで俺がルービックキューブだと思っていた、それを。

『大きい方の祓魔師《ふつまし》。貴方《あなた》は知っているかしら。この世で最も美しい形を』

「…………」

『立方体《キューブ》よ』

最初に見えたのは、髪《かみ》の毛だった。

黒い髪《かみ》の毛が箱の手前側に浮《う》かんでいるのが見えた。

筋肉なのか血液なのか分からない赤い何かで箱がみっちりと詰《つ》まっていた。

箱の表面には、でろりとした黄色い脂肪《しぼう》がまばらに見えた。

それになにより箱には、ほとんどそのままの形を残している唇《くちびる》が一つあった。とても大きな眼球が二つ浮《う》かんでいた。

そんな箱が三つ、スチール製の棚《たな》に飾《かざ》ってあった。

『一辺が五センチの立方体《キューブ》こそが、この世で最も美しく完成された形《ボディ》！　不細工で涙《なみだ》が出てしまうほど可愛《かわい》そうだったから、私が手ほどきしてあげたの。とっても、素晴《すば》らしく』

モンスターが放った言葉はそこまでだった。

突如《とつじょ》として俺の前に立っていた父親の姿が消えた。

次の瞬間《しゅんかん》、モンスターの身体《からだ》が後方に吹《ふ》き飛んで激突《げきとつ》ッ！

バゴッツツ！！！

それから遅《おく》れて、モンスターが窓枠《まどわく》に激突《げきとつ》する音が俺の鼓膜《こまく》を揺《ゆ》らした。

　腹の底が震《ふる》えてしまうような轟音《ごうおん》と共に、窓ガラスが木っ端微塵《こっぱみじん》に砕《くだ》け散る。散ったガラスが、月の光を反射して雪のように舞《ま》った。フレームが大きく丸みを帯びるように変形し、その中心にいたモンスターが身体《からだ》を起こす。

　ぱき、と砕《くだ》けた窓ガラスを踏《ふ》んで父親が前に出る。

「なるほど、理解した。ならば」

　後ろ姿しか見えない父親の声に怒《いか》りはない。焦《あせ》りもない。

　ただ、祓《はら》うべきものを祓《はら》いに来たという覚悟《かくご》が感じられた。

「気兼《きが》ねなく祓《はら》えるというわけだ」

　父親の左足と右腕《みぎうで》には導糸《シルベイト》が絡《から》みついている。

　さっきの動きは速すぎて『身体強化』を使っていない俺には完全に捉《とら》えきれなかったが……それでも何をやったのかは分かる。

　いまやったのは、『躰弾《テイダン》』——相手の懐《ふところ》に飛び込んで、全体重を乗せた一撃《いちげき》でモンスターの胸を蹴《け》り抜《ぬ》いたのだ。その証拠《しょうこ》に窓枠《まどわく》に身体《からだ》がはまり込んでいるモンスターの胸は大きくへこんでいる。普《ふ》通《つう》の一撃《いちげき》じゃない。

　躰弾《テイダン》は体重を乗せる関係上、体格が良ければ良いほど効果の高い体術だ。俺の身体《からだ》だと、ここまでの威力《いりょく》は出せない。

　俺が父親の体格の良さを羨《うらや》んでいる間に、ぴくりとモンスターの指先が動く。まだモンスターは黒い霧《きり》になっていない。まだ死んでいないのだ。

モンスターが何かする前に祓《はら》おうとしたのだろう。父親が導糸《シルベイト》を放とうとした瞬間《しゅんかん》、

『痛みはぁ……愛ッ！』

モンスターが叫《さけ》ぶと同時に、起き上がった。

刹那《せつな》、モンスターは導糸《シルベイト》を放つと自身がハマっている窓枠《まどわく》を四角形に斬《き》り取って脱出《だっしゅつ》。グラウンドに向かって落下した。

『愛こそが痛み！　痛くて痛くて苦しいものよ！』

そう言いながら落ちていくモンスターに向かって、俺はまっすぐ魔法《まほう》を構えた。

「イツキ？」

「僕に任せて」

近距離《きんきょり》では活躍《かつやく》できないかも知れないが、遠距離《えんきょり》は俺の得意分野。

雷公童子《らいこうどうじ》の遺宝に導糸《シルベイト》を触《ふ》れさせ魔力《まりょく》を感応させる。憑依《ひょうい》型のモンスターを祓《はら》ったとき、ようやく手にした雷《かみなり》の魔法《まほう》。相手をずたずたに引き裂《さ》き、焼き焦《こ》がす魔法《まほう》。

故《ゆえ》にその名を、

「『析雷《さくいかづち》』」

バチ、と紫電《しでん》が爆《は》ぜると、俺の放った稲妻《いなずま》が空を裂《さ》いてモンスターに向かう。

そのままモンスターを捉《とら》えて爆《は》ぜさせる――そう思った瞬間《しゅんかん》、俺の魔法《まほう》が空中で導糸《シルベイト》に搦《から》

め捕《と》られた。

そして、そのままぎゅるりと回転すると、みるみる内に圧縮されて雷《かみなり》のキューブになる。

またた。またあいつの変な魔法《まほう》。

魔法《まほう》を、導糸《シルベイト》を、そして人間をキューブにする不気味な魔法《まほう》。

『うゥん！　これこそが〝美〟。究極は、シンプルにこそ宿る！　分かるかしら？　分からなくても結構ォ！』

ドン、とモンスターが強く地面を踏《ふ》み込むと、その足に導糸《シルベイト》が巻き付く。

身体強化か何かの魔法《まほう》だろう。

『私が分からせてあげるわッ！』

それに対して俺は早撃《クイックショット》ちを放つ。

しかし、それより先にモンスターは地面を蹴《け》ると砲弾《ほうだん》じみた速度で俺たちのところに戻《もど》ってくる。それに合わせるように、父親は俺の身体《からだ》を掴《つか》んで理科準備室から飛び降りた。

ちょうど窓際《まどぎわ》で交差した俺たちに向かって、モンスターは導糸《シルベイト》を放った。だが、それが俺たちに届く前に、ぐん、と身体《からだ》が動いて回避《かいひ》。見れば、父親が導糸《シルベイト》を校庭に撃《う》ち込んで、力強く引き寄せていた。力技《ちからわざ》の避《よ》け方だな！

空を切ったモンスターの導糸《シルベイト》は旧校舎の地面に置いてあった運搬《うんぱん》用の一輪車に激突《げきとつ》すると、それを立方体に圧縮。完全にブロックになってしまう。

……なるほど。

俺は今の魔法《まほう》を見て、ようやくモンスターの魔法《まほう》特性を理解した。

こいつがやっているのは、物体の『形質変化』だ。

どんなものでも作れてしまう形質変化には二つの側面がある。

魔力《まりょく》を変化させることで、物を生み出す形質変化。

そして、既《すで》に存在している物体に魔力《まりょく》を込《こ》め、物体の性質を変化させる形質変化。

例えば俺が森で戦ったときにモンスターたちが繰《く》り出してきたドングリ爆弾《ばくだん》。あれは普通《ふつう》のドングリに魔力《まりょく》を流し込んで爆弾《ばくだん》に変化させたもの、つまりは後者の形質変化だ。

莫大《ばくだい》な魔力《まりょく》によって物体の形質を侵食《しんしょく》して、書き換《か》える。

暴力的なまでの魔力《まりょく》があるから出来る技《わざ》だが、種が分かってしまえば何も驚《おどろ》くことはない。

俺は既《すで》に導糸《シルベイト》を放っている。

『やだァ！　そんな生意気な目で見るんじゃないわよ！　分からせたくなるじゃないのッ！』

そう叫《さけ》んだモンスターに向かって、再び紫電《しでん》が走る。

雷鳴《らいめい》が爆《は》ぜて、それを注視したモンスターが導糸《シルベイト》を放った。

再び俺の雷《かみなり》がキューブに変化していく。それで良い。別に形はどうだって良い。

必要なのは、そこにあるということ。

『一辺が五センチ！　それ以上でも、それ以下でもあり得ないッ！　ぴったり五センチこそが美しい輝《かがや》きなのよ、小さい祓魔師《ふつまし》ッ！』

三階から飛び降りたとは思えないほど静かに着地した父親の真横で、俺は声が届くかどうか分からないけどモンスターに教えてあげた。

「だったら、その雷《かみなり》は綺麗《きれい》じゃないと思うよ」

――バズッッツツツ！！！！！

俺がそう話しかけた瞬間《しゅんかん》、紫電《しでん》――いや、キューブだから雷《かみなり》箱と呼ぶべきか――の最も近くにいたモンスターに向かって、雷《かみなり》が落ちた。

事前に魔法《まほう》を置いておき、自動で敵を貫《つらぬ》く俺の設置型魔法《まほう》――『伏雷《ふせいかづち》』は今みたいに、魔《ま》法《ほう》を放ってから攻撃《こうげき》に転じるまでの時間差《ラグ》があることで油断したモンスターを祓《はら》う魔法《まほう》だ。

雷魔法《かみなりまほう》がモンスターを追尾《ついび》する習性から思いついた新しい魔法《まほう》である。

ぶすぶすと黒い煙《けむり》を上げながら、モンスターが準備室から落下。

しかし、それでもモンスターは俺の魔法《まほう》に驚《おどろ》いた様子もなく、静かに片手を上げた。

『随分《ずいぶん》とかましてきたわねェッ！　小さい魔術師《まじゅつし》。アンタ――〝愛〟に溢《あふ》れているわ』

「お前は何を言ってるんだ」

そして父親の着地狩《が》りで潰《つぶ》されてしまい、黒い霧《きり》になった。

その後、俺たちは校舎へと戻《もど》りながら『躯《むくろ》』の人たちに連絡《れんらく》を行った。窓枠《まどわく》の修復や、開かずの部屋に立った噂話《うわさばなし》の誤魔化し方《カバーストーリー》、何よりキューブにされた人たちをどうするかは彼らに任されるのだと。

後処理の人がいないと、祓魔師《ふつまし》は大変だな……と、思いながらその日の仕事は終わった。

なんてことがあったという話を月曜日にニーナちゃんにしたら、ドン引きされた。

「うっ。イツキ、よくそれで平気だったわね……」

「暗くてあんまり見えなかったから」

二人だけが残っている教室、放課後。錬術《エレメンス》の練習がてら『週末何をしていたのか』みたいな話になったときに、父親と行った仕事の話をしたのである。

そしたらニーナちゃんに「もっと詳《くわ》しく！」と、せがまれて最終的に『人が箱になっていた』というところまで説明したら、ニーナちゃんが引いていた。

とはいえ人が潰《つぶ》されているとか、刃物《はもの》で刺《さ》されるとか。そういう現実的なものと違《ちが》って、人が箱になるなんてそんな非現実的な光景を前にしてショックを受けるほど、俺はまだ現実離れをしていない。

まぁ、こんな殺伐《さつばつ》とした話は置いておいて、

「ニーナちゃんは何をしてたの？」

「ママと一緒《いっしょ》に買い物にいったわ！」

「あれ？　ニーナちゃんのママってお仕事じゃないの？」

確か先週の金曜日にニーナちゃんがそんなことを言っていた気がしたのだが、

「そうよ。でもね、早く終わったんですって。別の祓魔師《エクソシスト》がママの祓《はら》うはずだったモンスターを倒《たお》したって言ってたわ」

「そんなこともあるんだ。どこに買い物に行ったの？」

「銀座！　パフェも食べたわ！」

……銀座でパフェ？　食べられるところあるのかな。

ニーナちゃんが食べたと言うんだから、そういう場所があるんだろうけど。

銀座なんて片手で数えられるほどしか行ったことない俺をよそに、ニーナちゃんはそのまま明るい声で続けた。

「服を買いに行ったの！　やっぱり東京《とーきょー》は人が多いわ」

なるほど。なるほど？　銀座に服を買い物に。

そこまで考えたところで、俺は心の中で勢いよく首を振《ふ》った。

ダメダメ。俺はすぐに金のことを考えてしまう。良くない。

「可愛《かわい》い服があったんだけど。ママがそれを……って、聞いてる？　イツキ」

「き、聞いてるよ」

「なら良《い》いんだけど。それでね……」

ニーナちゃんの顔は笑ってこそいないものの、上機嫌《じょうきげん》に見える。いや、普段《ふだん》通り顔はむすっとしているんだけど、声が楽しそうなのだ。母親に色々と思うことはあれど、やっぱり一緒《いっしょ》に出かけることが出来たのが嬉《うれ》しいんだろう。可愛《かわい》いな、ニーナちゃん。

「……って、私の話はどうでも良《い》いの。そんなことより、魔法《まほう》の練習を続けるわよ」

「うん。分かった」

「イツキ。お腹《なか》に力を入れて」

俺は土日で鈍《にぶ》っていた魔力鍊成《まりょくれんせい》の感覚を取り戻《もど》すべく、息を深く吐《は》き出した。

普段《ふだん》、いつもの感覚でやっている廻術《カイジュツ》を解除して、あえて魔力《まりょく》にムラを生み出す。

そして、その先で軽い魔力《まりょく》と重い魔力《まりょく》に分けていく。分けていく過程で重い魔力《まりょく》が腹の底に丹田《たんでん》に残って、軽い魔力《まりょく》がふわふわと上半身に集まっていくのを感じる。

「出してみて」

頷《うなず》いてから、俺は丹田《たんでん》にある重たい魔力《まりょく》を動かした。確かにそれで動いたものの軽い魔力《まりょく》と混じり合って同化してしまう。そして出来るのは混じり合ってしまった普通《ふつう》の魔力《まりょく》。

だーめだ、こりゃ。

「どう？　出来た？」

「ううん。ダメっぽい……」

そう言って首を横に振《ふ》ると、ニーナちゃんは困ったように続けた。

「イツキって第七階位《キング》よね？」

「そうだよ」

第六階位が女王《クイーン》だったから第七階位は王様《キング》なのかな、とか考えていたけど案の定だった。というかその名前の由来はどこなんだろう。チェスか？

なんて名称《めいしょう》について考えているとニーナちゃんが、のっぴきならないことを言い出した。

「それが理由かも。魔力《まりょく》が多いと錬術《エレメンス》は使えないのかも」

「うぇッ⁉」

思わず変な声が喉《のど》をついて出た。

「魔力《まりょく》が多いと出来ないって……。そんなことあるの？」

「私たちの国でも第七階位《キング》の祓魔師《エクソシスト》は歴史上の人物だけだから、分かんないの。イツキ以外、見たことないし……」

ニーナちゃんは眉《まゆ》をひそめながら、静かに息を吐《は》き出した。

第七階位は魔力《まりょく》が多くて便利！　と、無条件で呑《の》み込むわけにはいかないらしい。前例がほとんどいないということは、何が起きても自分で対処法を見出《みいだ》すしかない。つまり、本当に第七階位が錬術《エレメンス》を使えないかどうかは自分で見極《みきわ》めるしかないのだ。

でも、錬術《エレメンス》は『術』だ。技術なのだ。技術というのは——精度はさておき——ある程度であればどんな人間にでも修められるものじゃないのか。前世で町工場の社長がそんなことを言っていたぞ。だとすれば、それが第一階位だろうが、第七階位だろうが、そこに差はないと思うんだけどな……。

俺は丹田《たんでん》に重たい魔力《まりょく》を溜《た》めつつそんなことを考える。そんなことを考えてしまうのだが、実際に錬術《エレメンス》が出来ていないのは事実。ということはやり方が間違《まちが》っているんだろう。次の方法を考えないとな……と思っていると、ニーナちゃんが片手を上げた。

「ちょっとイツキ。休憩《きゅーけい》にしましょ」

「休憩《きゅうけい》？　でも、さっき練習始めたばっかりで」

「良《い》いの、休憩《きゅうけい》！」

ニーナちゃんは押し切るように強くそう言うと呆気《あっけ》に取られた俺を置いて、すたすたと教室を出ていこうとしたので、思わず呼び止めた。

「あ、ちょっと！　どこ行くの？」

「トイレっ！」

それだけ言って、完全に教室を後にしたニーナちゃん。

失礼しました……。俺ってどうしてこんなに察しが悪いのだろうか。

気を使えない自分に嫌気《いやけ》が差してナイーブな気持ちになってきたので、俺は現実逃避《とうひ》気味に教室から校庭を眺《なが》めた。

そこでは上級生たちがサッカーをやっていた。

一年生の俺たちは五時間目の授業で終わりだが、上級生たちは六時間目もあるのだ。ニーナちゃんが戻《もど》ってくるまで、することもないのでサッカーを眺《なが》める。

グラウンドの端《はし》の方でやっているので魔法《まほう》の練習も兼《か》ねて『視力強化』を使う。導糸《シルベイト》を両目の前でぐるりと円にして、形質変化。まるで双眼鏡《そうがんきょう》でも覗《のぞ》いているかのように、一気に試合が見やすくなった。

一人、上手《うま》い子が違《ちが》う色のビブスを着た子からボールを奪《うば》って、ドリブル。一気に駆《か》け上がったところを後ろから走ってきた子にタックルされて、もつれて、転《こ》けた。

無茶なことをするな……と思っていると、教師がホイッスルを吹《ふ》いて試合を中断。転《こ》けた子のところに教師と他の児童が集まって、何かを言っている。すると、最初に近寄った子が転《こ》けたままの子に手を貸して起き上がらせる。すると足に擦《す》り傷《きず》が出来ていて、血が滲《にじ》んでいた。まぁ転《こ》けたらそうなるよな。

どこの小学校にでもありそうな普通《ふつう》の光景。

そんなこんなで教師が何かを言うと転《こ》けた子と、見学をしていた子が二人揃《そろ》って校舎に戻《もど》り始めた。きっと保健室にでも行くのだろう。

「戻《もど》ったわよ、イツキ。何を見てるの？」

「サッカーだよ」

「サッカー?」

俺がそう言うと、ニーナちゃんが視線をグラウンドに向ける。

「ああ、フットボールね」

「……サッカーだよ?」

「フ、フ、フットボールよ」

な、なんか凄《すご》い圧を感じるな。この辺にしておこう。

再びホイッスルが鳴って、試合が再開。タイミングも良いだろうと思って、俺はグラウンドから視線を外した。

「よそ見も良《い》いけど、ちゃんと練習するのよ」

「うん。分かってる。大丈夫《だいじょうぶ》」

俺は頷《うなず》いてからニーナちゃんに向き直った。

そして両手を天井《てんじょう》に向ける。

「ねぇ、ニーナちゃん」

「何よ」

「ちょっと試《ため》してみたいことがあるんだ」

「……?」

怪訝《けげん》そうな表情を浮《う》かべるニーナちゃん。しかし一方の俺はというと、さっきの光景から一つのインスピレーションを得ていた。というのも、さっきの子が擦《す》り傷《きず》を作ったときにどうしても見てしまった赤い血に意識が持っていかれたのだから。

血が滲《にじ》んでいるということは、つまり血管と皮膚《ひふ》が傷ついているということだ。

血管というのは心臓から全身に送り出した血を隅々《すみずみ》に届け、それを回収する役割がある。

つまり、俺に必要だったのは血管じゃないのか。

「……やってみるね」

俺はそう言うと、再び丹田《たんでん》に意識を向ける。そして丹田《たんでん》の内側にある重い魔力《まりょく》で作った導糸《シルベイト》を身体《からだ》の中に通すと、形質変化で魔力《まりょく》の通り道にしてやる。

言うなれば魔力の血管を作るのだ。

そして俺は丹田《たんでん》から直接、手のひらに重たい魔力《まりょく》を持ってきた。

「どう、かな……」

「かして」

ニーナちゃんは素早《すばや》くそう言うと、俺の手を取った。そして、ぱっと目を丸くすると大きな声を出した。

「完璧《パーフェクト》っ！　錬術《エレメンス》ができてるわ！」

「や、やった！」

やっともらえたお墨付《すみつ》きによって、突《つ》き動かされた達成感が声になる。しかし、それと同時に心配も覚えた。魔力《まりょく》が外に出るまで遅《おそ》すぎるのだ。

このレベルだと、とてもじゃないが実戦で使いものにならない。

もっと早く動かす練習が必要だ。

他の術と同じレベルに落とし込まないといけない。廻術《カイジュツ》も絲術《シジュツ》も最初は意識して、ようやく出来ていたものが、今では無意識で出来るようになったように。錬術《エレメンス》もそこまで出来るように続けないといけない。

そんなことを考えていると、再びグラウンドでホイッスルが鳴った。それと同時に終業を知らせるチャイムも。

もうこんな時間なのか。

まだ練習したいのだが……今から新しい魔法《まほう》を教わることになっても、三十分もしない内にニーナちゃんの門限が来てしまう。ちょっとキリが悪いな。

せっかく錬術《エレメンス》を覚えたのだ。次なる凝術《リコレクト》についても知りたい。

でも、いつもいつもニーナちゃんの家に行くのもな……と思った瞬間《しゅんかん》、ぴん、と頭に光るものが走った。

「ねぇ、ニーナちゃん」

「どうしたの？」

急に呼びかけた俺に対して、きょとんと首を傾《かし》げるニーナちゃん。

俺はそのまま「ウチに来ない？」と続けたかったのに、まるで舌が口の中に張り付いたみたいに動かなくなった。うるさいほど心臓が鳴った。

それを緊張《きんちょう》しているなんて、一言で済ませてしまって良いのだろうか。前世で家に友人を招いたことのない俺が友達を家に誘《さそ》おうとしている。これで緊張《きんちょう》しない方がおかしい。さらに言えば女の子を家に誘《さそ》うのも初めてだ。アヤちゃんは家に誘《さそ》うというよりも、家族ぐるみで仲が良いからちょっと違《ちが》うと思うし。

でも口に出した手前、もう引くことは出来ない。

だから俺は意を決して誘《さそ》った。

「せっかくだし、今日は遊びに来ない？」

そんな俺の緊張《きんちょう》なんてどこ吹《ふ》く風といった感じでニーナちゃんは少し考えこむように、顎《あご》に手を当てた。

「イツキの家に？　うーん、そうね……」

ニーナちゃんはそう言うと、ちらりと壁《かべ》にかかっている時計を見た。

「行きたいけど、私は門限があるの」

「うん。十六時半でしょ？」

「ううん。五月だから十七時よ」

五月だから午後の五時？　だったら八月には二十時になるんだろうか。

なるわけないか。

自分で自分にツッコミを入れて「そっか」と頷《うなず》いた。多分だが、あれだ。日が沈《しず》む前に帰ってこいということなのだろう。でも、それについては問題ない。

「大丈夫《だいじょうぶ》だよ！　帰りはパパが車で送るから」

「イツキのパパは祓魔師《エクソシスト》なのよね？」

「そうだよ。強いんだ」

「イツキよりも？」

「うん。僕よりも」

俺が自信を持って頷《うなず》くと、ニーナちゃんは続けた。

「そうね。イツキがどうしてもって言うなら行ってもいいけど……」

「いつもニーナちゃんの家ばかり行っているから、たまには家に来てほしいんだ！」

「ど、どうしても……？」

「うん！」

俺はニーナちゃんの問いかけに頷《うなず》く。

「……イツキがそこまで言うなら、せっかくだし。い、行っても、良《い》いけど……」

「本当⁉　じゃあ、おいでよ！」

そう言ってから、俺はランドセルを手に取った。

二人して教室の外に出ると、ちょうど階段を上ってきた担任の二葉《ふたば》先生とすれ違《ちが》った。先生は俺とニーナちゃんを満足そうに見つめると、帰りの挨拶《あいさつ》をしてくれる。

「また明日ね、二人とも」

「ばいばい、先生！」

いつもの調子でそう言った俺の横で、ニーナちゃんは小さく呟《つぶや》いた。

「……さよなら」

「はい。さよなら」

今までずっと無言で下校していたニーナちゃんが、まさか先生に挨拶《あいさつ》するなんて思いもしなくてビックリ。でも、先生は笑顔《えがお》で返していた。

「……何よ」

「ううん。何でもないよ」

びっくりしたまま、ニーナちゃんの横顔を見ていると咎《とが》められてしまった。

だから俺は何でもないように誤魔化《ごまか》してから、何でもないかのように階段を下りる。

そうして下駄《げた》箱から靴《くつ》を取ると、ニーナちゃんがふと思い出したかのように聞いてきた。

「そういえばイツキの家には門限がないの？」

「ウチに？」

あったっけ、そんなもの。

思い返してみれば、母親から言われていたような気がしないでもない。

「十八時には帰るようにって言われてるかな」

「そんなに遅《おそ》くても大丈夫《だいじょうぶ》なの？」

「大丈夫《だいじょうぶ》って？」

「だって、その……十八時は夕方じゃない」

「あー……」

ニーナちゃんが何を言いたいのか、俺はうっすらと理解した。

つまりあれだ。モンスターに遭《あ》わないかどうかを気にしているんだろう。

日が沈《しず》む時間はモンスターが目覚める時間。逢魔刻《おうまがとき》なのだから。

「イツキは私の家から帰るときにモンスターを見つけてないの？」

「帰るときに？　遭《あ》ってないよ」

「そ、そうなの？　ふうん。それなら大丈夫《だいじょうぶ》なのかしら……？」

首を傾《かし》げながら疑問の声を放つニーナちゃん。

とは言っても、まだニーナちゃんの家に遊びに行ったのが数回だけなので、運良くモンスターに出遭《であ》っていない可能性は否定できないのだが。

というわけでニーナちゃんと一緒《いっしょ》に帰宅。下校を挟《はさ》んで緊張《きんちょう》は解《ほぐ》れたものの、家が近づくにつれて心臓の音が凄《すご》いことになってきた。もしかして俺が初めて遊びに行ったときはニーナちゃんも同じ感じだったんだろうか。そう思うと、なんだか悪いことをした気になってくる。

今住んでいるマンションの前にたどり着くと、深呼吸。

そして、ニーナちゃんに「ここだよ」と紹介《しょうかい》した。

「ここがイツキの家？　学校から遠いのね」

「前に住んでたところが壊《こわ》れちゃったの。それで、今はこっち」

「壊《こわ》れた？　どうして？」

「モンスターに壊《こわ》されちゃって」

「はぁ……？」

ニーナちゃんは半信半疑といった具合に俺とマンションを交互《こうご》に見た。

それがとても真っ当な反応だと思う。俺だってアヤちゃんとかニーナちゃんから急に『家をモンスターに壊《こわ》された』と言われたら思わず疑ってしまう。いや、ならんか。ウチは実際に壊《こわ》されてるから心配が出てきそう。でも、それは俺が壊《こわ》された経験があるからで……。

なんて無駄《むだ》なことを考えながら、ニーナちゃんを連れて玄関《げんかん》の鍵《かぎ》を開けた。

「ただいま」

「にいちゃ、おかえりー！」

玄関《げんかん》の扉《とびら》を開くや否《いな》や、ヒナがドタドタと凄《すご》い勢いで廊下《ろうか》の奥から走ってやってきた。走ってやってきて、俺の後ろにいるニーナちゃんを見て固まった。

ああ、初対面だもんな。

「ヒナ。お兄ちゃんの友達だよ」

「は、はじめまして！　ニーナよ」

ニーナちゃんを見たヒナは紹介《しょうかい》したというのに、口をぽかんと開けて固まったまま。

どうしたんだろう、と思っていると、そのままくるりと反転して部屋に戻《もど》ってしまった。

「パパ！　にいちゃがお人形さん連れて帰ってきた！」

「お人形さん？」

部屋の奥から父親の声だけ返ってくる。玄関《げんかん》にある靴《くつ》を見ると母親の分がない。多分、買い物に行っているんだと思う。

そんなことを考えていると部屋の奥から父親だけ出てきた。ヒナは？

やってきた父親は俺が友達を連れて帰ってきたことにか、それとも女の子を連れてきたことにか。どっちか分からないが、こっちもこっちで固まってしまったのでニーナちゃんを紹介《しょうかい》。

「パパ。ニーナちゃんだよ」

「あ、ああ。君がそうか。イツキから話は聞いている。ゆっくりすると良《い》い」

名前を聞いたら合点《がてん》がいったのか、父親はその顔に似合わぬ柔《やわ》らかい顔を見せた。しかし、片目眼帯の男がそんな表情を浮《う》かべても怖《こわ》いだけなのだが、流石《さすが》にニーナちゃんも祓魔師《ふつまし》の子。全然、びっくりした様子もなくお辞儀《じぎ》を返していた。

「お、お邪魔《じゃま》します」

「こっちだよ！」

そういうわけで俺はニーナちゃんを連れて自室……と、呼んで良いか分からないが、ヒナと一緒《いっしょ》に寝《ね》ている部屋に案内した。前に住んでいた日本邸宅《ていたく》と違《ちが》って普通《ふつう》のマンションだから流石《さすが》に一人一部屋とはいかないし。

「ここがイツキの部屋？　ぬいぐるみばっかりなのね……」

「これは、ヒナ……妹のやつだよ」

ニーナちゃんを案内した部屋の中は、ぬいぐるみやおもちゃが溢《あふ》れている。

その反対に俺のものはほとんどない。雷公童子《らいこうどうじ》の遺宝を仮置きするためのケースが学習机の上に置かれているくらいだ。

別に物欲が無いというわけではない。ただ俺の欲《ほ》しいものが、普通《ふつう》の六歳が欲《ほ》しがるものと釣《つ》り合ってないから買ってもらってないだけで。

「イツキのパパは普段《ふだん》から家にいるの？」

「ううん、いないよ。今日は仕事が休みなんだ」

「ママと一緒《いっしょ》だわ。ママも全然帰ってこないから……」

「祓魔師《ふつまし》だからね」

俺がそう言うと、ニーナちゃんは「そうよね」と言った。

言ってから、声をひそめて聞いてきた。

「それで……ここでするの？　凝術《リコレクト》の練習」

「うん。そのつもりだったけど、ダメかな？」

「べ、別に良《い》いけど……。ただ、その、男の子の部屋に来るのが初めてだったから、ちょっと緊張《きんちょう》するわ」

ちょっと居心地《いごこち》悪《わる》そうに言うニーナちゃん。

そんな彼女に親近感を覚えつつ、できるだけ緊張《きんちょう》がほぐれるようにと口を開いた。

「大丈夫《だいじょうぶ》だよ、ニーナちゃん。ヒナと同じ部屋だから」

「何が大丈夫《だいじょうぶ》なのよ」

しかし、俺の言葉は冷静なままのニーナちゃんに一蹴《いっしゅう》されてしまった。

確かによく考えてみれば意味不明だったかも知れない。反省。

「ま、まぁ、良《い》いわ。はやく始めましょ」

そして、俺の言葉なんてどこ吹《ふ》く風で気を取り直したニーナちゃんが手を叩《たた》いた瞬間《しゅんかん》に、それを邪魔《じゃま》するかのように後ろの扉《とびら》が開いた。

何だ何だと思って後ろを振《ふ》り向くと、そこにはヒナがいて、

「どうしたの？」

「ヒナもここで遊ぶ」

「ヒナも？」

俺の問いかけに、ヒナはこくりと黙《だま》って首を縦に振《ふ》る。

ふむ。ふむ？　そういうなら仕方ないか。

俺は前に向き直ってから、続けた。

「よろしくね、ニーナちゃん」

「凝術《リコレクト》は私もちょっとしか出来ないけど……。でも、頑張《がんば》って教えるわ」

きっぱりと言い切ったニーナちゃん。

でも、それは俺も織《お》り込み済みだ。前に聞いた話だと彼女がちゃんと魔法《まほう》を教えてもらっていたのは一年前まで。その最後のレッスンが凝術《リコレクト》の基礎《きそ》だったらしい。

だから、ニーナちゃんは魔法《まほう》を習得しきっていないのだと。

けれど、それでも良いのだ。不完全でも良いから、俺は妖精魔法《ようせいまほう》を知りたいのだから。

そう意気込んでいた俺がニーナちゃんに凝術《リコレクト》のやり方を教えてもらおうとした瞬間《しゅんかん》、何故《なぜ》か俺たちの間にわざわざ入ってきたヒナが俺の足の上に座《すわ》り込むと、後頭部で頭突《ずつ》きしてきた。

「どうしたの？　ヒナ」

「なんでもないもん」

そう言いながら、俺の服を引っ張る。

「本当にどうしたの？」

「なんでもないもん！」

怒《おこ》られてしまった。

でも、本当になんでもないのね？

「うん。大丈夫《だいじょうぶ》、気にせず始めてよ」

「え、い、良《い》いの？　ヒナちゃんは……？」

「大丈夫《だいじょうぶ》。何でもないって言ってるし」

俺がそう言うと、ヒナがより強く俺の服を引っ張った。

何でもないって言ったじゃん！

ヒナに妨害《ぼうがい》され、とてもじゃないが幸先《さいさき》の良《い》いなんて言えないスタートを切りつつあるが、
俺は気を取り直して質問。

「それで凝術《リコレクト》はどうすれば良いの？」

「錬術《エレメンス》で作った位相の高い魔力《まりょく》があるでしょ。それを身体《からだ》の外に出して集めるの。ぎゅっと」

言われるがまま、丹田《たんでん》から重たい魔力《まりょく》を取り出す。それを力強く凝縮《ぎょうしゅく》しようとした瞬間《しゅんかん》、
ヒナが俺の身体《からだ》を大きく引っ張った。

うぉい！

集中が途切《とぎ》れて、魔力《まりょく》が散る。

「ちょっと、ヒナ。どうしたの？」

「…………」

膝《ひざ》の上に乗っているヒナにそう聞いたのだが、返ってきたのは無言。

俺の視界からは後頭部しか見えないから何を考えているのかも分からない。

「イツキ、もう一回よ」

「……うん」

しかし、ヒナのことを気にするなとニーナちゃんに言ったのは他でもない俺である。

だとすれば、ここは俺も魔法《まほう》の練習に集中するべきだろう。ただ、次も同じように邪魔《じゃま》されるのは嫌《いや》なので、ヒナに注意する。

「お兄ちゃんは魔《ま》法《ほう》の練習をしているんだから、邪魔《じゃま》したらダメだよ。ヒナ」

「邪魔《じゃま》してないもん」

「邪魔《じゃま》してないの？」

「うん！」

なるほど、邪魔《じゃま》してないのか。邪魔《じゃま》してないなら仕方ないな。

俺はヒナの頭を撫《な》でると、ヒナがぐるりと回ってコアラみたいに抱《だ》きついてきたので、俺はそのまま視線を上げた。上げると同時に、ニーナちゃんが口を開いた。

「凝術《リコレクト》のコツはね、身体《からだ》の外に出て、すぐの新鮮《しんせん》な魔力《まりょく》で集めることよ」

「やってみるよ」

再び手元に魔力《まりょく》を集めて、外に出す。

しかし、ダメだった。再び魔力《まりょく》が散ってしまう。

今度はヒナの妨害《ぼうがい》は無かった。けれど上手《うま》く行かなかった。

やってみてから気がついたが、俺は身体《からだ》の外に出た魔力《まりょく》を操作する方法を知らない。

普段《ふだん》、俺が身体《からだ》の外に出す魔力《まりょく》は絲術《シジュツ》――つまり、身体《からだ》と魔力《まりょく》が繋《つな》がった状態のものを操作している。身体《からだ》と魔力《まりょく》が繋《つな》がっているから、動かせる。これは理に適《かな》っている。

けど、凝術《リコレクト》は違《ちが》う。完全に身体《からだ》と魔力《まりょく》が切り分けられる。

それは俺からすると手も導糸《シルベイト》を使わずに遠く離《はな》れたコップを持ってくるような芸当に思えてしまう。つまり、不可能ということだ。

「できた？」

「ううん。散っちゃった」

蒼《あお》い目に見つめられて、俺は静かに否定した。

いや、もちろん不可能というのが俺の間違《まちが》いということは分かっている。そうじゃないと妖《よう》精魔法《せいまほう》は存在しないし、不完全ながらもニーナちゃんは魔力《まりょく》を分離《ぶんり》して操《あやつ》っている。

だから間違《まちが》えているのは俺のやり方だ。

「最初が難しいのよね。何か、〝核《コア》〟の入れ物があれば簡単なんだけど」

「核《コア》？　入れ物？」

「そう、人形とかぬいぐるみとかに魔力《まりょく》を込《こ》めるの。私もそうやって練習したんだから」

ニーナちゃんの言っていることが難しくて首を傾《かし》げてしまう。

「凝術《リコレクト》は核を作る魔法。そもそも妖精魔法《ようせいまほう》には二つの魔力《まりょく》がいるの。妖精《ようせい》たちの心臓になる核《コア》の魔力《まりょく》と、それを包む身体《ボディ》の二つ。ここまでは良《い》い？」

「う、うん」

魔法《まほう》のことになると急に饒舌《じょうぜつ》になるニーナちゃんに気圧《けお》されて、相槌《あいづち》を打つ。

「でも最初から二つ作るのは難しいから、一つずつ練習するの。最初にやるのは核《コア》を作る練習。入れ物は既《すで》にあるものを使うのよ。つまり、自転車の補助輪みたいなものなの」

「あ、そういうこと……」

それなら、と思って部屋の中を見回すと、入れ物になりそうなぬいぐるみや人形はいくらでも転がっていた。全部ヒナのだけど。

だから俺は抱《だ》きついたままのヒナに聞いてみた。

「ヒナ。お兄ちゃんにぬいぐるみさん貸して？」

「や！」

「そっかぁ」

嫌《いや》と言われてしまえばしょうがない。

それなら他に核《コア》の入れ物になりそうなものが無いかな……と思っていると、開いたままの扉《とびら》がノックされた。

「入っても良いか？」

「あ、パパ。良《い》いよ」

良いも何も扉《とびら》はひらきっぱなしだしな。

なんてことを思っていると、父親がお盆《ぼん》に湯呑《ゆの》みを二つ載《の》せて入ってきた。

「お茶を入れた。お菓子《かし》もあるから、好きに食べると良《い》い」

お盆《ぼん》の上にある湯呑《ゆの》みには、さっき入れたばかりと思う緑茶。

ニーナちゃんの家の紅茶みたいにおしゃれなものではないが、俺にはこっちの方が安心感があって良い。ついでにお茶菓子《ちゃがし》として、まんじゅうまで載《の》っていた。

うーん、ウチって感じだ。

「ところで魔力《まりょく》が散っていたようだが……何をしていたのだ？」

「凝術《リコレクト》の練習だよ」

俺がそう言うと、ニーナちゃんが続けた。

「外に出た魔力《まりょく》を凝縮《ぎょうしゅく》するんです……それで、妖精《よーせー》を作る魔法《まほう》です」

「でも、外に出た魔力《まりょく》が動かせなかったんだ」

「ふむ？」

それに対して父親が思い当たったように頷《うなず》いた。

「ああ、『式術《シキジュツ》』か」

うん？　シキジュツ？

初めて聞いた言葉に俺が眉《まゆ》をひそめる。

「ん？　違《ちが》うのか。パパは扱《あつか》えないが、そういうのを扱《あつか》う祓魔師《ふつまし》もいるな。西洋式の魔術《まじゅつ》だ」

父親の言葉に俺とニーナちゃんは目線をあわせて、そして同時に跳《は》ねた。

「「知ってるの!?」」

俺たちが詰《つ》め寄ったことで父親は少し面食らっていたが、すぐに落ち着きを取り戻《もど》すと、

「落ち着け、二人とも。名前を知っているだけだ。式術《シキジュツ》は日本では廃《すた》れた魔法《まほう》だからな」

「そうなの？　なんで？」

「出力にムラが多いのと、形代《カタシロ》――式神の用意が大変でな。その代わりに日本は『傀術《カイジユツ》』と呼ばれる技術が残って絲術《シジュツ》になったんだ。あぁ、カイジュツとは言っても身体《からだ》の中に魔力《まりょく》を留《とど》める廻術《カイジュツ》とは別のものだが」

そこまで言った父親に、目を煌《きら》めかせたニーナちゃんが素早《すばや》く尋《たず》ねる。

「どうしてヨーロッパで……残ったんですか？」

「魔女狩《まじょが》りだ。君の方が詳《くわ》しいんじゃないのか」

その言葉に、ニーナちゃんは露骨《ろこつ》に顔をしかめた。

魔女狩《まじょが》り。その言葉は俺だって知っている。かつて多くの魔法使《まほうつか》い……祓魔師《ふつまし》が殺された出

来事だ。

「当時のヨーロッパでは何かを、何かを操るというのが特に危険視された。だから、向こうの傀術《カイジユツ》は大きく制限され、別の魔法《まほう》──式術の道を模索《もさく》することになった。それが土着の魔法《まほう》と混じり合って、現代の魔法《まほう》に進化したのだ」

淀《よど》みなく語った父親だったが、そこで一度呼吸を挟《はさ》むと肩《かた》をすくめた。

「しかし今はグローバルだからな。様々な国の魔法《まほう》を覚えようとする者もいる。様々な魔法《まほう》の技術を取り込んで、さらに強くなろうとする貪欲《どんよく》な者たちだ。まぁ、多くが形にならなくて消えていくが」

「え、ど、どうして……？」

ちょうど、父親の言うところの『様々な魔法《まほう》の技術を取り込もう』としていた俺に刺《さ》さる言葉だったので、思わずそう聞いてしまう。

「魔力《まりよく》が足りんのだ」

「魔力《まりよく》が？」

どういうことだろうと思って首を傾《かし》げる。

「実戦では様々な魔法《まほう》が求められる。属性変化、形質変化、複合属性変化。後者になればなるほど魔力《まりよく》消費が激しくなるだろう？」

それは分かる。

形質変化や複合属性変化の魔力《まりょく》消費は激しい。複雑なものを作ろうとしたり、かけ合わせる属性を増やすだけで消費魔力《まりょく》が三十倍になる。この量は実戦では馬鹿にならない。

「だから別の魔法《まほう》を覚えても、戦いの場でそれを使うだけの余力がある祓魔師《ふつまし》がいないのだ。それに新しいものを学ぶよりも、使える魔法《まほう》の練度を高める方がよっぽど実戦で活《い》きるからな。しかし……そうか。イツキなら、あるいは……」

父親はそう言うと、湯呑《ゆの》みをお盆《ぼん》からテーブルに移して立ち上がった。

「式術……いや、凝術《リコレクト》か。そんなにやり方を学びたいのであれば、タイミング良く向こうから来た祓魔師《ふつまし》がいる。その者に聞くのが早いと思うが……」

「向こうから来た人？」

最近ヨーロッパから日本に来た祓魔師《ふつまし》なんて、ニーナちゃんの母親以外にいるのだろうか。

俺がそんなことを考えていると、父親がため息を吐《つ》いた。

「……また向こうへの留学に誘《さそ》われるかもしれん。やめておこう」

ぶんぶんと分かりやすく首を振《ふ》った父親。

しかし、ニーナちゃんはぴりりとした表情で、恐《おそ》る恐《おそ》る尋《たず》ねた。

「そ、その祓魔師《えくそしすと》は、なんていう名前ですか……？」

「うむ？　向こうから来たのは君の母親だろう？」

片目を少し丸くして意外そうにした父親は『何を言っているんだ』と言わんばかりに、そう言った。

「ニーナちゃんのお母さん？」

「イツキも会ったことがあるだろう。イレーナだ」

イレーナ。イレーナ……？

記憶《きおく》を掘《ほ》り起こしているとすぐに顔が浮《う》かんできた。

ああ、そうだ。俺にイギリス留学を進めてきた人だ。

そっか、あの人がニーナちゃんのお母さんか。

道理で似ているわけだ……。

と、そこまで考えて、俺はふと思い当たった。

てことは、イレーナさんは自分の娘《むすめ》に魔法《まほう》を教えずに俺を留学に誘《さそ》ってたの⁉

意味が分からず目を丸くしていると、父親のスマホに着信が入る。いつも聞いているこの音は、祓魔《ふつま》の仕事の着信音。

「……仕事が入った。長引くかも知れないから、ニーナちゃんを先に家まで送っていこう」

「え、大丈夫《だいじょうぶ》なの？　モンスターが出たんでしょ？」

「近くにいた祓魔師《ふつまし》も向かうらしい。パパも呼ばれたので行く必要があるのだが」

そこまで言って準備を始めようとした父親を、ニーナちゃんが遮《さえぎ》った。

「わ、私も、連れていって！」

大きく身を乗り出したニーナちゃんは、そこで我に返ったのか少しだけバツの悪そうな表情を浮《う》かべる。

「……ください。モンスターを祓《はら》うところを、見たいんです」

「ダメだ」

しかし、そんなニーナちゃんに対して、父親が強く否定した。

「君の実力が分からない以上、連れていくことはできない」

うわ、びっくりするくらい正論だ。

あまりにも正しい言葉が飛び出したものだから、俺は思わず何を言っているんだと思ってしまった。正論なのに。

けれど、俺はニーナちゃんには恩がある。魔法《まほう》を教えてくれたという恩が。

だから俺は、聞いてみた。

「けど、パパは僕を連れてってくれたよ？」

「イツキの実力は知っているからな。けれど、彼女の実力は分からない。分からない以上、危険な目に遭《あ》う可能性がある場所に連れて行くわけにはいかないのだ」

父親がいつにもまして真剣《しんけん》な顔をするものだから、俺の服を引っ張りながら遊んでいたヒナもふざけるのをやめた。

とりつく島もない父親に、それでもニーナちゃんは続ける。

「で、でも！　私は祓魔師《えくそしすと》になりたい……んです。だから、ちょっとでも、魔法《まほう》を、モンスターを見たくて……！」

絞《しぼ》り出すように言葉を紡《つむ》いだニーナちゃんを見ていると、彼女はもしかして祓魔師《ふつまし》の仕事をほとんど見たことないんじゃないかと思う。

きっと母親——イレーナさんが見学に連れて行っていないから。

祓魔師《ふつまし》にとって子どもの頃《ころ》から魔祓《まはら》いを見学させることで、将来に備えさせるということは珍《めずら》しい話ではない。俺のような年齢《ねんれい》からやらないだけで。

でも、それだって俺が特別というわけでもない。アヤちゃんだってレンジさんに連れられて一緒《いっしょ》に見学に行っているくらいだし。

だから見学だけに限って言えば、特別なことではないのだ。

「何が起きるのか分からないのが魔祓《まはら》いだ。だから君を連れていくわけには……」

完全に断るつもりでいる父親の言葉を、今度は俺が「ねぇ、パパ」と遮《さえぎ》った。

ニーナちゃんはこれまで一週間も放課後の魔法《まほう》練習に付き合ってもらった恩がある。彼女はそれを『約束』だからと言って、守ってくれた。

だとすれば、次は俺の番だ。

だって、小学校で習うじゃないか。『約束は守れ』って。

「パパ、僕がニーナちゃんのそばにいるよ」

「……イツキ？」

そう言った俺に対してニーナちゃんが意外そうに俺を見る。

「僕が全力でニーナちゃんを守る。それにモンスターには近寄らない。『視力強化』魔法《まほう》を使って、遠くから見る。それだったらどう？」

「……ふむ」

思案するように父親が片目を絞《しぼ》る。だが、父親が何かを続けるよりも先に、再びスマホが鳴り響《ひび》いた。父親は仕事の電話だけはすぐに気がつけるように着信音を変えている。いま鳴っているのは、その音だ。

スマホを取ると「分かった二人だな？　すぐ出る」と返してポケットにしまった。

「問答をしている時間がない。イツキ、その子の守りに徹《てっ》すると約束するか」

「うん。任せて」

父親が俺の言葉に頷《うなず》くと、ニーナちゃんに向き直った。

「絶対にイツキから離《はな》れないと約束できるか？」

「ま、守ります……！　祓除《モンスターハント》を見れるなら、それで……」

「分かった。では、出るぞ」

言うが早いか、父親はニーナちゃんにランドセルを拾うように指示。仕事が終わったら送っていくつもりなのだろう。机の側《そば》においてあったランドセルをニーナちゃんが拾い上げた瞬《しゅん》間《かん》、ちょうど玄関《げんかん》の開く音がした。母親が帰ってきたのだ。

三人して部屋から出ると、母親がニーナちゃんを見て目を丸くした。

「あら、イツキ。お客さん？」

「そうだよ！　でも、もう行かなきゃいけないの」

「忙《いそが》しいわね」

母親がそう言って微笑《ほほえ》むと、俺と一緒《いっしょ》に部屋から出てきたニーナちゃんを見つめる。

「また来てね」

「……ん」

照れくさそうに返したニーナちゃん。それにニーナちゃんでも照れるんだなぁ、と思っていると「何よ」と睨《にら》まれてしまった。怖《こわ》い。

俺たちは家から出ると、そのまま集合駐車場《ちゅうしゃじょう》に止められている父親の車に乗り込む。そのまま猛《もう》発進。パトランプを出し、周りの車がサイドに避《さ》けていくのを横目に父親が状況《じょうきょう》を説明してくれた。

「敵は第三階位の〝魔《ま》〟だ。今は美術館に立て籠《こ》もっているらしい」

「……立て籠《こ》もる？　憑依《ひょうい》型なの？」

「いや、違《ちが》う。普通《ふつう》の〝魔《ま》〟だ」

思わず眉《まゆ》をひそめてしまう。憑依《ひょうい》型ならいざしらず、普通《ふつう》のモンスターが立て籠《こ》もり？

そんなことあるのか？

「閉館していたから一般客《いっぱんきゃく》が巻き込まれていないのは不幸中の幸いだが……。それでも警備員が巻き込まれたようだ」

父親の話を聞きながら状況《じょうきょう》を呑《の》み込んでいると、俺と一緒《いっしょ》に後部座席に乗り込んだニーナちゃんの手が震《ふる》えているのに気がついた。

「大丈夫《だいじょうぶ》？」

「だ、大丈夫《だいじょうぶ》よ。怖《こわ》くなんてないんだから」

大丈夫《だいじょうぶ》としか聞いていないんだけど……まぁ、良いか。魔祓《まはら》いなんて、緊張《きんちょう》しない方がおかしいのだから。

だから俺はニーナちゃんの手を握《にぎ》ってから、言った。

「僕から離《はな》れたらダメだよ」

「…………」

しかし、ニーナちゃんからの返事はなかった。もしかしたら聞こえなかったのかも知れない。

ちょっとした恥《は》ずかしさを感じつつ、俺は視線を窓の外に向ける。

完全に日の暮れた東京は車と建物の光でびっくりするくらい明るくて、普通《ふつう》に歩いている人たちを見るとモンスターなんて、世界のどこにも存在しないように思えた。

山手線《やまのてせん》の駅近く。東京でも有数の大きさを持つ美術館の近くに父親はパトランプを出したまま車を停《と》めた。到着《とうちゃく》した美術館はそもそもが大きな公園の中にある。だが、その公園は入り口が門でしっかりと閉じられており、園内はひっそりと暗闇《くらやみ》に包まれていた。

門にはプラカードが吊《つる》されており『メンテナンスのため本日は休園いたします』と記載《きさい》されている。そのせいだろうか。都内の有名スポットにモンスターが出たというのに、全く人集《ひとだか》りが出来ていなかった。

「パパたちの話は通っている。守衛室から入ろう」

「……ん」

今なお立て籠《こ》もり事件が起きているとは思えないほどの静寂《せいじゃく》の中で、俺たちは園内に入った。

モンスターや魔法《まほう》の話を一般人《いっぱんじん》に漏《も》らしてはいけない。

そんな鉄則を今更《いまさら》ながら思い出す。漏《も》らさないために嘘《うそ》を使っているのであれば祓魔師《ふつまし》たちは、かなりこういう状況《じょうきょう》に慣れているんだろうか。確かに普段《ふだん》使っている施設《しせつ》であっても、都内や人の通りの多い場所なら『メンテナンスのため』という言葉を使えば人を避《さ》けられる。そして、それに巻き込まれたとしても、その出来事をわざわざ人に吹聴《ふいちょう》して回ったりはしない。そうなれば、簡単に盲点《もうてん》を作れる。

うーん。手慣れすぎてて嫌《いや》だな……。

それはつまり、それだけの数のモンスターと戦ってきた経験があるということで、

「イツキ、ニーナちゃん。『ここまで』と言ったところから先には進んではならない。この約束を守るんだぞ」

「うん。分かってる」

今一度、父親から刺《さ》された釘《くぎ》に大きく頷《うなず》く。

そのまま進んでいると、園内の暗闇《くらやみ》に紛《まぎ》れるように警察官が立っていた。警察官から、このまま進めば、そこにいるという話を聞いた俺たちがまっすぐ前に進む。

すると、そのまま整備された園内の道を進む父親が曲がり角を曲がろうとした直前、俺たちに向かって手を伸《の》ばした。

「ここまでだ。この曲がり角から先に進んではいけない」

俺たちは父親の言うことを守るべく、そこで立ち止まる。

一方でそんな俺たちには視線を向けず、一人で曲がり角を右に曲がっていった父親の視線の先を見ると、曲がり角の先には美術館が見えた。灯《あか》りの一つも点《つ》いておらず、都内だというのに真っ暗な闇《やみ》に包まれている。

「……何も見えないわ」

「ちょっと待ってて」

ニーナちゃんと全く同じことを思ったので、俺は導糸《シルベイト》で、自分の目の前に円を作ると集光して、拡大。『暗視魔法《まほう》』と『視力強化』の合わせ技《わざ》だ。

後はこれを調整して……と、思いながら視界を動かすと、まず見えたのは大きなモニュメント。恐《おそ》らく三メートルくらいはある巨大《きょだい》な像。

そして、そこに縛《しば》り付けられている数人の警備員。目を凝《こ》らせば、まだ生きているのが分かる。彼らの口はもごもごと動いていたが、何も聞こえない。

そして、その近くには女性体のモンスター。そいつが何かを叫《さけ》んでいたので、俺は耳の周りに導糸《シルベイト》でぐるりと円錐《えんすい》を作ると、集音。モンスターの声を拾う。

『泣くんじゃないわよ！　泣かないの！　泣きたいのはこっちの方よ！』

それとともに聞こえてきたのは、風のような唸《うな》り声。確かに聞き様によっては泣いているようにも聞こえる。

一体、誰《だれ》が泣いてるんだ……？　と、思って目を凝《こ》らした瞬間《しゅんかん》、俺は絶句した。

モニュメントに縛《しば》り付けられている警備員たち。その全員の口が、無くなっている。唇《くちびる》が皮膚《ひふ》ごと無理やり剝《は》ぎ取られたかのように、削《けず》り取られている。

肉体の形質変化なんて上等なものじゃない。魔法《まほう》で無理やり剝《は》ぎ取ったのだ。唖然《あぜん》としたまま状況《じょうきょう》を把握《はあく》しようとしていると、彼らの内の数人が涙《なみだ》を流していることに気がついた。涙《なみだ》を流しているのに骨が丸出しで、声が出ない。叫《さけ》べない。

『良《い》い？　アタシはね、姉さんを失ってるの！　死んじゃってるの！　だから可哀想《かわいそう》なのは私！　アンタたちじゃない』

そう叫《さけ》ぶモンスターの姿は……とても、目を引いた。

何よりもその格好。上半身はさらしだけを巻いたような姿で、ほとんどが裸《はだか》と言っても良い。下半身もパンツなのか分からないが、とにかく九割裸《はだか》。一方でその全身にはびっくりするくらいのタトゥー。茨のような入れ墨《ずみ》が入っている。

……どこかで見たな、あの姿。

『姉さんに比べて、何よ。アンタたちなんて口が無くなっただけじゃない！　その醜《みにく》い醜《みにく》い言葉を吐《は》き出せなくて良くなったんだから喜ぶべきじゃないの⁉』

ガンガンとモニュメントを蹴《け》りながら、モンスターが叫《さけ》ぶ。

『姉さんは素敵《すてき》だったの。最高だったの。素晴《すば》らしかったの。人間なんか目じゃあないくらいに美しかったのよ！　姉さんに刻まれた、あのタトゥーを見るたびに震《ふる》えてたの。ブルブルって風邪《かぜ》を引いたときみたいにね。粋《いき》ってのは、ああいう人を言うんだわ。きっとそうよ。まぁ、姉さんは人間じゃないけど』

格好だけではない。喋《しゃべ》り方もどこかで聞き覚えがある喋《しゃべ》り方だ。

そんなことを思っていると、真横にいたニーナちゃんから、ぐいっと手を引かれた。

「イツキ。私にも見せてよ」

「う、うん。ちょっと待って……。調整してるから……」

ニーナちゃんに応えながら、俺は視線をモンスターに戻《もど》す。

『アタシは姉さんのことを心の底から尊敬していたの。尊敬していたんだけれど、球に傷って言うのかしらねェ。一つだけ、本当に一つだけ気が合わないところがあったの。分かるかしら？　いえ、答えは求めてないわ。私が言うから黙《だま》って聞きなさい』

一人で演説を繰《く》り返すモンスターを見ながら、果たして、と思う。

『この世で最も美しい形は立方体《キューブ》なんかじゃあないの。球《スフィア》よ』

果たして、この光景をニーナちゃんに見せて良いものなのだろうか、と。

「……イツキ。まだ？」

「う、うん。分かった」

見せたくないなぁ、というのが俺の本心だ。見せるならコイツじゃなくて他のモンスターでも良いんじゃないかと思うが、ここまで来て見せないというのも変な話だ。

そもそもニーナちゃんに父親の仕事を見せるために、俺はここに来たのだから。

俺はニーナちゃんの目の周りで、導糸《シルベイト》をぐるりと円形にして俺が使っている『暗視』と『視力強化』の二重魔法《まほう》を使う。

これでニーナちゃんもモンスターを見れるようになったはずだ。

俺がそう思った瞬間《しゅんかん》、

「……はぁっ。はぁっ」

浅く短く、ニーナちゃんが息を吐《は》き出した。

暗いから見えづらいが、どんどん顔が青くなっていくのが分かる。

遠くからモンスターを見るだけでこうなるのか……。やっぱり、見るのはやめたほうが良いんじゃないのか。

「ニーナちゃん。もし、見たくないならいつでも言ってくれれば」

「……ううん。大丈夫《だいじょうぶ》。大丈夫《だいじょうぶ》よ」

そう言いながら震《ふる》えているニーナちゃん。とてもじゃないが大丈夫《だいじょうぶ》だとは思えない。

お、おいおい。本当に大丈夫《だいじょうぶ》なのか……？

心配になるが、これは本人の願いだ。それを止めるのもまた、道理が通らない。

不安になりながらニーナちゃんの様子を見ていると、ぎゅっと彼女が俺の手首を掴《つか》んだ。

「どうしたの……？」

「……私は、大丈夫《だいじょうぶ》」

どうしてニーナちゃんが俺の手首を掴《つか》んだのかは分からないけど、ニーナちゃんが何をしようとしているのかは分かる。彼女はいま、苦手を乗り越《こ》えようとしている。ただ、自分の夢を叶《かな》えるために。

『アタシは人間のことが嫌《きら》いだけど、美しいものは好きよ。命を感じさせない完璧《かんぺき》な球が好きなの。あの形こそが完全で、素晴《すば》らしいの。だからこそ私は美術館を愛していたのよッ！』

ガン、とモンスターがモニュメントを蹴《け》る。蹴《け》った瞬間《しゅんかん》に大きな金属製のモニュメントが、ぐわんぐわんと揺《ゆ》れた。

真下で縛《しば》られている警備員たちからすれば、たまったものじゃないだろう。

『それが何よ。つまんない絵ばっかり飾《かざ》りやがってエッ！　美術は絵だけなの!?　違《ちが》うでしょッ！　彫刻《ちょうこく》は、造形はッ！　いつから美術館は、絵しか飾《かざ》らなくなったのよッ！』

感情がヒートアップしたのか、モニュメントをガンガンと蹴《け》り続けるモンスター。

それを見て、俺は思った。

別に絵以外も飾《かざ》ってあるけどな。美術館。

「ちゃんと見ていないだろう」

その瞬間《しゅんかん》、まっすぐ伸《の》びた導糸《シルベイト》がモンスターの身体《からだ》を縛《しば》り上げる。強い力で引っ張られて、モニュメントから引き剝《は》がされたモンスターに向かって追撃《ついげき》の拳《こぶし》が伸《の》びた。

「彫刻《ちょうこく》も飾《かざ》ってあるぞ」

『来たわね、祓魔師《ふつまし》ィ！』

次の瞬間《しゅんかん》、父親が拳《こぶし》を振《ふ》り下ろすのが見えた。

わずかに遅《おく》れて聞こえてくる衝撃《しょうげき》の音。大きな公園の中に突然《とつぜん》響《ひび》き渡《わた》った衝撃音《しょうげき》を『聴力強化《ちょうりょく》』で全て拾ってしまう。うるさっ！

しかし、父親の手元からは黒い霧《きり》が上がらない。

まだモンスターは死んでいないのだ。

俺が息を呑《の》んだ瞬間《しゅんかん》、父親の拳《こぶし》の下からモンスターの導糸《シルベイト》がまっすぐ伸《の》びた。それを寸前で父親が回避《かいひ》。矛先《ほこさき》を失った導糸《シルベイト》は直進すると、街路樹に激突《げきとつ》。すると、街路樹が俺たちの眼《め》の前でごりごりと圧縮される。立方体になる。変化していく。そこは球じゃないのか。

『アンタでしょ。アタシの姉さんを殺したのはッ！』

「姉？ モンスターに姉という概念《がいねん》は無いだろう。血は繋《つな》がっていないというのに」

『はァーッ⁉ 家族に血は要《い》らないんだけどッ！ 必要なのは、意志と愛ッ！ 愛さえあればァ！ 家族になれるのよッ！』

叫《さけ》んだ瞬間《しゅんかん》、モンスターの身体《からだ》が蹴《け》り飛ばされた。

その勢いのまま美術館の外壁《がいへき》に激突《げきとつ》。コンクリートに半分、モンスターの身体《からだ》が埋《う》まる。

ぶっ飛ばした張本人は、モンスターを見ながら淡々《たんたん》と言葉を紡《つむ》ぐ。

「それは否定しないでおこう」

血は繋《つな》がっていないが、家族になれるという言葉で——きっと、ヒナのことを思い出しているんだろうと思う。だって俺もそうだから。

『ありがたい姉さんの言葉よ。その耳によく刻み込みなさい。そしてェッ！』

みしっ、という音を立てて美術館の外壁《がいへき》にヒビが走ると、モンスターが両腕《りょううで》の力だけで、コンクリートから這《は》い出た。そして、両手を掲《かか》げた。

『愛は痛みッ！ 痛みこそが愛を生み出す源泉ッ！』

　そう言いながらモンスターが自分の身体《からだ》を抱《だ》きしめる。

　きもいな、と思った瞬間《しゅんかん》、ニーナちゃんが俺の手首を握《にぎ》りしめる力が強くなった。痛い。

『さぁ、祓魔師《ふつまし》ィ！　あんたはここで死ぬッ！　死んだ後はキレイな球にして、姉さんの墓標にしてやるわッ！　前から思ってたんだけど、墓標も丸くするべきじゃない？』

　意味の分からないことをこちらに問いかけてきた瞬間《しゅんかん》、ごう、と強い風が吹《ふ》いた。その瞬《しゅん》間《かん》、街路樹についていた、みずみずしい緑の葉っぱが木から剝《は》がれ落ちるとこちらに向かって嵐《あらし》のように迫《せま》ってきた。その木の葉には、どれも導糸《シルベイト》が付いている。

「パパっ！」

　あれは物体の形質変化。どういう変化を付与《ふよ》したのかは分からないが、やっているのは森で戦ったモンスターがやったドングリ爆弾《ばくだん》なんかと一緒《いっしょ》の攻撃《こうげき》だ！

　俺の叫《さけ》び声が届いたのか、父親は二本の導糸《シルベイト》を両足に回してバックステップ。遅《おく》れて父親のいた場所に飛んできた木の葉が触《ふ》れた瞬間《しゅんかん》、そこを球状に削り取って消えた。

　父親は無傷。しかし、身を乗り出して叫《さけ》んだことで、モンスターの視線が俺たちに向いた。

　隣《となり》にいるニーナちゃんが、さらに強く、折れてしまうくらいに痛く俺の手首を握《にぎ》る。

　しかし、俺は半歩だけ身体《からだ》を前に出した。すでに手元では魔力《まりょく》を練っている。

『あらァ！　見つけたわッ！　あんたも姉さんを殺した祓魔師《ふつまし》でしょォ！』

　そう言ってモンスターが俺たちに向かって飛ぼうと右足を踏《ふ》み込んだ瞬間《しゅんかん》、そのままモンスターが転《こ》けた。まるで、急にバランスを崩《くず》したかのように。

『は……?』

そう思って目をこらした俺は、さっきの考えをすぐに否定した。

バランスを崩《くず》したように、ではない。

本当にバランスを崩《くず》したのだ。

何故《なぜ》なら、すでにモンスターの右足首から先が無くなっていたから。

『アタシの足が! 可愛《かわい》いあんよが無くなっちゃったわァ!?』

しかし、導糸《シルベイト》は見えなかった。だったら、誰《だれ》が……? 摩訶不思議《まかふしぎ》な光景に目を奪《うば》われていると、ふと後ろから声が聞こえた。

「妖精《ようせい》には人を困らせて楽しむものがいます。例えば、人をからかったり、迷わせたり、人のものを無くしたり」

その声を聞いたニーナちゃんが弾《はじ》かれたように後ろを振《ふ》り向く。

「……ママ」

「これは、それを再現したものです」

ニーナちゃんからの声を無視して、ニーナちゃんの存在を無視して、いつのまにかそこに立っていたイレーナさんは俺だけを見て、続けた。

「妖精《ようせい》がモンスターの身体《からだ》を奪《うば》っていく。奪《うば》ったものは妖精《ようせい》たちが自分の家に持ち帰るんだぞうです。その家がどこにあるのかは、誰《だれ》も知らない。素敵《すてき》だと思いませんか？」

イレーナさんがそう言った瞬間《しゅんかん》、モンスターの両手が消えた。

脇腹《わきばら》が四角形に削《けず》り取られた。まるで、虫食いにされる葉っぱのようにモンスターの身体《からだ》のパーツが一つ一つ削《けず》り取られていく。

『し、四角になっちゃう！　身体《からだ》が姉さんになっちゃうわ！』

意味不明。

「英国式の魔法《まほう》は、魔法使《まほうつか》いと妖精《ようせい》が独立していることにメリットがあるんです。だから、現にほら私は生み出した妖精《ようせい》さんにお願いをしているだけです。あのモンスターを祓《はら》って、と」

イレーナさんがそう微笑《ほほえ》んだ瞬間《しゅんかん》、モンスターの首が直方体に抜《ぬ》き出された。

それがトドメになったのだろう。モンスターが黒い霧《きり》になっていく。その霧《きり》には見向きもせずに、イレーナさんが俺の方を振《ふ》り向いた。

「どうですか、イツキさん。イギリスで魔法《まほう》を学びたくはないですか？」

「……僕は、行きません」

「そうですか。残念です」

二度目だからだろうか。

そこまで残念そうに思っていない笑《え》みを浮《う》かべたイレーナさんは、そのまま縛《しば》られた警備員たちを助け出そうとしている父親の元に向かって歩いていった。

「ま、待って！　ママ。私……！」

ニーナちゃんは何かを言いかけたが、段々と尻《しり》すぼみになっていく小さな声にイレーナさんは気がつかなかった。いや、もしかしたら無視したのかも知れない。

どちらだったのかは分からなかったが、ニーナちゃんの握力《あくりょく》は痛いほどに俺の手首をとらえて離《はな》さなかった。


パトランプをしまって、普通《ふつう》車と同じように道を走る父親の車が帰宅ラッシュの渋滞《じゅうたい》に巻き込まれる。ブレーキによって緩《ゆる》やかに減速していく車内に降りた沈黙《ちんもく》を破るように、父親が口を開いた。

「イレーナは、いつもああなのか？」

「……うん」

隣《となり》に座《すわ》っているニーナちゃんは未《いま》だに俺の手首を握《にぎ》っている。

あの後、警備員たちを解放したイレーナさんは後処理の人たちに仕事を任せると、別件で仕事があると言って羽田《はねだ》空港に向かってしまったのだ。

だから、ニーナちゃんを家まで車で送ることになったのだ。

そして、モンスターが消えたというのにニーナちゃんは俺の手首を離《はな》してくれなかった。あ

まりにもずっと握《にぎ》られているから手形でも付いているんじゃないかと思ってしまう。

「いつからだ？　いつから、イレーナはああなったのだ？」

「……半年くらい、前から」

「半年？　ああ、そういうことか」

父親は一人合点《がてん》がいったように頷《うなず》いた。

半年前というと、あれだ。ニーナちゃんがイレーナさんから魔法《まほう》を教えてもらえなくなった時期と一致《いっち》する。父親の口ぶりからして、何かがニーナちゃんたちの身に起きたんだと思うが、全く分からん。俺には教えて欲しい。何があったのかを。

しかし、父親はしばらく沈黙《ちんもく》。どうやら、教えてくれないみたいだ。

言わない方が良いと思っているのだろう。

ということは、きっと簡単に触《ふ》れられるような話じゃないのだ。

でも、ここまで情報が出揃《でそろ》えば、何が起きたのかくらいは推測がつく。

半年前、きっとそこでニーナちゃんの父親に何かが起きたんじゃないだろうか。

あくまで、推測だ。だけど、そんな気がする。

そんなことを思っていると、ニーナちゃんが全てを振《ふ》り払《はら》うように明るい声を出した。

「でも、ママはいつもあんな感じだから平気よ。もう良《い》いの。私はモンスターを祓《はら》えるようになって、ママを見返すんだから」

「そうか。君は祓魔師《ふつまし》になりたいんだったな」

「そうよ！　ママを超《こ》える祓魔師《えくそしすと》になるの。あれくらいじゃ、へこんでいられないわ」

ニーナちゃんのそれは空元気というよりも、自分を励《はげ》ますための言葉にも思えた。

あとついでに手首を握《にぎ》っていた手が、いつのまにか俺の手を外から握《にぎ》る形になっている。こっちの方が痛くなくて良いので、俺はニーナちゃんのするがままに任せた。

「だから、イツキ。しっかり私を手伝ってよ！」

「うん。任せてよ！」

落ち込んでいるよりも、負けん気を出している方がニーナちゃんらしくて良い。俺はそう思ったから、ニーナちゃんに頷《うなず》く。そのまま前を向くと、バックミラーで俺たちの様子を見ていた父親が笑って見守っているのに気がついた。

「危険なことはするんじゃやないぞ、二人とも」

「分かってるよ、大丈夫《だいじょうぶ》」

当たり前なのだが、強くなる前に死んでしまっては意味がない。俺は死なないために強くなることを目標にしているのであって、ただ強くなるために強さを求めているわけではない。

そして、それは同じことがニーナちゃんにも言える。

いくらニーナちゃんが祓魔師《ふつまし》になりたいからといって、祓除《ばつじょ》に慣れる前に死んでしまっては元も子もない。だから、危険なことはしない。当たり前だ。

「でも、まずは強くなるの。強くなってどんどんモンスターを倒《たお》すの！」

ニーナちゃんはそう言って息巻くと、俺の方を向いた。

「だから、イツキ。これからは放課後じゃなくて、朝に練習しましょ」

「え？　朝に？」

「そうよ。朝に練習して、夕方にモンスターを探すの。それで私は祓魔師《えくそしすと》になるんだから！」

そう言って「ふん！」と鼻を鳴らすニーナちゃんを見ると、気合い入っているなぁと思う。

なんだかそんな元気なニーナちゃんを見るのは入学式以来だったので、俺は思わず懐《なつ》かしい気持ちになった。いや、入学式は一ヶ月前の話なんだけどな。

それにモンスターを探すと言ってもそんな簡単に見つからないと思う。一週間に一体と出遭《であ》えれば頻度《ひんど》は高い方じゃないだろうか。

なんて、彼女の気合いに水を差すようなことは言わない。口をつぐんで、車が進むのを待つ。

渋滞《じゅうたい》に巻き込まれたせいか、結局ニーナちゃんの家までは車で一時間くらいかかった。

「ここで良かったか？」

ニーナちゃんのタワマンの近くで車を停《と》めた父親に、彼女は大きく頷《うなず》いた。

「はい！　ありがとうございます！」

「また遊びに来ると良《い》い。お茶くらいはいつでも出そう」

父親の言葉にニーナちゃんはもう一度、感謝の言葉を繰《く》り返すと、ようやく俺の手を離《はな》して車から降りた。それを見送ろうとした俺に父親が短く告げた。

「イツキ。こういう時はちゃんと家まで見送るのだぞ」

「……うん！」

確かにそれはそうだと思い、俺もニーナちゃんの後を追いかけるように車を降りた。

マンションの入り口で立ち止まっているニーナちゃんのところに向かうと、それに気がついたのか振《ふ》り向いてくれた。

「イツキ。今日はありがとう」

「ううん。いつもニーナちゃんには誘《さそ》って貰《もら》ってるから。こっちこそ、いつもありがとう」

俺がそう返すと、ニーナちゃんはランドセルから家の鍵《かぎ》と思われるカードを取り出していた。

ハイテクだなぁ。

「それと、ごめんなさい」

「え、どうしたの？」

突如《とつじょ》、ニーナちゃんが頭を下げてきたものだから、ぽかんとしてしまう。

謝《あやま》られるようなことをされただろうか――と、思っていると、彼女は俺の手首を見た。

「痛かったでしょ」

言われて視線を動かすと、確かにそこには真っ赤な手形が付いていている。

もしかして、と思ったけどやっぱり手形はついていたみたいだ。何も知らない人にここだけ見せたらモンスターの仕業《しわざ》だと思われそうだ。

「全然良《い》いよ。痛くなかったから」

「で、でも……強く、握《にぎ》っちゃったから」

「大丈夫《だいじょうぶ》だよ、ニーナちゃんの手は柔《やわ》らかかったから。これからも気にせず握《にぎ》っていいから」

「……ふ、ふぅん。そ、そう？　イツキがそう言うなら、別に良《い》いんだけど」

ニーナちゃんの顔には納得《なっとく》したような、してないような表情が浮《う》かぶ。でも、それで困っている感じはしないから良かった。

それより、さっきから気になっていたことがある。

「どうして手を握《にぎ》ったの？」

「………………分かんない」

返ってきたのは掠《かす》れるような小さな声。

というか、何だったの最初の沈黙《ちんもく》は。いや、薄々《うすうす》分かる。俺もよくやるから。

つまりはあれだ。最初に何かを言おうとしたけど、途中《とちゅう》で言うべき言葉を変えたときの沈黙《ちんもく》だ。

そこまで見えているのであれば、ニーナちゃんに深く聞いたりはしない。言いたくないのであれば、それを追及《ついきゅう》する必要もないのだから。

「ニーナちゃん。明日は朝早く練習するんでしょ？　何時からする？」

「そうね。学校に七時集合でどう？」

「うん。その時間なら僕も間に合うよ」

「そう……。なら、また明日ね」

俺がニーナちゃんと約束を交《か》わすと、彼女は照れくさそうに後ろを振《ふ》り向いた。

そして、カードキーでエントランスの扉《とびら》を開けるとエレベーターに向かっていく。

その後ろ姿を、俺は見えなくなるまで見送った。

第五章　祓除《モンスターハント》

あれから一週間が経《た》った。

子どもの気持ちの移り変わりは早いと言うが、ニーナちゃんの興味は全然移ろうことなく未《いま》だに魔祓《まはら》いに向いている。

だから、俺たちは朝早く集まって、みんなが学校にくる前の一時間くらいの間、体育館の裏――ここなら誰《だれ》も来ない――で、一緒《いっしょ》に魔法《まほう》の練習をしたり、放課後はニーナちゃんと一緒《いっしょ》にモンスター探しの旅をするというのを繰《く》り返していた。

モンスター探しの旅というのがどういうものかというと、これは俺が提案した『まずはモンスターを見るのに慣れるところからでは』という素人《しろうと》丸出しの改善案から来ている。

というのもニーナちゃんはモンスターを見れば過呼吸になって動けなくなる。まずは見て、慣れるところからと思ったわけだが、そんな話を当のニーナちゃんにしてみたところ『それもそうね』といって採用していただいたわけである。ちなみにこの一週間でモンスターと出遭《であ》えた数は一体だけ。人生、そんな思った通りにはいかないのである。

ちなみに余談だがモンスターに遭《あ》うだけなら俺が無節操に魔力《まりょく》を放出すれば良い。それだけで、俺の周りには虫が集《たか》る真夏の夜に灯《とも》したライトのようにモンスターが寄ってくるだろう。

しかし、これは良くない。

何が良くないのかというと、これではどんな強さのモンスターがやってくるのか分かったものじゃないのだ。第一階位や、第二階位くらいだったら別に問題はないが、第五階位や第六階位まで来てしまう可能性のあるものを、おいそれと試《ため》すわけにはいかない。

そういうわけで、今もランドセルを教室に置いて放課後の学校をニーナちゃんと一緒《いっしょ》に探検中なのだ。

時間はすでに十六時を越《こ》えていて、上級生たちも帰り始めている。

そろそろ門限の時間が迫《せま》ってきているからか、ニーナちゃんの足取りに焦《あせ》りが浮《う》かぶ。

この一週間で、どこを歩き回るか色々考えてみたのだが、最終的に『モンスターを探すなら学校が良いんじゃないのか』という結論になった。学校は子どもが多くモンスターが出没《しゅつぼつ》しやすいというのと、もう一つは学外を歩くとそれはそれで先生とかに連絡《れんらく》がいって面倒《めんどう》なことになりかねないという事情からである。

「イツキ。今日は四階のトイレに行ってみるわよ」

「トイレ？　なんでトイレ？」

「今日聞いたのよ。放課後になったらモンスターが出るんですって。髪《かみ》の長い女の人が立ってるって言ってたわ！」

嬉々《きき》として語るニーナちゃんはモンスターに遭《あ》える手がかりを掴《つか》んだということで上機嫌《じょうきげん》。

しかし、トイレにモンスターと来たか。ありがちというかなんというか、怪談《かいだん》の鉄板ネタだ。

ただまぁ、動物が生きていく上で無防備になる瞬間《しゅんかん》は睡眠《すいみん》中と排泄《はいせつ》中と交尾《こうび》中というくらいだし、その内の一つであるトイレにモンスターが出てくるというのは……うん、まぁ考えられないことではない。

とはいっても、俺は学校のトイレでモンスターに出遭《であ》ったことは無いのだが。

そんなことよりも気になるのは、ニーナちゃんがどこでその話を聞いたのか、だ。こういうことを言うと何だかストーカー気質で嫌《いや》だが、ニーナちゃんが学校で俺以外の人と喋《しゃべ》っているのを見たことが無いんだけれど。

「ニーナちゃん、その話はどこで聞いたの？」

「………トイレ」

「え？」

「だから！　トイレで噂話《うわさばなし》を聞いたの！　文句ある!?」

「い、いや……。無いよ……」

俺はニーナちゃんに圧をかけられて、思わず謝《あやま》ってしまった。

完全に自分に非がある手前、あまり何かを言うこともできない。

一方でニーナちゃんは話題を切り替《か》えるかのように「ふん」と鼻を鳴らした。

「次こそはモンスターを祓《はら》ってやるんだから」

次こそ、というのは一昨日《おととい》に出遭《であ》ったモンスターを祓《はら》えなかったからだろう。

児童が帰った音楽室からピアノを弾《ひ》く音がするということで俺たちが覗《のぞ》きに行くと、でっかい人差し指の姿をしたモンスターが無言でピアノを弾《ひ》いていた。指一本で弾《ひ》いていたからか、やけに単調な曲だったのを覚えている。

んで、その人差し指が俺たちに気がつくや否《いな》やこっちにぴょんぴょんと跳《は》ねながらやってきたので俺が祓《はら》ったのだ。その横ではニーナちゃんが顔を真っ青にしていた。

多分、あれは第一階位だったな。

「ねぇ、イツキ。実は私ね、ちょっとだけ凝術《リコレクト》が分かってきたの。もう少しで妖精魔法《ようせいまほう》が使えるかも知れないわ」

「え、そうなの？」

「ほら見て」

楽しそうにそう言ったニーナちゃんは、手元に紫色《むらさきいろ》のモヤを出す。

これはニーナちゃんの妖精《ようせい》だ。不完全な形をしているけれど。

「お願い。燃えて！」

それを口にした瞬間《しゅんかん》、紫色《むらさきいろ》のモヤがぶるりと震《ふる》えて、ぼっ！　と炎《ほのお》になった。

「えっ！　本当に燃えてる！」

「これはね『鬼　火《ウィルオウイスプ》』って呼ぶの。凝術《リコレクト》の基本の基本よ」

そう言うと、ニーナちゃんは燃え盛《さか》る火に、ふっと息を吹《ふ》きかけて消した。

なんだか『属性変化：火』っぽいな。ただ導糸《シルベイト》を使った魔法《まほう》と違《ちが》うのは、術者が直接何かをしなくても、お願いするだけで妖精《ようせい》たちが身体《からだ》を変化させることができる。それはつまり、妖精《ようせい》を生み出した側の魔法使《まほうつか》いは自由《フリー》になるってことだ。

もしかして一人で、集団戦が出来るのか……？

その『もしかして』を確かめるためにも早く使えるようになりたくて、俺は聞いた。

「どうやって使えるようになったの？」

「うーんとね、美術館でママがやってた魔法《まほう》を真似《まね》したの」

……しまったな。あの時はイレーナさんの登場に意識を持っていかれて、魔法《まほう》をちゃんと見ていなかった。

そんな俺の表情から、俺がちゃんと見ていなかったことを見抜《みぬ》いたのだろう。ニーナちゃんはすぐさま続けて教えてくれた。

「えっとね、魔力《まりょく》を二つに分けるって前に話したでしょ？」

「うん。核《コア》になる魔力《まりょく》と、その周りを囲う魔力《まりょく》の二つだよね」

「そう、それ」

ウチに遊びに来てくれたときの記憶《きおく》を引っ張りだす。

確かあの時も言っていた。『入れ物があればやりやすい』と。

「その二つの魔力《まりょく》の位相を変化させるんだけど、それの違《ちが》いが分かったの」

「……そうなんだ」

俺がいつかの錬術《エレメンス》の練習をしているときに試《ため》していた大福のように魔力《まりょく》を展開する方法のことだろうか。いや、大福でもアンパンでも、カレーパンでも良いのだが、とにかく中身と外側の魔力《まりょく》の質を変えるってことだ。

あれが凝術《リコレクト》のコツだったってことだろうか？　いや、でも俺はその前の魔力《まりょく》を外に出した後の動かし方で困ってるんだけどな……。

そんなことを思いながら俺たちが噂《うわさ》のある四階のトイレに行くと、水漏《みずも》れのような音が聞こえてきた。

誰《だれ》かが蛇口《じゃぐち》を開けっ放しにしたのだろうか。それとも水漏《みずも》れしているんだろうか。

恐《おそ》る恐《おそ》る壁際《かべぎわ》から頭を出すと——そこに、モンスターがいた。

まず見えたのは黒い髪《かみ》。乱雑に伸《の》びて、ボロボロの長い髪《かみ》だ。皮膚《ひふ》は荒《あ》れていて、茶色なのか赤色なのか分からない。なんだか錆《さ》びた銅みたいな色だな、と思った。だが、何よりもモンスターの首が長いのだ。多分だけど、首だけで一メートルくらいある。いや、長いのは何も首だけじゃない。腕《うで》も、脚《あし》も異様に伸《の》びて、それぞれ一メートルはあった。

手脚《てあし》を無理やり引き伸《の》ばされた蜘蛛《くも》。俺はそいつを見て、そんな印象を抱《いだ》いた。

しかも、そのモンスターは手洗い場の床《ゆか》、天井《てんじよう》、壁《かべ》に腕《うで》と足を蜘蛛《くも》の巣みたいに伸《の》ばして身体《からだ》を固定しながら、蛇口《じやぐち》から水を飲んでいたのだ。さっきから聞こえてきた水漏《みずも》れみたいな音の理由が分かるのと同時に気持ち悪さも覚える。

しかし、幸いなことにモンスターはこちらに気がついていない。

気がついていないのであれば、チャンスだ。

「ニーナちゃん。今のうちに、魔法《まほう》を」

俺が小声でそう言うと、ニーナちゃんはガクガクと膝《ひざ》を震《ふる》わせながら、俺に向かって何かを探《さぐ》るように手を伸《の》ばした。

「イツキ。手、握《にぎ》って」

「……うん」

前もそうだったので、俺はニーナちゃんの手を取る。すると、それだけでニーナちゃんは少し落ち着きを取り戻《もど》した。取り戻《もど》したように、見えた。

そのまま彼女は大きく息を吸い込むと、妖精《ようせい》をモンスターに向かって飛ばした。

「お願い！　燃えてっ！」

紫色《むらさきいろ》のモヤがモンスターの頭を覆《おお》うように広がった瞬間《しゆんかん》に、妖精《ようせい》が大きく燃え上がった。

ごう、と生まれた炎《ほのお》が爆《は》ぜるとモンスターを焼く。その苦痛から逃《のが》れるように長い首をぶんぶんと振《ふ》り回すが、妖精《ようせい》はべったりと張り付いていて離《はな》れない。

……凄《すご》い魔法《まほう》だな。

ニーナちゃんの妖精魔法《ようせいまほう》を見ていると、そう思う。

俺たちが普段《ふだん》使っている導糸《シルベイト》の魔法《まほう》も中々に殺意が高いが、こっちはこっちで殺意が高い。

絶対にモンスターを祓《はら》うという祓魔師《ふつまし》たちの覚悟《かくご》が感じられる。

しかし、モンスターはさっきまで飲んでいた蛇口《じゃぐち》から出る水に頭を突《つ》っ込んで鎮火《ちんか》。前世で運動部たちが真夏に同じことをして涼《すず》んでいたのを思い出す。

そんな強制鎮火《ちんか》により妖精《ようせい》の炎《ほのお》はかき消された。そして、完全に鎮火《ちんか》したモンスターの長い首がぐるりと捻《ねじ》れて、ぎょろりと俺たちの方を向いた。顔についている二つの目が、それぞれ俺たちを見る。

だが、その目の大きいこと大きいこと。顔の半分くらいは巨大《きょだい》な眼球なのだ。それが二つ、全く別の動きで俺たちを見る。不気味だ。

『の、喉《のど》、喉《のど》がぁ……。渇《かわ》いて、渇《かわ》く、渇《かわ》いてるのォ……』

耳元まで裂《さ》けた大きな口が開くと、雑音のような、ノイズのような、そんなものが混じった聞き取りづらい声が放たれた。

その声を聞いた瞬間《しゅんかん》、俺の中でしばらく忘れていた生理的嫌悪《けんお》感が、ぞわりと足元を駆《か》け上がってくる。そうだ。本来、モンスターとはこういう生き物だ。立方体とか、球体とか、そういうので騒《さわ》ぐモンスターは一部なのだ。

俺は素早《すばや》く導糸《シルベイト》を編もうとして――やめた。

いま、俺の頭の中にはいくらでもモンスターを祓《はら》う方法が浮《う》かんでいる。

例えばモンスターの長い手脚《てあし》を縛《しば》り上げて、断《た》ち切ってしまえば良い。

例えば高圧水流を放つ『天穿《アマウガチ》』を使って、頭を撃《う》ち抜《ぬ》いてしまえば良い。

あるいは、先週に見た触《ふ》れたものを球状に削《けず》り取る魔法《まほう》を真似《まね》しても良い。

だが、それは意味が無いのだ。

だって、俺がここにいるのはニーナちゃんにモンスターの祓《はら》い方を教えるためだ。ニーナちゃんが俺に錬術《エレメンス》と凝術《リコレクト》を教えてくれたように、俺は彼女が祓魔師《ふつまし》になるためのお手伝いをしないといけないのだ。

「ニーナちゃん。もう一度できる？」

「……………ひゅぅ」

呼吸が浅い。顔色も悪い。

ここはいったん距離《きょり》を置いたほうが良さそうだ。

『か、かわ、皮ぁ！　こっ、子どもの皮、が、ほ、ほし、欲しいのォ……！』

長い右の手が蛇口《じゃぐち》の上にある鏡を押さえつける。その瞬間《しゅんかん》、ばき、と音を立てて鏡が割れた。だが、モンスターは手に鏡の破片《はへん》が食い込むのも気にせず、全身を蠢《うごめ》かせながらこちらを振《ふ》り向く。まるで、アメーバみたいに。

そして、モンスターが口を開くとそこには無数の歯が見えた。

「ごめん、ニーナちゃん」

バジッ！　と、俺の全身を雷《かみなり》が走る。雷公童子《らいこうどうじ》の遺宝を使った全身強化。

俺はそのままニーナちゃんを抱《だ》きかかえると、思いっきり後ろに地面を蹴《け》った。

『お、おんな、女の子！　わ、わたし、私も可愛《かわい》い女の子になりたァい！』

同時にモンスターが跳《と》ぶと、俺たちがさっきまで立っていたところに突《つ》っ込んできた。

まるでバッタみたいな動きに気持ち悪さが勝つ。しかし、俺たちはすでにそこにはいない。

逃《に》げる俺たちを見たモンスターは、長い四肢《しし》をまるでゴキブリのように忙《せわ》しなく動かすと、当然ながら俺たちを追いかけてきた。

「ニーナちゃん。もう一度やれる？」

廊下《ろうか》は歩きましょう、と書かれたポスターの横を全力で駆《か》け抜《ぬ》けると、ニーナちゃんを我に返すために大声で叫《さけ》ぶ。

それに、ニーナちゃんは真っ青な顔をして応えてくれた。

「……っ！　燃えて……っ！」

再び飛び上がろうとしたモンスターが地面に両手を付けた瞬間《しゅんかん》、腕《うで》が発火。それによりモンスターが手を滑《すべ》らせると、前方につんのめって頭を大きく打ち付けた。

ゴッ！　と、重たい嫌《いや》な音が響《ひび》いてモンスターの頭がタイルに激突《げきとつ》。

だが、学校のタイルの方がモンスターの頭に負けて凹《へこ》んだ。硬《かた》すぎだろ、頭。

しかし、モンスターは頭を地面に擦《なす》りつけながら、こちらに向かって迫《せま》ってくる。

執念《しゅうねん》が凄《すご》いな。

『か、皮を被《かぶ》ってぇ！　あ、あたし、わたし、私も！　美少女にィ！』

そんなに皮を被《かぶ》って美少女になりたいならVTuberにでもなれば良いんじゃないだろうか。この世界にYouTubeがあるのかどうか知らないけど。

「い、イツキ！　前！」

「分かってる」

廊下《ろうか》を走り抜《ぬ》けていると、お姫様《ひめ》抱《だ》っこしているニーナちゃんが俺の服を引っ張って前を指さした。前には音楽室の扉《とびら》。行き止まりだ。当たり前だが、学校の廊下《ろうか》は無限には続かない。

すぐに終わりが来る。

だから俺は、ニーナちゃんに言った。

「しっかり摑《つか》まってて。跳《い》ぶから」

「と、跳《と》ぶって⁉」

言うが早いか、俺はそのまま床《ゆか》を踏《ふ》み抜《ぬ》いて跳躍《ちょうやく》。

さらにそのまま、音楽室の扉《とびら》を蹴《け》りつけると身体《からだ》を強制的にUターン。

「ひゃあ！」

ニーナちゃんの悲鳴を聞きながら、俺は導糸《シルベイト》を後ろに飛ばすと身体《からだ》を引っ張り、天井《てんじょう》手前でぐるりと半回転。そのまま天井《てんじょう》を蹴《け》って、モンスターを飛び越えた。

後は重力に任せて廊下《ろうか》に着地。そして、いま来たばかりの方向に向かって走って戻《もど》る。

「な、何⁉　いま何したの、イツキ！」

きょろきょろするニーナちゃんが、俺を見て、音楽室に突《つ》っ込んでいくモンスターを見て、もう一度俺を見た。

「飛び越《こ》えたの！」

俺なりに見様見真似《みようみまね》でやってみたワイヤーアクションだったが、何とかUターンを成功させることができて、ほっと胸を撫《な》で下ろした。

いつぞや森で戦った第五階位のモンスターの真似《まね》ごとだったが、向こうはもっと上手《うま》く身体《からだ》を操作していた。それに父親やレンジさんだったら運動神経が良いから導糸《シルベイト》を使わずに三角跳《と》びだけで飛び越《こ》えていただろう。

無駄が多いな、と思う。心の底から、そう思う。

ニーナちゃんには偉《えら》そうにモンスターとの戦い方とかを教えているが、俺はまだまだ教わる側の人間なのだ。

そして、俺たちが目の前からいなくなったことに気がつかないモンスターが勢いそのままに音楽室に突《つ》っ込もうとして——直前に、導糸《シルベイト》を編んだネットで受け止めた。

ただでさえ、鏡が割れてタイルも凹《へこ》んでいるこの状況《じょうきょう》。

これ以上、学校を壊《こわ》させるわけにはいかない。

そして、導糸《シルベイト》のネットで受け止めたモンスターが長い手脚《てあし》を絡《から》ませてもがいている隙《すき》に、俺はニーナちゃんを下ろした。

「今度こそトドメを刺《さ》そう。ニーナちゃん」

「……ええ、そうね。これで、終わりにするわ」

自分の足で立ったニーナちゃんは、さっきよりも落ち着いた様子で、わたわたと藻掻《もが》いているモンスターを見た。見てから、言った。

「祓《はら》って」

その願いを聞き入れた紫色《むらさきいろ》のモヤがモンスターの体内に入った。

次の瞬間《しゅんかん》、モンスターの口から炎《ほのお》が溢《あふ》れ出した。

苦しみに悶《もだ》えるようにモンスターが全身をばたつかせる。だが、既《すで》に妖精《ようせい》は身体《からだ》の中に入っている。いくら暴れたところで、炎《ほのお》は消えない。炎《ほのお》はさらに勢いを増すと、モンスターの大きな瞳《ひとみ》がどろりと熔《と》けて、内側から炎《ほのお》が溢《あふ》れた。

いくら頑丈《がんじょう》なモンスターといえども、体内の炎《ほのお》には耐《た》えきれなかったのだろう。

モンスターが、死んだ。

死んで、黒い霧《きり》になった。しゅう……と、換気《かんき》中の窓から霧《きり》が抜《ぬ》けていく光景を見て、俺は思わずニーナちゃんに向き直った。

「やった！　祓《はら》ったよ、ニーナちゃん！」

そう言った俺だったが、彼女はその光景を受け入れられていないのか、しばらくぽかんとした顔でモンスターの立っていた場所を見ていた。そして、驚《おどろ》きながら続けて言葉を紡《つむ》いだ。

「……う、嘘《うそ》。祓《はら》った……本当に、私が……？」

「そうだよ、ニーナちゃんがやったんだ！」

次の瞬間《しゅんかん》、ぱっと顔色が変わってニーナちゃんが俺に抱《だ》きついてきた。

「や、やったわ！　やったわ！」

女の子に抱《だ》きつかれた経験なんて前世と現世を合わせても妹《ヒナ》しかない俺は思わずびっくりしてそのまま全身をフリーズさせた。いや、三歳のときにアヤちゃんに押し倒されたな。

「わ、私でもモンスターを祓《はら》えたわ！　これで、私も祓魔師《えくそしすと》に……！」

「そうだよ。ニーナちゃんは祓魔師《ふつまし》になれるんだ！」

「イツキのおかげだわ！」

俺を離《はな》してから、ニーナちゃんが笑顔《えがお》で言う。

その顔を見て……思わず、どきっとしてしまった。

そういえば、本当にそういえばなのだが、ニーナちゃんの笑顔《えがお》を見るのは初めてかも知れな

い。いつも仏頂面《ぶっちょうづら》だったニーナちゃんが笑うと……こう、破壊力《はかい》が凄《すご》いな。

「イツキがいてくれたから、私も祓魔師《えくそしすと》になれるの。ママもきっと、私を見直してくれる。全部、全部、イツキのおかげよ……！」

きらきらと純粋《じゅんすい》に目を輝《かがや》かせる彼女に、俺は照れくささを隠《かく》すために言った。

「ううん。まだ、イレーナさんがニーナちゃんを見直すかどうかは分からないよ」

「そ、それくらいは分かっているわ。でも、だからこそママをびっくりさせるために頑張《がんば》るの！　強くなるのよ、イツキと一緒《いっしょ》に！」

どこまでも純粋《じゅんすい》にそう言ってくれるニーナちゃんに俺は呑《の》まれてしまって、しばらく言葉を失った。それでも、彼女の純粋《じゅんすい》さに押されるように俺は言葉を繋《つな》げた。

「そうだね、一緒《いっしょ》に頑張《がんば》ろう！」

俺がそう言った瞬間《しゅんかん》、ニーナちゃんがはっとした表情を浮《う》かべる。

何かマズいことでも言っただろうか……と思っていると、

「イツキ。大変、時間が！」

「時間？　あっ！」

そうだ。ニーナちゃんには門限があるんだった。

俺たちは『廊下《ろうか》は歩きましょう』と書かれたポスターの横を、二人で早歩きで通り抜《ぬ》ける。

そのまま一年生の教室がある二階に向かった。降りる途中《とちゅう》にニーナちゃんは嬉《うれ》しくなったのか、握《にぎ》っていた俺の手をぎゅっと強く握《にぎ》ってくる。

……なんか、これ恥《は》ずかしいな。

何を今更《いまさら》、と自分でも思うのだが、学校だと他人の目もある。放課後だからだろう。誰《だれ》もいないのが幸いだが、それでも他の人に見られたらと思うと恥《は》ずかしさがある。

しかし、向こうから握《にぎ》ってきたものを振《ふ》り払《はら》うのも変な話だ。それに、ニーナちゃんは帰国子女。向こうは挨拶《あいさつ》のときに握手《あくしゅ》するというし、手を繋《つな》ぐ文化が日本よりも根強いのかもしれない。知らんけど。

俺は気恥《きは》ずかしさを隠《かく》すために、こちらも噂話《うわさばなし》をすることにした。

「ねぇ、ニーナちゃん。学校の噂話《うわさばなし》、知ってる？」

「トイレのモンスターはさっき私が祓《はら》ったわよ」

「いや、それじゃなくて」

学校のトイレに不審者《ふしんしゃ》が出る、という怪談《かいだん》を聞いたときに、ふと思い出した話があるのだ。

多分、それはトイレの怪談《かいだん》と対《つい》を成すくらいに有名な話で、

「学校にある階段はね、上るときと下りるときで段数が違《ちが》うんだって」

「それ、本当なの？」

「噂《うわさ》だよ」

俺としては気恥《きは》ずかしさを誤魔化《ごまか》すための話として言ったのだが、ニーナちゃんはちょっと

ムスッとしてしまった。

「……数えてみるわ」

「え？」

「だって、モンスターの仕業《しわざ》だったら危ないじゃない！　いるなら祓《はら》わないと」

そう言ってちょっとだけ楽しそうに口にする。

うーん。初めてモンスターを祓《はら》ったから、上機嫌《じようきげん》になってるっぽいけど……危なっかしいというか、なんというか。

そんな俺の考えなどどこ吹《ふ》く風で、ニーナちゃんは手を離《はな》すと三階から二階の下る段数を数えはじめた。モンスターが出てくるわけでもないし、注意するほどでもないのか……？

そんなことを思っていると、ニーナちゃんが踊《おど》り場で振《ふ》り向いた。

「何段だった？」

「十三よ」

そう言うと、また上りながら段数を数える。

数え終わると、渋《しぶ》い顔をして俺の方を振《ふ》り向いた。

「どうだった？」

「十三よ。変わらないじゃない」

「……いや、だから噂《うわさ》だって」

しかし、手を離《はな》されたことで恥《は》ずかしさは無くなった……と、思っていると繋《つな》ぎ直された。なんでよ。

そんなわけで二人して階段を下りる。下りていくと担任の二葉《ふたば》先生が、ちょうど一階に降りていくのが見えた。見えた瞬間《しゅんかん》、ニーナちゃんが口を開いた。

「先生、さようなら！」

「あっ、ニーナちゃん。イツキくん。まだいたの？　危ないから、早く帰るのよ」

「今から帰るの」

「気をつけてね」

先生はそう言ってニーナちゃんと、俺を見てにこっと笑った。

……ニーナちゃん、変わりすぎじゃない？

いや、もしかしたらこっちが本当のニーナちゃんなのかもしれない。

イギリスから日本に来て環境《かんきょう》の変化に慣れなかっただけで、モンスターを祓《はら》ったから吹《ふ》っ切れたとか。

そんなことを思いながら、俺も先生と帰りの挨拶《あいさつ》を交《か》わす。

交《か》わしてから、ランドセルを取りに戻《もど》るために教室に入る。隣《となり》同士の席に置いてある自分のランドセルを互《たが》いに背負う。

そして、そのタイミングでニーナちゃんが、もう一度顔を見せてきた。

「今日はありがとう。イツキのおかげで、私も戦えるってこと……ママに教えるわ！」

「その意気だよ、ニーナちゃん」

「イツキが約束を守ってくれたから、次は私の番ね。絶対、イツキが妖精魔法《ようせいまほう》を使えるようにしてみせるわ」

そう言って、自信満々に言い切るニーナちゃんを見ていると……なんだか、眩《まぶ》しいなと思ってしまう。俺も真《ま》っ直《す》ぐになりたいと思ってしまう。

「そろそろ帰りましょ、イツキ」

「そうだね、もう時間が……」

その時、言いようのない違和《いわ》感が俺の背筋を貫《つらぬ》いた。

「どうしたの？」

「ちょっと、待って」

時計を見る。午後四時三十分。

かち、かち、というアナログ時計の針が進む音が響《ひび》く。ニーナちゃんが心配そうに俺を見ている息遣《いきづか》いも聞こえている。どくどくと脈打つ俺の心臓の音が聞こえる。

……音が、しない？

いや、音はする。教室の中に響《ひび》く音は嫌《いや》というほど聞こえてくる。

だが、これは普通《ふつう》じゃない。だって、この時間だったらグラウンドで遊んでいる上級生がい

て、その声とか音が響《ひび》いているはずで、

「……いない」

「あれ？　本当ね、みんな帰ったのかしら」

今日に限ってグラウンドには、誰《だれ》もいなかった。

そんなことがありえるのだろうか……？

いや、待て。おかしい。

この教室に戻《もど》ってくるまで、先生以外の誰とも、すれ違っていない。

「イツキ。私たちも帰りましょ。校門、閉められるかも」

「……そうだね」

そのまま教室から出るニーナちゃんの後を追うように、俺も教室から出る。

下駄《げた》箱に向かって歩く。その途中《とちゅう》で誰《だれ》にも会わない。

いや、別に珍《めずら》しいことじゃない。一年生はみんな帰っている。

でも、音がしないというのは……。

「……あれ？」

いち早く一年生の下駄《げた》箱に向かって歩いていたニーナちゃんが、不可思議な声を漏《も》らす。

「どうしたの、ニーナちゃん？」

「見て、イツキ。みんなのシューズがないの」

ニーナちゃんが指さした先にあるのは下駄箱《げた》。そこには普通《ふつう》、下校した児童たちのシューズが入れてある。普通《ふつう》はそうだ。いや、洗うために持ち帰ることもあるだろう。

だが、無い。何もない。

うちのクラスだけじゃない。他のクラスもそうだ。

一年二組、三組、四組まで見る。だけど、どこの下駄箱《げた》にもシューズが一つも入っていない。

そこには、普通《ふつう》あるのだ。あるはずなのだ。

だって、みんな下校しているんだから……。

段々と自信が無くなっていく。もしかしたら、俺が知らないだけで今日は特別な何かがあったのかも知れない。だけど、だとしたら、どうしてこんなにも人がいないんだ。

その時、ふっと西日が強くなった。

そして、その光を追いかけるようにしてグラウンドに影《かげ》が降りていく。

どんどんと暗くなっていく。

……ありえない。

まだ六月に入ったばかりだ。日没《にちぼつ》は十九時とかのはずだ。まだ十七時にもなってないのに暗くなるはずがない。

ないはずなのに空はすっかり夜になった。

「な、何？　急に暗くなって……」

「ニーナちゃん、帰ろう。急いで！」

何かが起きている。

俺の知らない何かが、このタイミングで！

素早《すばや》く靴《くつ》を履《は》き替《か》えると、俺はニーナちゃんの手を引いてグラウンドに飛び出した。

飛び出した瞬間《しゅんかん》、校舎の中に戻《もど》っていた。

「……え？」

「あ、あれ？　さっき私たち外に出なかった……？」

二人揃《そろ》って異変に呑《の》まれる。異常さに蝕《むしば》まれていく。

それを振《ふ》り払《はら》うように、俺はあえて少し大きな声で言った。

「ニーナちゃん。今から僕が外に出るから……それを、見てて」

「……分かったわ」

こくり、と首を縦に振《ふ》ったニーナちゃんのリアクションを見てから、俺は再び開け放たれている扉《とびら》からグラウンドに向かって飛び出した。

飛び出したと思った瞬間《しゅんかん》、目の前にニーナちゃんがいた。

「……なんで？」

「そ、それはこっちのセリフよ！」

思わず、「それもそうだね」なんて返しそうになる。

「なんで戻《もど》ってきちゃったのよ、イツキ」

「戻《もど》ったつもりは無かったんだけど……」

そう言いながら後ろを振《ふ》り向く。

そこにはついさっき飛び出したばかりの、開け放たれた扉《とびら》がある。

「出たと思ったら戻《もど》ってきちゃった」

「ほ、本当に？　どうして……？」

「……分かんない」

本当に、分からない。

これまで色んなモンスターの話を聞いて、そして実際に色んなモンスターと出遭《であ》ってきたが、人を学校に閉じ込めるモンスターの話なんて聞いたことがない。

俺が頭の中で似たような話が無いか、一生懸命《いっしょうけんめい》思い出そうとしていると、ニーナちゃんの顔がどんどん青白くなってくる。

「もしかして、出られなくなったの……？」

「ニーナちゃんも試《ため》してみて。もしかしたら、僕だけかも」

「う、うん」

俺がそう言うとニーナちゃんは半信半疑といった具合で、学校のエントランスから外に出た。

出たと思った瞬間《しゅんかん》、入り口から戻《もど》ってきた。

「なんでイツキがここにいるの？」

「いや、ニーナちゃんが戻《もど》ってきたから……」

戻《もど》ってきた、という表現が正しいのかは分からない。

外に出たと思ったら、もう入り口に立っていたのだから。

ただ、分かるのは一つ。外に出られなくなったということだ。

「ど、どうすれば帰れるの⁉」

「そうだね、とりあえず他の場所から出られないか試《ため》してみよう」

「う、うん。そうね」

ややパニックになりかけたニーナちゃんを落ち着かせると、俺はそう言った。

学校の出入り口はここだけじゃない。他にも来客用の出入り口や、体育館に向かう出入り口。

あと、うちの学校にはグラウンドで怪我《けが》した児童が入れるように保健室にも外と繋《つな》がる扉《とびら》があるのだ。

だから、そこを片《かた》っ端《ぱし》から回ってみれば良い。

そう思って、まずは一番近くの体育館から……と、移動しようとした瞬間《しゅんかん》、ニーナちゃんが窓を指した。

「ねぇ、イツキ。そういえば窓から出られないの？」

「やってみよっか」

俺は近くにあった窓の鍵《かぎ》を背伸《せの》びして外すと、窓を開くために押した。

しかし、返ってきたのは酷《ひど》く重たい感触《かんしょく》。

……ぜ、全然動かん！

錆《さ》びてるってレベルじゃないぞ……ッ！

さらに力を強めても、うんともすんとも言わない。どうしよう。『身体強化』してみようか。そう思って窓を見る。いや、窓枠壊《まどわくこわ》れそうだな。

もしそれで枠《わく》が歪《ゆが》んで、開かなくなったら元も子もない。別の窓で試《ため》そう。

というわけで、目に入った他の窓全てを開こうと試《ため》したのだが、どれも同じようにびくともしなかった。全部の窓枠《まどわく》が錆《さ》びていて動かないなんてことはありえないので、恐《おそ》らくこの窓にも出入り口と同じように何らかの仕掛《しか》けがしてあると思うのが普通《ふつう》だろう。

最悪……本当に最悪の場合は窓ガラスを割って外に出れば良い。

まぁ、それで外に出ようとしても出入り口と同じく中に戻《もど》されそうな気もするが……そういう選択肢《せんたくし》があると頭に入れておくのは、悪いことではないはずだ。

「窓はダメそうだから、体育館に行ってみよっか」

俺はニーナちゃんにそう言うと、体育館と繋《つな》がっている出入り口に向かった。

結論から言うと、全ての出入り口が駄目《だめ》だった。

もちろん体育館の他にも保健室や来客用の出入り口に向かったのだが、そのどれもが最初の出入り口と同じように出たと思ったら内側に戻《もど》ってしまったのだ。

最悪なことに電気も通っていないみたいで廊下《ろうか》の灯《あか》りを点《つ》けようとしたのだが、点《つ》かなかったので俺たちは月明かりを頼《たよ》りに校舎の中を徘徊《はいかい》することになった。

空には大きな満月が浮《う》かんでいるのが見えるのに、学校にある時計はどれも十六時四十五分を指している。

もう何が起きているのか全くもって理解ができない。

この場に父親かレンジさんがいて欲しいと本気で願う。

「ど、どうしよ、イツキ。どうしたら良《い》いの？　ね、このままだと私たちがずっと学校で暮らすことに……」

「ううん。そうはならないよ。とりあえず窓ガラスを割ってみよう。危ないから離《はな》れてて」

俺たちが頑張《がんば》って背を伸《の》ばせば出られそうな窓に向かって、俺は導糸《シルベイト》を伸《の》ばす。そのまま魔法《まほう》を使って窓ガラスを壊《こわ》そうとした瞬間《しゅんかん》、廊下《ろうか》の奥から懐中《かいちゅう》電灯の光が差し込んだ。

……なんだ？

光に反応した俺が導糸《シルベイト》を懐中《かいちゅう》電灯の持ち主に向ける。

瞬間《しゅんかん》、思ったよりも光が眩《まぶ》しくて目を細める。だが、その光の向こうには、俺の警戒《けいかい》を打ち払《はら》うように見知った顔があった。

「イツキくん？　ニーナちゃん⁉」

「せ、先生……？」

そこには、目に見えて混乱と困惑《こんわく》を顔に浮《う》かべる二葉《ふたば》先生が立っていた。

「も、もしかしてって二人も出られなくなったの⁉」

「もしかしてって……先生もですか？」

「そ、そうなの！　二人と別れた後で職員室に戻《もど》ったら誰《だれ》もいなくて、急に真っ暗になって。スマホもパソコンも圏外《けんがい》だし……もう、先生もどうして良《い》いか……」

そう言って、先生はその場にへたり込んでしまう。

それを大人失格なんて言って、責めることはできない。

急にこんなことに巻き込まれれば、こうなってしまうのが当然なんだ。

モンスターという存在を知っていて、魔法《まほう》というモノを知っている俺ですらも何が起きているのかが分からないのだから。魔法《まほう》を知らない先生が、パニックになって取り乱していないだけ冷静と言えるかもしれない。

「……イツキくんたちは、何をしてたの？」

座《すわ》り込んだままの先生にそう聞かれて、俺は正直に伝えるべきかをちょっと迷って、結局正直に言うことにした。

「どこからも出られなかったので、窓ガラスを割って外に出ようかと思って……」

「え、えぇっ⁉　で、でも確かに！　そうすれば外に出られるかも！」

そう言って懐中電灯《かいちゅう》を拾って立ち上がった先生は、少しだけ希望を見た顔で続けた。

「確か工具入れが職員室にあるの。そこにハンマーがあるから、それで窓を割ってみよ！」

急に乗り気になった先生が懐中電灯《かいちゅう》を職員室のある方向に向けると、その光の方向から、ひた、ひた、という足音が聞こえてきた。

裸足《はだし》で床《ゆか》のタイルを踏《ふ》みしめているような音。

もしかして、他にも学校に閉じ込められてしまった児童か教師がいたのだろうか。

そう思って俺が廊下《ろうか》の先に視線を向けると、果たしてその先からやってきたのは身長が二メートルくらいありそうな背の高い人だった。けれど、その全身は雑巾《ぞうきん》のように絞《しぼ》られている。

そして、その奇怪《きかい》な全身をやじろべえのように振《ふ》りながら、こちらに歩いてやってきていた。

『み、右ィ、左ィ、右ィ……』

ぼそりぼそりと口にしながら、こちらに向かってモンスターが歩いてくる。それに懐中《かいちゅう》電灯を当てながら、二葉《ふたば》先生が口を開いた。

「だ、誰《だれ》ですか。あなたは！」

……モンスターが見えている？

その反応を、俺は少し怪訝《けげん》に思う。モンスターを見るためには特殊《とくしゅ》な感覚……霊感《れいかん》が必要だ。

二葉《ふたば》先生が霊感《れいかん》を元から持っていたからなのか、それともこんな異常な状況《じょうきょう》がモンスターを見せているのかは分からない。だが、先生は震《ふる》える足で俺たちの壁《かべ》になるように前に出た。

「こ、こっちに来ないでください！　警察呼びますよ！」

『ひ、左ィ、右ィ、続けて左ィ……！』

さっき圏外《けんがい》だって言ってた気もするが警告するときに真実を言う必要もないかと思い直す。まぁ、それも相手が普通《ふつう》の人間であればの話であるが。

先生が気を引いている間に、導糸《シルベイト》をモンスターに向かって伸《の》ばす。そのままモンスターの首を撥《は》ね飛ばそうとした瞬間《しゅんかん》、

「……ん？」

導糸《シルベイト》が形質変化しなかった。

なんでだ、と思いながらもう一度伸《の》ばす。糸は伸《の》びる。確かに絲術《シジュツ》は出来ている。けれどその先に変化しない。魔法《まほう》にならない。ただ、魔力《まりょく》を練って伸《の》ばしているだけだ。

「ニーナちゃん。僕の代わりに、お願い」

「……うん。分かったわ」

そっと、先生に聞こえないくらいの小さな声で、ニーナちゃんにお願いする。彼女はそのまま俺の手を痛いくらいに握《にぎ》りしめて、祈《いの》った。

「『燃えて』」

その瞬間《しゅんかん》、紫色《むらさきいろ》のモヤが走る。モンスターの全身を覆《おお》って、発火。

急に上がった火柱が、暗い校舎を明るく照らした。

「えっ！　燃えた⁉」

魔法《まほう》を知らない先生が、急に燃え上がったモンスターに驚《おどろ》く。

だが、俺は俺で別の驚《おどろ》きがあった。

ニーナちゃんは魔法《まほう》が使えるのに、なんで俺は魔法《まほう》が使えないんだ……？

疑問は深まる。深まるのだが、目の前のモンスターが炎《ほのお》を嫌《いや》がるように壁《かべ》に床《ゆか》に全身を叩《たた》きつけて強制的に鎮火《ちんか》をはじめたのを見て、意識を切り替《か》えた。

ニーナちゃんの魔法《まほう》は、威力《いりょく》が足りない。

当たり前だが昨日の今日で魔法《まほう》が使えるようになったニーナちゃんが、一撃《いちげき》でモンスターを祓《はら》えるわけがない。さらに言うなら、目の前にいるモンスターは全身が絞《しぼ》られているので、トイレで出遭《であ》ったモンスターみたいに身体《からだ》の中に入る方法も使えない。

しかし、俺も俺で魔法《まほう》が使えないのだ。今もまた、導糸《シルベイト》を伸《の》ばしているが属性変化も、形質変化も起こらない。どうするべきか、他の方法がないかと探《さぐ》っていると、ぶつ、と急に校内放送用のスピーカーが起動した。

『あ、あァ～！　テステス。マイクのテスト中。これ聞こえてるのかしら？　聞こえてるなら返事しないさいよ、如月《きさらぎ》イツキぃ！』

あまりの音圧に、すっかり割れた声。

なんとなく聞き覚えのあるような口調に、嫌《いや》な予感がした。

『ようやく捕《つか》まえたわ。アンタ、よくも私の可愛《かわい》い可愛《かわい》い妹たちをぶっ殺してくれたわねェ。よって、判決は死刑《しけい》エーッ！　首ねじ切って、残った身体《からだ》を一辺五センチの立方体《キューブ》に切り分けて多摩川《たまがわ》に流してやるわ。それで残った頭を磨《みが》いて磨《みが》いて球にして、ボーリングで遊んでやるからなァ！　眼球くり貫《ぬ》いて指ツッコむから覚悟《かくご》しとけよオラァ！』

キィイイインン！　と、マイクのハウリングの音が響《ひび》く。

近いんだよマイクと口がッ！

『ただで死ねると思うなやァ、如月《きさらぎ》イツキ！　この学校にゃ私が生み出した可愛《かわい》い可愛《かわい》い妹たちがアンタを探して歩き回ってる。魔法《まほう》が使えぬ己《おのれ》の無力を噛《か》み締《し》めて死ねやクソガキがァ！』

このモンスター口が悪すぎるだろ。

とにかく口が悪いのだが、それよりも……この状況《じょうきょう》、非常にマズい。

何がマズいって、今のこいつの言葉だ。

モンスターを生み出せるのは第五階位以上。そんな馬鹿みたいに強いモンスターがずっと俺を狙《ねら》っていたのか？　何故《なぜ》とか、どうしてとか、そういう取り留めのない思考が流れていく。

しかも、あのモンスターの口ぶりからして、狙《ねら》われているのは俺だけ。しかも魔法《まほう》まで封《ふう》じてきたという手の込《こ》み具合。

……あぁ、クソ。死にたくない。

ぞわり、と久しぶりに俺の身体《からだ》を恐怖《きょうふ》が包む。

せっかく、この歳《とし》まで生き延びたんだ。魔喰《まぐ》いを乗り越《こ》えて、雷公童子《らいこうどうじ》を祓《はら》って、死なないために、生き残るために強くなってきたんだ。

「……ふっ」

息を吐《は》き出す。がくがくと足が震《ふる》える。さっきの先生よりも激しく震《ふる》えているのが分かる。

久しぶりだ。久しぶりに、恐怖《きょうふ》が俺を放さない。ぎゅう、と胃を絞《しぼ》られたような感覚に襲《おそ》われて、思わず吐《は》きそうになる。

「イツキ……?」

「イツキくん。今の声って……」

先生とニーナちゃんが俺を見る。心配そうに覗《のぞ》き込んでくるのが分かる。

その奥では倒《たお》れていたモンスターが起き上がる。ひたひたと、音を立ててこちらにやってくる。

目の前にいるモンスターを祓《はら》わなければいけない。ニーナちゃんと先生に、どうしてあのモンスターに襲《おそ》われることになったかの説明もだ。それに、ずっとこの暗闇《くらやみ》の中にいることもできない。早く抜《ぬ》け出す方法を考えないと。

いま、俺は何をすべきなのか。どうすれば良いのか。何からするべきなのか。

思考がぐちゃぐちゃになって、『やるべきこと』が頭の中で溢《あふ》れていく。

――あぁ、そういえば。

新卒のとき、社長から『最初にやるべき仕事は優先順位を付けること』なんて言われたっけな。ずっと忘れていたその言葉をどうして思い出したのかは分からない。けれど、それが大事なことだってのが、ようやく理解できた気もする。

息を吸い込み、吐《は》き出す。

だとすれば、俺がいま最初にやるべきことは、

「……ふッ！」

俺はニーナちゃんと先生の視線を振《ふ》り切るようにして、前に踏《ふ》み込んだ。

以前、近接戦の訓練をしているときに父親が言っていたことだ。

普通《ふつう》の祓魔師《ふつまし》は、遠距離魔法《えんきょりまほう》か近接格闘《かくとう》のどちらかしか物にならないから死ぬのだと。

だから、俺には両方を教えるのだと。

だとすれば、つまり、そういうことだ。

「はぁッ！」

俺はモンスターの手前で大きく踏《ふ》み込むと、跳躍《ちょうやく》。

まさか魔法《まほう》も使わずにツッコんでくるなんて思っていなかったのだろう。モンスターがその場で一瞬《いっしゅん》、硬直《こうちょく》。

なんというチャンス。父親だったら、そんな隙《すき》は作ってくれない。

だから俺は一切避《いっさいよ》けようとしないモンスターに向かって、全体重を乗せた蹴《け》りを叩《たた》き込めた。

ドウッッッツツ！！！

まるで、車が激突《げきとつ》したような重たい音を立ててモンスターが吹《ふ》き飛んだ。

当たり前だ。

この技《わざ》は、自分の身体《からだ》を砲弾《ほうだん》に見立てて、全体重を乗せた一撃《いちげき》を放つ。そうであるが故《ゆえ》に、この技《わざ》の名前を『躰弾《テイダン》』と呼ぶのだから。

モンスターは吹《ふ》き飛んだ勢いそのまま廊下《ろうか》の壁《かべ》に激突《げきとつ》し、頭をぶつけて気絶。だらりと力の抜《ぬ》けた手足を地面に垂らした。しかし黒い霧《きり》にはならない。まだ、モンスターは死んでいない。

「……ニーナちゃん、先生。何があったのかは後から説明するから」

いつ起き上がってきても、おかしくない。

まだ、足りない。強さが足りない。魔法《まほう》が使えないと、俺はこんなにも弱いんだ。

だから俺はモンスターが起き上がらない内に、二人に提案した。

「今は職員室に行こう」

そこに行けば、ハンマーがある。俺の魔法《まほう》が封《ふう》じられていても、窓を壊《こわ》せる可能性がある。

可能性が残っているのであれば、やってみるべきだ。

先生とニーナちゃんは頷《うなず》いてくれて、恐《おそ》る恐《おそ》る気絶したままのモンスターの横を通《とお》り抜《ぬ》けた。

抜《ぬ》けた瞬間《しゅんかん》、誰《だれ》も何も言わないまま小走りになった。

そして、モンスターから少し離《はな》れたタイミングで、二葉《ふたば》先生が俺に聞いてきた。

「イツキくん。さっきの放送って……なんだったの？」

「えっと、あれは……」

そう聞かれて、俺は言葉に詰《つ》まった。

その質問が出てくるのは当然だし、後から説明すると言った手前『何も無いです』というのもおかしな話。しかし、何をどこから説明すれば良いのかも分からない。

この世界にはモンスターがいて、魔法《まほう》があって、俺は魔法《まほう》を使ってモンスターを祓《はら》う祓魔師《ふつまし》の一族に生まれました、と説明したところで先生がそれを信じるだろうか。

信じないだろうなぁ……。

少なくとも前世で子どもがそんなことを言ってきたら、俺は信じなかっただろう。

いや、でも先生はさっきのモンスターが見えているし、ニーナちゃんの魔法《まほう》も見えている。

もしかしたら、信じてくれるかもしれないな。

「先生は、さっきの変な人を見て……どう思いました？」

「あの全身が捻《ねじ》れてる人だよね？　なんか……コスプレしてるのかなって」

そんなコスプレがあってたまるかと思うのだが、そういう考えになるのも分かる。

俺だって前世であんなものを見せられて『本当に幽霊《ゆうれい》がいたんだ！』とはならないだろう。

むしろ不審者《ふしんしゃ》がいた、となるのがオチだ。

「僕は、ああいう変な人につきまとわれてるんです」

「放送の人だよね……？」

俺は頷《うなず》く。果たして、あれを人と言って良いのかは分からないが。

「妹さん？　を、イツキくんがどうにかしたって言ってたけど、いたずらでもしたの？」

「いたずら……。えっと、そんなところです」

先生からすれば俺は祓魔師《ふつまし》ではなく、小学一年生。その小学生が誰《だれ》かを怒《おこ》らせることと言えば、いたずらだと思ったのだろう。

祓魔師《ふつまし》たちからは絶対に出てこないような言葉が新鮮《しんせん》で、ちょっと戸惑《とまど》ってしまった。

しかし、あのモンスターの言っている妹は……多分、立方体と球が好きだった二人だと思うのだが、あれを祓《はら》ったのは父親とイレーナの二人なので、俺ではない。逆恨《さかうら》みにも程《ほど》がある。

そんなことを思って走っていると、ニーナちゃんに手を引かれた。

もしかして、モンスターでも見えたのか……と、周囲を警戒《けいかい》していると、ニーナちゃんがとても心配そうな顔で俺を見ていて、小さな声で聞いてきた。

「イツキ、大丈夫《だいじょうぶ》なの……？」

「うん？　僕は大丈夫《だいじょうぶ》だよ」

「ち、違《ちが》うの。そうじゃなくて、魔法《まほう》が……」

先生には聞こえないように、あえて声量を落とした声。

けれど、そこには決して消えない不安と恐怖《きょうふ》が滲《にじ》んでいた。普通《ふつう》に考えれば、そうだろうと思う。校舎から外には出られず、学校の中にモンスターが徘徊《はいかい》していて、俺は魔法《まほう》が使えない。こんなの不安になるに決まっている。

だから、俺はニーナちゃんの不安が吹《ふ》き飛ぶように、必死に笑《え》みを浮《う》かべた。

「僕に任せてよ」

何もない。俺に策なんて何一つない。

正直に言うと、俺だって怖《こわ》いのだ。さっき廊下《ろうか》で出遭《であ》った低級のモンスター……恐《おそ》らく第一階位のモンスターだって、今の俺では祓《はら》えない。

その状況《じょうきょう》で、第五階位のモンスターに狙《ねら》われている。

これで怖《こわ》いと思わない方がイカれてる。

それでも……それでも、だ。父親が、レンジさんが、全く同じ状況《じょうきょう》になったときに取り乱すだろうか。狼狽《うろた》えるだけで終わるだろうか。そうは思わない。あの二人なら、どんな時だって絶対に諦《あきら》めない。だから俺も、そうありたいと思う。

少なくとも、いたずらにニーナちゃんを不安にさせるような真似《まね》は、絶対にしない。

「……ついた」

ニーナちゃんを安心させていると、先生がぽつりとそう漏《も》らした。

暗闇《くらやみ》の中、扉《とびら》が閉められた職員室に到着《とうちゃく》したのだ。

先生がそのまま扉《とびら》を開けて職員室の中に入る。案の定、というべきか中は無人だった。だが、運の良いことに部屋の中にモンスターはいない。

デスクの上には置きっぱなしになったテストとか、書類とか、そういうのが散らばっていて、まるで仕事をしている途中《とちゅう》に、急に教師たちの存在ごと消えてしまっている感じだった。

二葉《ふたば》先生は慣れた足取りでずんずんと中に入ると、壁際《かべぎわ》に置いてあるスチール製の収納棚《だな》に向かう。

「良かった。ちゃんとあった……」

そう言って先生が取り出したのは、どこにでも売ってそうな工具入れ。

そこからハンマーを取り出すと、俺たちに見せてきた。

「これで窓を割っちゃおう！　ちょっと待ってね」

先生はそう言うと、同じ棚《たな》からガムテープを取り出す。

そして、窓ガラスに貼《は》り始めた。

「窓ガラスを割るときは、ガムテープを貼《は》ってから割ると安全に割れるの」

「そ、そうなんだ……」

初めて知った。もし、次に窓ガラスを割る機会があったら試《ため》してみよう。

そんな機会が二度と来ないことを祈《いの》るだけだが。

なんてことを考えていると、先生が職員室の窓にガムテープを貼《は》り終えて、思いっきり窓ガラスを殴《なぐ》りつけた。

た、躊躇《ためら》わないな、この人……。

大人しそうな人だと思っていたけど、ここまで吹《ふ》っ切れた行動をするとは思わなかった。

もしかしたら、この状況《じょうきょう》がそんなことをさせたのかもしれない。先生の持っているハンマーが窓ガラスを殴《なぐ》りつけた瞬間《しゅんかん》、ぴし、と音が鳴った。それは窓ガラスの割れる音。

「ほら、こんな感じ」

先生がガムテープを剝《は》がすと、割れたガラスがガムテープに貼《は》り付いて剝《は》がれていく。

なるほど。ガムテープを貼《は》るから、破片《はへん》が全部そこにくっついちゃうのか……。

勉強になる。いや、活用するタイミングが来るのは、それはそれで嫌《いや》なのだが。

しかし、窓ガラスは割れた。先生が窓枠《まどわく》に残ったガラスをハンマーで砕《くだ》いていくと、夜の風が中に入ってきた。

「イツキくん。ニーナちゃん。こっち来て、危ないから先生が抱《だ》っこするから」

言うが早いか、先生は俺たちを抱《だ》き上げて外に出してくれた。

先生はどうやって外に出るんだろう……と思っていると、職員室においてあった適当な椅子《いす》を持ってくると、それを足場にして外に出る。

「……これで帰れるのかしら」

「どうだろう……」

ニーナちゃんの溢《あふ》れ出るような不安に、俺ははっきりとは返せなかった。

確かに校舎からは外に出られた。しかし、職員室の時計を確認《かくにん》すると時間は十七時。なのに、空には大きな満月が浮《う》かんでいる。

こんなものを見せられて、学校から出たと言って家に帰れるとは無条件に信じられない。

「とにかく、学校の外に出よう。そしたら。あの変な人たちもいないはずだから」

モンスターという言葉を使わずに、俺は次の一手を示す。

あの第五階位の言葉を信じるなら、モンスターが放たれているのは校舎の中だけ。本体も校内放送を使っていたことから考えるに、放送室に陣取《じんど》っているのだろう。

そう考えれば、学校の外は安全だと思うのだけど。

「そ、そうね。外に出れば、もしかしたらママが助けに来てくれるかもしれないし……」

ニーナちゃんが同意してくれるが、先生の顔には未《いま》だに不安な表情。

だけど、学校にいる方が危ないと思ったのだろう。ニーナちゃんに遅《おく》れて、頷《うなず》いてくれた。

だから俺たちが校門から外に出るべく、グラウンドに向かうと、

「……え？」

最初にグラウンドに出たニーナちゃんたちが固まった。

次にその光景を見た俺も思わず硬直《こうちょく》し、その後ろにいた二葉《ふたば》先生も同じように固まった。

『はァい、如月《きさらぎ》イツキ！　いらっしゃァい！』

どう説明すれば良いのだろうか、目の前の光景を。

ジャングルジムでは三つの巨大《きょだい》な目玉が遊んでいる。ブランコには腕《うで》だけのモンスターが乗っかってひたすら拍手《はくしゅ》している。雲梯《うんてい》では、その間に絡《から》まるように蜘蛛《くも》みたいなモンスターが巣を作っていて、何よりもグラウンドでは数十体のモンスターが、人の頭蓋骨《ずがいこつ》を蹴《け》ってサッカーをしていた。それはまるで噂《うわさ》に聞く『百鬼夜行《ひゃっきやこう》』のようで。

その中に一人の女が立って、こちらを見ていた。

『遅《おそ》かったわねェ。女を待たせる男はモテないわよ』

上半身にはびっしりと入れ墨《ずみ》。いや、入れ墨《ずみ》ではない。よく見れば何かの模様だ。それは仄《ほの》かに光りながら生き物のように、モンスターの体表を蠢《うごめ》いている。

『待ちくたびれたわ。本当に待ちくたびれたわよ、如月《きさらぎ》イツキ』

グラウンドの中心にいるというのに、良く通る声。

俺たちと数十メートルは離《はな》れているのに、目の前で大声を出されているのかと思うほどビリビリと身体《からだ》が震《ふる》える。

『ここにいるのは、アンタに祓《はら》われた妹の仇《かたき》を取るために集まった可愛《かわい》い可愛《かわい》い私の妹たち。みぃんな、アンタを殺すために集まったの。そう、アンタをぶち殺すためにねェ！』

その瞬間《しゅんかん》、グラウンドにいたモンスターたちが一斉《いっせい》に俺たちの方を向いた。一体一体をとってみれば大したことのないモンスターたちだ。

でも違《ちが》う。いまはそのモンスターたち一体ですら、俺は勝てない……っ！

『ちょっとばかり魔法《まほう》が使えるからって、調子乗ってんじゃねぇぞクソガキが！　魔法《まほう》が使えなきゃアンタはただのガキ。分かってんだろうなァ、おい！』

ばん、とモンスターが地面を踏《ふ》む。

地団駄《ぢだんだ》を踏《ふ》むように何度も何度も何度も踏《ふ》み抜《ぬ》く。

『ここは人間の魔法《まほう》を封《ふう》じた「閉じた世界」。アンタを苦しめて惨《みじ》めに殺すためだけに用意してもらった場所。さぁ、恨《うら》みはらさでおくべきかァ……』

その言葉に、思わず俺はニーナちゃんの顔を見た。

だって、モンスターが明らかに間違《まちが》えていたから。

さっきニーナちゃんは魔法《まほう》を使った。モンスターを祓《はら》うために燃やすための魔法《まほう》を使っていたじゃないか。だから、封《ふう》じられているのは人の魔法《まほう》じゃなくて、俺の魔法《まほう》のはずで……。

……ん？　いや、そういうことなのか？

『泣いて謝《あやま》って頭で地面に穴が空くまで這《は》いつくばらせてやるからなァ！』

さっき、モンスターが言ったのだ。

い、い、い、人間の魔法を封じた、と。

ニーナちゃんの魔法《まほう》は、人が使っている魔法《まほう》だ。だけど、厳密に魔法《まほう》そのものは妖精《ようせい》が使っている。だって妖精魔法《ようせいまほう》は、人が妖精《ようせい》にお願いする魔法《まほう》だから。

だから、封《ふう》じられなかったと。

なるほど。そういうことか。

なんかゲームのバグみたいだが、それでも確かに俺はチャンスを見つけた。

「……人の魔法《まほう》を封《ふう》じたんだよね」

『アンタを無様に殺すためにね。事実ッ！　アタシを前にして、アンタは何もできないッ！』

言われてみれば廻術《カイジュツ》も絲術《シジュツ》も魔力《まりょく》操作であって、魔法《まほう》ではない。俺がこの『閉じた世界』でもそれらを使えたのは、魔法《まほう》じゃなかったから。そう考えると辻褄《つじつま》が合う。

頭の中でどんどん理解が進んでいく。

それと同時に、この状況《じょうきょう》を打開できるかも知れない可能性を閃《ひらめ》いて、少しだけハイになる。

「ニーナちゃん、先生。ちょっと下がってて欲しい」

「イツキ？」

「イツキくん？」

二人のリアクションを待たずに、俺は前に出る。

妖精《ようせい》は、核《コア》となる魔力《まりょく》とその入れ物になる魔力《まりょく》の二つを用意するから出来るのだという。

そして、凝術《リコレクト》の初心者は人形やぬいぐるみのようなガワを用意して、それに核《コア》となる重い魔力《まりょく》を入れることで練習するのだと。

だから俺はずっとその練習をしていた。核《コア》を生み出し、それを軽い魔力《まりょく》で覆《おお》う魔法《まほう》の練習を。

けれど……と、思う。

けれど、俺は変に意識を固定していたんじゃないかと。

核《コア》を生み出し、それを人形などのガワに入れるのが普通《ふつう》の練習だとするのであれば、その逆も出来るんじゃないのか？

代用できるのはガワだけじゃないかもしれない。

――つまり、核も代用可能じゃない、のか。

考えてから、息を吐《は》く。

……やってみなきゃ、分からないよな。

そうだ。やってみないと分からない。

上手《うま》くいくなんて保証はないし、失敗したら俺は死ぬ。俺だけじゃなくて、ニーナちゃんも先生も死ぬ。不安で、尻込《しりご》みしてしまう。

でも、ニーナちゃんは前に進んだ。

彼女はほとんど独学で妖精魔法《ようせいまほう》が使えるようになった。

見るだけで過呼吸になってしまうのに、それでもモンスターを祓《はら》った。

凄《すご》いと思う。見習わないとな、なんて思う。

だから俺も、挑戦《ちょうせん》だ。

『なァに笑ってんのよ、如月《きさらぎ》イツキ！　もうイカれちまったわけェッ⁉　まだまだ本番はここからよッ！』

「……別に、そういうわけじゃないよ」

胸元《むなもと》から取り出すのは雷公童子《らいこうどうじ》の遺宝。

死してなお、魔力《まりょく》の結晶《けっしょう》としてこの世界に遺《のこ》る第六階位の残穢《ざんえ》。

いいいいいいいいいいいか、これを核にしたらどうなるのか。

俺の持っている魔力《まりょく》で、目の前のモンスターを上回る――即《すなわ》ち、第六階位に相当するような魔力《まりょく》でガワを作ってやればどうなるのか。

「ただ――」

その答えを、いまこの目で確かめる。

「置いていかれるのが嫌《いや》だっただけなんだ」

だから俺は、導糸《シルベイト》を生み出した。

それが雷公童子《らいこうどうじ》の遺宝の周りをぐるぐると回り、囲い、人型を作っていく。その魔力《まりょく》で世界が歪《ゆが》む。それだけで周囲にいたモンスターたちが距離《きょり》を取った。わずかに一歩引いてくれた。

つくづく、魔力《まりょく》増量トレーニングを頑張《がんば》ってきて良かったと思う。第七階位で良かったと。

眼《め》の前で人型が生み出されていく光景を見て、女のモンスターが目を見開いた。

『アンタ、それは……』

だが、何を言おうとももう遅《おそ》い。

俺の生み出した人型は、夜の闇《やみ》よりも深い黒を帯びて天に向かって二本の角を伸《の》ばした。長身の体軀《たいく》に鎧《よろい》みたいな甲殻《こうかく》と、それを支える強靭《きょうじん》な筋肉。ばじ、と音を立てて紫電《しでん》が走る。

そして、それらの全ては魔力《まりょく》が爆《は》ぜると同時に完成するッ！

『我ッ！　復活ッ！』

ごう、と声が轟《とどろ》いた。

響《ひび》いた瞬間《しゅんかん》、一歩離《はな》れていたモンスターたちの足元に紫電《しでん》が駆《か》け抜《ぬ》ける。瞬《まばた》きすると同時、近くにいたモンスターたちが一瞬《いっしゅん》で爆《は》ぜた。雷《かみなり》が走り抜《ぬ》けたグラウンドが熱を持って真っ赤に染まると、モンスターの消失反応である黒い霧《きり》が熱風によって吹《ふ》き荒《すさ》ぶ。

その奥には固まったままの第五階位のモンスター。

『なッ、何よそれッ！　ここは人の魔法《まほう》を封《ふう》じた世界！　魔法《まほう》を使えるはずが……！』

「僕は魔法《まほう》を使っていないよ。何度やっても使えなかったしね」

魔法《まほう》が使えないのは今も変わっていない。

そう、俺は魔法《まほう》を使っていない。使ったのはあくまでも雷公童子《らいこうどうじ》。

俺はただ妖精《ようせい》を呼び出しただけだ。

「久しぶりだね、雷公童子《らいこうどうじ》」

『うむ。久しいの、我《わ》が主《あるじ》』

「……主《あるじ》？」

『我を生み出したのだ。そうであるなら、童《わっぱ》こそ我の主《あるじ》よ』

妖精《ようせい》だから、そういうことになるのかな。

そう納得《なっとく》していると、雷公童子《らいこうどうじ》が俺に向かって膝《ひざ》をついた。

『さぁ、我を呼び出した理由があるのだろう？　何なりと申すが良い。我の力を貸そう』

「もちろん」

話が早くて助かる。

俺は雷公童子《らいこうどうじ》の奥、固まったままの第五階位のモンスターを見た。

「ニーナちゃん、先生。そして、僕に危険が及《およ》ばない範囲《はんい》で」

逆転の一手は、打てた。

「存分に暴れて欲しいんだ、雷公童子《らいこうどうじ》」

『御意《ぎょい》』

言うが早いか、雷公童子《らいこうどうじ》は立ち上がった。

その瞬間《しゅんかん》、空から無数の雷《かみなり》が前のように降り注いだ。

ジャングルジムで遊んでいたモンスターが被雷《ひらい》して、爆発《ばくはつ》した。

手だけのモンスターに落雷《らくらい》して、見事に粉々になった。

校庭でサッカーをしていたモンスターの一匹《びき》が、頭蓋骨《ずがいこつ》を雷公童子《らいこうどうじ》に向かって蹴《け》った。けれど、それが雷公童子《らいこうどうじ》に届くよりも先に空中で爆《は》ぜた。

片手を振《ふ》るうだけで有象無象《うぞうむぞう》のモンスターたちが消えていく。さっきまで無数にいたモンスターたちが、瞬《まばた》きする間に減っていく。

これが、第六階位。

これが、名前持ち《ネームドモンスター》。

『思い上がったな、入れ墨《ずみ》女。熟しておらぬ。まだまだ熟しておらぬぞッ！　青二才ッ！』

恐《おそ》るべき速度で祓《はら》っていく雷公童子《らいこうどうじ》に、恐《おそ》れをなして逃《に》げ出すモンスターたち。だが、雷公《らいこう》童子《どうじ》が網《あみ》のように雷《かみなり》を放つ。それに巻き込まれたモンスターたちが丸焦《まるこ》げになって死んでいく。

やっぱりこいつ、強いな。

雷公童子《らいこうどうじ》の強さに感心していると、雷《かみなり》を避《よ》けたばかりのモンスターが叫《さけ》んだ。

『アンタはこっち側でしょ！　どっちの味方してんのよッ！』

『ふははッ！　我は既《すで》に死んだ身。冥府《めいふ》の底から生き返ったのであれば、生き返らせた者の味方よッ！』

『ふざけてんじゃないわよッ！　美学は無いの⁉』

『美学だのなんだの、御託《ごたく》を並べる者はいつも弱者と決まっている。強さこそが美しさだ』

第五階位のモンスターは導糸《シルベイト》を校舎に向かって放つと、それを手繰《たぐ》り寄せる。その勢いを使いながら俺に向かって飛翔《ひしょう》。凄《すさ》まじい勢いで距離《きょり》を詰《つ》める。

『妹を殺した恨《うら》み。絶対に晴らしてやるからなァ……！』

そう言ったモンスターが目の前に着地した瞬間《しゅんかん》、それを上から雷公童子《らいこうどうじ》が組み伏《ふ》せた。その瞬間《しゅんかん》、モンスターの身体《からだ》が地面に叩《たた》き伏《ふ》せられると同時に勢いよくスライド。

『思うに貴様の妹は熟していなかったのだろうな』

『うるせェッ！　そもそも熟すって何よッ！　如月《きさらぎ》イツキは熟しているとでも？』

俺の横を抜《ぬ》けていく二体を見て、勢いよく人を押さえつけるとスライディングするんだということを生まれて初めて知った。こんなこと知りたくなかった。

ガリガリと女モンスターの頭をグラウンドに押し付けながら、雷公童子《らいこうどうじ》が笑う。

『無論ッ！　よく実っているのではないかッ！』

『……農家でもやってなさいよ』

刹那《せつな》、取り押さえていた雷公童子《らいこうどうじ》の腕《うで》に向かって、グルグルと導糸《シルベイト》が伸《の》びる。そして、手《て》錠《じょう》のように縛《しば》られた。瞬間《しゅんかん》、組《く》み伏《ふ》せられていたはずのモンスターが雷公童子《らいこうどうじ》を蹴《け》り飛ばす。

『はい、油断したわねェッ！　あたしの勝ちィ！』

そして、雷公童子《らいこうどうじ》の両腕《りょううで》が形質変化。

腕《うで》がキューブに変化していく。

『このまま如月《きさらぎ》イツキと一緒《いっしょ》に川に流してやるわ！　仲良く植物の肥料になりなさいッ！』

勝ち誇《ほこ》ったように高笑いする女のモンスター。だが、俺は雷公童子《らいこうどうじ》と戦ったから知っている。

その程度で、雷公童子《らいこうどうじ》は止められない。

『物体への形質変化か。しかァし！　この程度、所詮《しょせん》は児戯《じぎ》。お遊戯《ゆうぎ》会が関の山よ』

雷公童子《らいこうどうじ》はそう言うと、両腕《りょううで》をそれぞれ噛《か》みちぎった。

何を言っているのかというと、指の先にキューブになっていく両腕《りょううで》の根本……肩《かた》よりわずかに先の二の腕《うで》を噛《か》んで、千切る。

千切って、捨てた瞬間《しゅんかん》、全身が紫電になった。

稲妻《いなずま》はそのまま第五階位のモンスターを轢《ひ》くと、奥の方に陣取《じんど》っていた下位モンスターたちを薙《な》ぎ払《はら》ってから、鬼《おに》の姿を取る。

『形質変化はこのように使うのだ』

雷公童子《らいこうどうじ》に轢《ひ》かれた第五階位のモンスターが起き上がりながら、顔を引きつらせる。

いや、そりゃあ引きつるのも分かる。

自分の両腕《りょううで》を自分で噛《か》みちぎってそのまま再生するなんて、よっぽど形質変化に自信がないとできない芸当だ。それは当然、立方体《キューブ》にするよりもよっぽど高度なことをやっている。

しかも、さっき雷《かみなり》になったついでで周りにいたモンスターたちを全部祓《はら》ってしまった。

残るは、一体。

『……アンタ。何者よ』

『あいにくだが』

再び雷公童子《らいこうどうじ》の全身に紫電《しでん》が走る。

『熟す気配も無い者に名乗る名は持ち合わせておらぬ』

そして、そのまま雷《かみなり》みたいな速度で駆《か》け抜《ぬ》けた。

『動体視力強化』を使えない俺には、何が起きたか一瞬《いっしゅん》で理解することはできなかったが、次の瞬間《しゅんかん》には女のモンスターが吹《ふ》っ飛んでいたから、殴《なぐ》ったのか蹴《け》ったのか。とにかくどっちかをしたのだろう。

遅《おく》れて腹の底に響《ひび》き渡《わた》るような重低音が右奥から鳴り響《ひび》いた。

音の聞こえてきた方向を見ると、体育館に女のモンスターが突《つ》き刺《さ》さっている。

流石《さすが》に祓《はら》ったか、と思っていたのだが女のモンスターはふらつきながらも腕《うで》を伸《の》ばした。こっちもこっちでしぶといとな……。第五階位だから、こんなものと言えばそうなのだろうが。

『ま、まだまだァ……！　こっちにゃ最後の切り札《ふだ》があんのよォ！』

女のモンスターがそう言うと、全身を蠢《うごめ》いていたタトゥーが光り輝《かがや》いた。

それがまるで蛇《へび》のように女のモンスターの全身を搦《から》め捕《と》ると、手元で編み出した導糸《シルベイト》が体育館を包む。

わずかに体育館が光り輝《かがや》くと、プレゼントボックスのようにぱっくりと開いた。

その瞬間《しゅんかん》、中から出てくるのは巨大《きょだい》な腕《うで》。見ただけだから分からないが、その大きさだけで十メートルは超《こ》えているだろう。その腕《うで》が開き途中《とちゅう》だった体育館の壁《かべ》を投げ飛ばすと、中から出てくるのは、二十メートルほどの巨人《きょじん》。腕《うで》が異様に長くて、その反対に脚《あし》が五メートルくらいしかない。胴体《どうたい》がびっくりするくらい長い、いびつな巨人《きょじん》。

その巨大《きょだい》な頭には目が一つしかない。

『アタシの全力を注いで生み出した最後の妹ォッ！　もうアンタを箱にするのはやめたわ、如月《きさらぎ》イツキッ！　潰《つぶ》れて死ねやァ！』

自分の生み出した巨人《きょじん》の方に乗っかってモンスターが叫《さけ》んだ。

一方で巨人《きょじん》は巨人《きょじん》で女のモンスターが言うことを気にした素振《そぶ》りも見せずに単眼をぎょろりと動かす。俺をちらりと見てから、雷公童子《らいこうどうじ》を見て、先生を見て、ニーナちゃんを見た。

次の瞬間《しゅんかん》、巨人《きょじん》が笑った。地面を蹴《け》った。その巨体《きょたい》に似つかぬ素早《すばや》さで、ニーナちゃんに向かって手を伸《の》ばす。

「……ッ！　雷公童子《らいこうどうじ》！」

『うむ。分かっておる。まだまだ半熟ッ！　収穫《しゅうかく》の時期に無しッ！』

いつかのアヤちゃんに言っていたようなことを言いながら、雷公童子《らいこうどうじ》の身体《からだ》が紫電《しでん》になる。

そして、消えた。

次の瞬間《しゅんかん》、巨人《きょじん》が真上に向かって吹《ふ》き飛んだ。驚《おどろ》くほどの巨体《きょたい》が、まるで羽毛《うもう》みたいにふわりと浮《う》かぶ。重力が無くなったみたいに錯覚《さっかく》してしまう。

だが、それは吹《ふ》き飛んだんじゃない。雷公童子《らいこうどうじ》が蹴《け》り飛ばしたのだ。巨人《きょじん》の足元には雷公童《らいこうどう》子《じ》が紫電《しでん》を纏《まと》わせた状態で蹴《け》りの残心に入っていることからも、それが分かる。

何も特別なことはしていない。ただ『身体強化』を行っての一撃《いちげき》。

それに対して、俺は大きく息を呑《の》んだ。

だって『身体強化』が、そこまでの強化を可能にするなんて思ってもいなかったから。

次の瞬間《しゅんかん》、わずかに遅《おく》れて巨体《きょたい》が吹《ふ》き飛んだ衝撃波《しょうげきは》が俺を殴《なぐ》りつけた。生まれた暴風が、びりびりと校舎の窓ガラスを震《ふる》わせた。

『思っていたよりも軽いな』

雷公童子《らいこうどうじ》は天高く舞《ま》い上がった巨人《きょじん》に向かって真《ま》っ直《す》ぐ腕《うで》を伸《の》ばす。

『童《わっぱ》、我の遺宝を使って雷魔法《かみなりまほう》の練習に励《はげ》んでいたようだな』

「え？　う、うん。そうだけど……」

急に呼ばれてびっくりしながら、頷《うなず》いた。

練習とは言っても使っているのは『析雷《さくいかづち》』と『伏雷《ふせいかづち》』くらいだろうか？

『ならば、一つ。面白《おもしろ》いものを見せてやろうッ！』

言うが早いか、雷公童子《らいこうどうじ》の腕《うで》に導糸《シルベイト》が巻き付いていく。

それが、バチッ！　と、紫電《しでん》を撒《ま》き散らすと放電。その全てが導糸《シルベイト》に吸収されるように、雷公童子《らいこうどうじ》の右腕《みぎうで》に集まっていく。無数の雷《かみなり》が一点に集まると、真っ白に光り始める。
それはまるで、雷《かみなり》のバーナーみたいで、
『いつか言ったな。雷《かみなり》が炎《ほのお》を起こすのが自然の道理だと。これが、そうである』
眩《まぶ》しい光が迸《ほとばし》る。真上から落ちてきた巨人《きよじん》の身体《からだ》に雷公童子《らいこうどうじ》の腕《うで》が触《ふ》れる。
『童《わっぱ》に倣《なら》って名付けるのであれば――』
触《ふ》れた瞬間《しゆんかん》、俺は動きに慣れた視界でようやく見ることができた。
雷公童子《らいこうどうじ》が巨人《きよじん》を祓《はら》う瞬間《しゆんかん》を。
『雷突《いかづち》』
その雷《かみなり》の腕《うで》が巨人《きよじん》の胸に触《ふ》れた。一瞬《いつしゆん》で巨人《きよじん》の胸が熔《と》けた。
熔《と》けた巨体《きよたい》の背中から内臓が噴火《ふんか》した。
まるで見えない槍《やり》に貫《つらぬ》かれたみたいに、ぽっかりと穴が空いた巨人《きよじん》が地面に激突《げきとつ》する。
激突《げきとつ》した瞬間《しゆんかん》、凄《すさ》まじい音とともに身体《からだ》に空いた穴から雷公童子《らいこうどうじ》が飛び出してきた。
『この程度が切り札か。やはり児戯《じぎ》だな』
雷公童子《らいこうどうじ》はそう言いながら、女のモンスターに導糸《シルベイト》を伸《の》ばす。
伸《の》ばされた側のモンスターは、そうと気づかずに叫《さけ》んだ。
『アンタさえいなけりゃ、如月《きさらぎ》イツキをぶっ殺せたのによォ！』
『哀《あわ》れなり』

紫電《しでん》が走る。それが消えた後にはもう、黒い霧《きり》しか残っていなかった。

モンスターが祓《はら》われた瞬間《しゅんかん》、世界がブレた。二重に見えた。

続けて空が割れると、そこから夕日が覗《のぞ》いた。

月の光の真横から太陽の光が差し込むなんていう不可思議な光景を前にして、俺はようやく理解する。この不思議な世界から解放されるのだ。

『さて、我《わ》が主《あるじ》。気は召《め》されたか』

「流石《さすが》だよ、雷公童子《らいこうどうじ》」

俺のところにまで戻《もど》ってきた雷公童子《らいこうどうじ》にそう言うと、彼は大きく頷《うなず》いた。

『いつでも呼ぶと良《い》い。存分に暴れようとも』

手を伸《の》ばして雷公童子《らいこうどうじ》の身体《からだ》に触《ふ》れる。そして、身体《からだ》を作っていた魔力《まりょく》を解いた。

モンスターの身体《からだ》が霧散《むさん》して、すとん、と俺の手元に遺宝が落ちる。

俺がその遺宝をネックレスとして胸にかけるのと同じくして、世界が割れると俺たちは現実世界に戻《もど》ってきた。

さっきまでの夜と違《ちが》って、強い西日に思わず目を細める。

慣れてきた目で周りを見れば、校庭には下校する児童がちょっとだけいて、後はサッカーとかバスケとかして遊んでいる児童ばかりだった。

そんな俺が立っているのはグラウンドのど真ん中。

あの謎《なぞ》空間――『閉じた世界』のグラウンドに立っていた場所と全く同じ場所に戻《もど》ってきたみたいだ。放課後の騒《さわ》がしさが聞こえてきて、俺は深く、本当に深く息を吐《は》き出す。

ついさっきプレゼントボックスみたいに開いた体育館を見れば、何も変わっていなかった。壊《こわ》れたのは閉じた世界だけの出来事だったってことなんだろう。

なんだか、ずっとあの場所にいた気もする。

だけど、思ってみれば一瞬《いっしゅん》だった気も。ただ、勉強になることだらけだった。

俺も初級の妖精《ようせい》を生み出せるようになったし、より強い『身体強化』や『雷突《いかづち》』みたいな魔《ま》法《ほう》があることも分かった。帰ったら練習だな、と思いながら校舎に付いている時計を見た。

時刻は十七時四十分。空や周りの景色に時刻との違和《いわ》感はない。

「……戻《もど》って、これた」

じわじわと、その実感が強くなっていく。

そんな俺が振《ふ》り返ると、少し離《はな》れた場所にニーナちゃんと先生が立っていた。

ニーナちゃんは現実に戻《もど》ってきたことへの安心感と俺に何かを言いたそうな顔をしていた。

……そういえば、雷公童子《らいこうどうじ》について何も説明してなかったな。

さらに言うなら二葉《ふたば》先生にも、魔《ま》法《ほう》やモンスターについて説明できていない。

なんて説明しようか……。

基本的にモンスターについても魔《ま》法《ほう》についても、普《ふ》通《つう》の人に言いふらすものではないと言われて育ってきた。だから俺は、ニーナちゃん以外のクラスメイトに魔法《まほう》の話をしたことはない。

それはニーナちゃんも同じはずだ。

しかし、あれだけ派手にやらかした後に、良い感じに誤魔化《ごまか》せる嘘《うそ》があるなんて思えない。

それで白を切れるはずがないことは分かる。

てか、他の人はこういう状況《じょうきょう》のときにどうやって説明しているんだ？

世の中、モンスターの被害《ひがい》に巻き込まれる普通《ふつう》の人はそれなりにいる。そういった人たちに世の祓魔師《ふつまし》たちは何が起きたのかを説明しているはずなのだが、どう説明しているかを実は俺は知らなかったりするのだ。

それをやっているのは『軀《むくろ》』の人たちで、俺たち祓魔師《ふつまし》の仕事じゃないのである。

んで、今回の事件は依頼《いらい》された魔祓《まはら》いじゃないので、軀《むくろ》を呼ぶにしても時間がかかる。

しかも壊《こわ》れた学校は閉じた世界。現実の学校は壊《こわ》れていないので、軀《むくろ》の人たちにやってもらうことがない。

だから、俺が説明する必要がある。

本当に、どうやって説明しようか。

せっかくモンスターを祓《はら》ったというのに、その後のことで頭を悩《なや》ませながら二人のところに俺が戻《もど》ろうとした瞬間《しゅんかん》、ふらり、とニーナちゃんが前に倒《たお》れた。

「ニーナちゃん!?」

急いで駆《か》け寄ろうとした瞬間《しゅんかん》、彼女の隣《となり》にいた先生が慌《あわ》てて身体《からだ》を支えた。そのまま、少し驚《おどろ》いた表情を浮《う》かべたまま先生は様子を窺《うかが》うと……ほっと、安心したように息を吐《は》き出した。

「大丈夫《だいじょうぶ》よ、イツキくん。ニーナちゃんは気絶しているだけ」

「気絶してるだけって……それは、大丈夫《だいじょうぶ》なんですか？」

「貧血《ひんけつ》みたいなものじゃないかしら。珍《めずら》しくないわ。あんな、不思議なことがあったから」

ニーナちゃんはモンスターを祓《はら》ったとはいえ、未《いま》だに見るだけで過呼吸になる。彼女のトラウマは解消されていない。そんな状態で、ずっと精神に負荷《ふか》がかかる出来事の連続。

今の今までずっと堪《こら》えていたのが、むしろ頑張《がんば》っていた方だろう。

気を失っているニーナちゃんを抱《かか》えて、先生が立ち上がった。

「先生が保健室に連れていく。イツキくんはもう帰っても大丈夫《だいじょうぶ》」

「……ううん。僕も、行きます」

違和《いわ》感。

何か、明確なものを感じたわけじゃない。ただ先生の言葉に違和《いわ》感を覚えた。

「本当？　でも、もう十八時になるし、お家《うち》の人が心配するでしょ」

「でも、僕の門限はずっと先だから……」

だから、俺は続けた。

「先生、僕も一緒《いっしょ》に保健室にいきます。ニーナちゃんを一人にはできないから」

「一人じゃないよ。先生も一緒《いっしょ》にいるし。それに、ニーナちゃんのお母さんに迎《むか》えに来てもらうから、イツキくんは一人で帰ることになると思うけど……」

少し心配そうな表情を浮《う》かべて、先生が俺を見る。

この違和《いわ》感が俺の杞憂《きゆう》ならそれで良い。

ただ、もし杞憂《きゆう》じゃなかったら、

「イツキくんがニーナちゃんと仲良くなってくれて先生は嬉《うれ》しいけど……。でも、夜遅《おそ》くなっちゃうのは先生としても心配だわ」

「もし遅《おそ》くなるなら、僕もパパを呼びます」

嘘《うそ》だ。父親は仕事で東京にいない。福岡に出張中だ。

だけど、先生はそのことを知らない。ぴくり、と眉《まゆ》を動かすと息を吐《は》いた。

「分かった。それなら、一緒《いっしょ》に行こっか」

先生はそう言うとニーナちゃんを抱《かか》えて、踵《きびす》を返した。その後ろ姿を追いかけながら、俺は息を吸い込む。

思い返してみれば、あの閉じた世界で先生と出会ったときから、ずっと違和《いわ》感があった。

なぜ先生はモンスターを見ることが出来たのか。

なぜ先生は俺たちが壊《こわ》すことの出来なかった窓を壊《こわ》すことが出来たのか。

なぜ先生は俺が魔法《まほう》を使ったことを追及《ついきゅう》してこないのか。

いや、もっと原点に立ち返ってみれば分かる話だ。

先生はどうして閉じた世界にいたのか。

だから俺は保健室に向かう先生の背後から導糸《シルベイト》を放った。それはまるで、海に釣《つ》り糸を垂らす釣《つ》り人のように。

何事もなければ、何もないで良いのだ。それで済むのであれば、それで良いのだ。

普通《ふつう》の人にとって導糸《シルベイト》が触《ふ》れることは、何も問題にならない。そもそも霊感《れいかん》が薄《うす》ければ触《ふ》れたことにも気がつかない。

けれど、俺の先を歩いていた先生は、

「おっと」

振《ふ》り返ると同時に、俺の導糸《シルベイト》を回避《かいひ》した。

だが、避《よ》けられたところで導糸《シルベイト》はまだ生きている。すばやく引き戻《もど》しながら、先生に向かって追撃《ついげき》を放つ。

「無駄《むだ》だ。如月《きさらぎ》イツキ」

しかし俺が伸《の》ばした導糸《シルベイト》は、先生が伸《の》ばした黒い導糸にによってかき消された。

……なんだ、今のッ⁉

思わず、息を呑《の》む。魔法《まほう》を放つ前の導糸《シルベイト》を消すなんて……そんなことが、出来るのか？

「上手《うま》くやったと思っていたが……ふむ？　バレるものだな」

二葉《ふたば》先生と同じ声、同じ顔。

しかし、全く違《ちが》う言葉遣《ことばづか》いで目の前にいる先生が口を開いた。

……やっぱりか。

内心、舌打ちをする。最悪だ。俺の感じていた違和《いわ》感は、正しかった。

「いつ気がついた？　如月《きさらぎ》イツキ」

俺は知っている。モンスターの中には人間に取り憑《つ》いて、祓魔師《ふつまし》たちに見つからないように潜《ひそ》んでいるものたちがいることを。

憑依《ひょうい》型と呼ばれ、ずる賢《がしこ》く、虎視《こし》眈々《たんたん》と強くなる機会を狙《ねら》うモンスターがいることを。

今まさに――先生は憑依《ひょうい》型のモンスターに取り憑かれているのだ。

「……気がついたのはさっきだよ、先生。いや、モンスター」

「モンスターか。〝魔《ま》〟よりも幾分《いくぶん》か良《い》い呼び名だな」

そう言うと肩《かた》をすくめて、さらに続けた。

「ちなみにだが後学のために、気がついた理由を聞いても良いか」

「大人だからって、先生だからって、あれだけのことがあったのに……普通《ふつう》の顔をして、ニーナちゃんを保健室に連れて行くなんて、言えるわけないよ」

「頼《たよ》りになる教師だと思ったのだがな」

「普通《ふつう》じゃないよ、それ」

「そうか、難しいな。人間というものは」

モンスターが先生の姿のまま笑う。

その腕《うで》に、ニーナちゃんを抱《かか》えたまま。

「……ニーナちゃんを離《はな》して欲しいんだけど」

「離《はな》したら、君は私を祓《はら》うだろう」

「うん」

「それが答えだ」

当然、俺は離《はな》さなくても祓《はら》うつもりである。

錬術《エレメンス》の応用で手に入れた魔法《まほう》の早撃《クイックショット》ち。

それで先生の中にいるモンスターを引きずり出そうとした瞬間《しゅんかん》、先生が気絶したままのニーナちゃんの首を摑《つか》んだ。

「やめておけ、如月《きさらぎ》イツキ。私も君と同じで見えている」

そうして、モンスターが嗤《わら》った。

「試《ため》してみるか？　君と私、どちらが先に目的を達成するかを」

「……っ！」

こいつ、『真眼《しんがん》』持ちか！

思わず、身構える。身構えざるを、得なかった。

その言葉が本当にしろ嘘《うそ》にしろ、下手に魔法《まほう》が使えない。使った瞬間《しゅんかん》、ニーナちゃんが殺されるかもしれない可能性がある以上は。いや、そもそも魔法《まほう》を使ったところで、黒い導糸《シルベイト》に阻《はば》まれる。

先生に取り憑《つ》いているこいつは、俺の知らない魔法《まほう》の先を使ってくるモンスター。

「私を保健室に向かわせ……背後を狙《ねら》ってきたのは、幼くても流石《さすが》は祓魔師《ふつまし》といったところか。けれど雷公童子《らいこうどうじ》を祓《はら》ったという君に私が何も用意しないとでも?」

そこまで言った先生の頬《ほお》に、ぎょろりと一つの眼球が生まれた。

その眼球がすーっと動くと、身体《からだ》中を這《は》い回る。

だが、どの瞳孔《どうこう》も決して俺から目を離《はな》さない。

「まぁ、これは誇示《デモンストレーション》だがな。実際はもう少し上手《うま》くやっている」

そこまで言うと、先生の三つ目の瞳《ひとみ》が消える。

「……いつから、先生の中にいたの」

「最初からだよ」

それはつまり、入学式のときからずっとということか。

「君がニーナに目をかければ良い人質《ひとじち》になると思ってな。少しけしかけてみたのだが、思ったよりも功を奏した。現に君は何も出来ない。私の生み出した閉じた世界で雷公童子《らいこうどうじ》を呼び出したときは、ひやりとしたものだが……あれも早々に解いて良かった。あの世界でヤツに気づかれれば、万に一つも勝ち目は無かったしな」

「……何が、目的なの」

「ああ、目的は三つだよ。一つは君の実力をこの目で見ておくこと。二つ目はあのタトゥーの入ったモンスターの魔力を奪うこと。そして三つ目は有力な祓魔師《ふつまし》に成り得る若い芽を潰《つぶ》しておくこと」

淡々《たんたん》と言葉を紡《つむ》ぎながら、モンスターは一つ一つ俺に教えてくれる。

さっきの俺と全く同じ。勝ちを確信して、上機嫌《ハイ》になっている。

「このうち、二つ目までは達成できた。私は君には勝てないことが理解できたし、そして第五階位の魔力《まりょく》を喰《く》うことができた」

モンスターの階位は成長することがある。

かつてレンジさんに教わった言葉が頭の中で繰《く》り返される。

「あと二十五体ほど第五階位を食べれば、あのくだらない座長《マスター》の支配《アクト》から離《はな》れて第六階位の仲間入り。今から帯びる個性が楽しみで仕方がないな」

「……個性？」

「知らないのか？　魔力《まりょく》はそれぞれ固有の世界を帯びている。普通《ふつう》のモンスターも祓魔師《ふつまし》も、魔力《まりょく》量が少なすぎて発露《はつろ》しないが……第六階位を超《こ》えれば、それもある程度、形になる」

その言葉に、俺はぴんと来るものがあった。

「雷公童子《らいこうどうじ》の、魔力《まりょく》は……そういうことだったの」

「うん、そうだ。君は敏《さと》いな、全く将来が有望な祓魔師《ふつまし》がいると、嫌《いや》になるね」

雷公童子《らいこうどうじ》の遺宝に導糸《シルベイト》を垂らせば、俺はあの魔力《まりょく》を使える。

それが雷《かみなり》ということは、つまり雷公童子《らいこうどうじ》の個性がそうだということなのか。

それなら、俺の魔力《まりょく》も何かの個性を……？

と、そこまで考えた瞬間《しゅんかん》——眼の前にいるモンスターがニヤりと嗤《わら》った。

「しかし有望な祓魔師《ふつまし》も、今はこうして私の為《な》す術《すべ》を見守ることしかできないというわけだ。これは私の作戦勝ちかな。さて、最後に教師らしいこともしたところで、お暇《いとま》しよう」

「……っ！　待て、ニーナちゃんを返せ！」

「はてさて。この娘《むすめ》は第四階位だが、まぁ腹の足しにはなるだろうさ」

どうする。このまま、ニーナちゃんを連れ去るのを見過ごすわけにはいかない。

だが、どうすれば止められる？　相手は俺と同じ真眼《しんがん》持ち。『焔蜂《ホムラバチ》』も『天穿《アマウガチ》』も使えない。雷魔法《かみなりまほう》のどれも同じだし『朧月《おぼろづき》』なんてもっての外だ。

それらを使えば先生とニーナちゃんを殺してしまう。

……クソ。モンスターを絶対に祓《はら》うために編み出してきた魔法《まほう》が、全部裏目に出た。

俺は憑依型《ひょういがた》に取り憑《つ》かれた人を、殺さず救うための魔法《まほう》を持っていない。

どうすれば良い。魔法《まほう》の出力を抑《おさ》えて威力《いりょく》を低くするか。だが俺は出力を高める練習はしてきたが、その逆はやったことがない。取り憑《つ》かれている先生を殺さず、それでいてモンスターの行動を抑《おさ》えるような絶妙《ぜつみょう》なバランスをぶっつけ本番でやるのは、リスクが高すぎる……！

そこまで考えながら、それでも導糸《シルベイト》を編もうとした瞬間《しゅんかん》に、ふと……気がついた。

気がついたから、構えを解いた。

そして、モンスターが彼女に気づかぬよう俺に意識を向けさせる。

「最後に一つだけ教えて。最初から先生だったんなら学校の仕事はやってたの？」

「……急に何の話だ？　確かに業務は全て私がやっていたが」

「だとすれば、聞いてなかった？　ニーナちゃんの家にはさ、厳しい厳しい門限があるんだ」

瞬間《しゅんかん》、魔力《まりょく》の塊《かたまり》が背後からモンスターに激突《げきとつ》する。

ドンッ！　と、人間が車に撥《は》ねられたみたいな音がして、先生の身体《からだ》からモンスターが飛び出してきた。その姿はまるで汚泥《おでい》で作ったスライムみたいな色合いをしていて。

その瞬間《しゅんかん》、早撃《クイックショット》ちを放つとモンスターの腕《うで》から離《はな》れたニーナちゃんを奪《うば》い取る。

昔、ＹｏｕＴｕｂｅで見たことがある。

巨大《きょだい》な石を川にある石にぶつけることで、魚を気絶させる釣りがあると。ダイナマイト漁とかなんとか、そういう名前のもの。禁止された漁を動画に上げて炎上騒《えんじょうさわ》ぎになっていたものだが……モンスター相手なら、禁止もなにもないだろう。

俺はそれをやった祓魔師《ふつまし》。いや、エクソシストを前にして、息を吐《は》く。

いつから学校にいたのだろうか。いつのまにかグラウンドに立っていたイレーナさんは血相を変えた表情のまま、俺に静かに聞いてきた。

「ニーナは、無事ですか」

俺は無言で抱《だ》きかかえているニーナちゃんを見せる。

それに、ほう、と安堵《あんど》の息を吐《は》き出したイレーナさんは、先生の身体《からだ》から飛び出した腐《くさ》ったモンスターに相対する。俺の記憶《きおく》が正しければ、イレーナさんは羽田《はねだ》空港から国内のどこかに向かったはずだった。それでいて、しばらくの間は帰ってこないという話だった。

だけど、イレーナさんは東京《ここ》にいる。

「意外そうな表情をしていますね、イツキさん」

「……うん」

そりゃ意外だろう。今までのイレーナさんの振《ふ》る舞《ま》いを考えて、こんなすぐに助けに来るのが意外じゃないという方が無理のあることだ。

だが、それよりも先に気になることがあって、

「どうやって、学校に来たの？」

「入れ替え《キャスリング》、という魔法《まほう》があるんです。妖精《ようせい》と私の位置を入れ替《か》える高度な魔法《まほう》で、時間と魔《ま》力《りょく》にさえ目を瞑《つぶ》れば……ええ、使い勝手の良《い》い魔法《まほう》ですよ」

いつかのモンスターが使っていた『転移魔法《まほう》』みたいなものかな。

俺も今度、雷公童子《らいこうどうじ》で試《ため》してみよう。

……って、そうじゃなくて。

「なんでニーナちゃんが門限になっても帰ってこないことが分かったの？」

「え、いや。それは……」

俺の質問に、明らかにイレーナさんが口ごもった。

だから俺は答え合わせのために、聞いた。

「イレーナさん。ずっとニーナちゃんを見てたよね」

「いいえ、そんなことは……」

俺の腕《うで》の中には気絶したニーナちゃんがいる。誤魔化《ごまか》したイレーナさんの後ろには気を失った先生がいる。そして、俺とイレーナさんの間にはモンスターがいる。

「別に嘘《うそ》言わなくて良《い》いよ。僕はずっと不思議だったんだから。どうしてニーナちゃんの家には結界が無いんだろうって」

祓魔師《ふつまし》ならば、生きていく上でモンスターから身を守るための結界を必ず家に用意する。それはいま、俺の住んでいるマンションでもそうだし、アヤちゃんの家だってそうだ。

でも、ニーナちゃんの家には結界がなかった。

俺は最初、イレーナさんがニーナちゃんを嫌《きら》っているからそうしているのだと思った。だが、それは何度も遊びに行っている内に、覆《くつがえ》された。

気がついてしまったのだ。

あの家は結界ではなく、俺が目を凝らさない、と見えないほどに薄《うす》い妖精《ようせい》の膜《まく》で覆《おお》われていることに。その妖精《ようせい》はニーナちゃんが漏《も》らす魔力《まりょく》についても上手《うま》いこと調整をしていた。

だからきっと、モンスターが攻《せ》めてきたときに守る仕組みもあったんじゃないだろうか。こっちは推測になるけど。

だが事実として、あの妖精《ようせい》はイレーナさんがニーナちゃんを守るために生み出したものだ。

……全く、と思う。

全くあんた、ニーナちゃんが好きすぎるだろうと。

素早《すばや》く娘《むすめ》のところに駆《か》けつけ、それでいてすぐさま解放し、声色《こわいろ》こそ落ちついているものの……誰《だれ》よりもニーナちゃんのことを心配する。

それで好きじゃないというのは道理が通らない。

「なんで、ニーナちゃんを見ているのに、魔《ま》法《ほう》を教えなかったの？」

「…………」

「危ないときにこうして現れるなら、ニーナちゃんに魔《ま》法《ほう》を教えれば」

「それは違《ちが》いますよ、イツキさん」

イレーナさんがそう言った瞬間《しゅんかん》、スライムが変形。

犬の姿になって逃走《とうそう》しようとした瞬間《しゅんかん》、右足が無くなって転《こ》けた。いつか見たイレーナさ

ンスター
んの妖精魔法《ようせいまほう》だ。俺は生まれた隙《すき》に向かって導糸《シルベイト》を放ったのだが、犬の姿をしたモンスターが黒い導糸《シルベイト》を吐《は》き出して、俺の魔法《まほう》を消した。

……厄介《やっかい》だな。

「世の中、誰《だれ》だってあなたみたいに強くはなれないんです。あなたみたいな才能を持っているわけじゃないんです。ニーナの階位は第四階位《ビショップ》。戦おうとすれば、きっと戦えるでしょう。私のように」

そういうイレーナさんの表情は険《けわ》しい。

険しい顔をしたまま、モンスターに追撃《ついげき》の手を放つ。

「けれど魔法《まほう》を教えればこの娘《こ》はきっと祓魔師《エクソシスト》になりたがる。生半可な才能では簡単に死んでしまうこの世界に足を入れたがる」

「……でも、自分を守れるくらいの魔法《まほう》は教えたって」

「自衛の魔法《まほう》を教えれば、モンスターを前にしたときにこの娘《こ》の中に戦うという選択肢が生まれるでしょう。その選択《せんたく》を考慮《こうりょ》する時間こそが、命取りになる。だから、ニーナには何も教えないことにしました。そうすれば、この娘《こ》の選択肢《せんたくし》は狭《せば》まるだろうから」

言っていることは分からなくもない。

似たような話は父親から聞いていたからだ。

近接戦と遠距離魔法《えんきょりまほう》。

その両方を学ぶ祓魔師《ふつまし》は、どちらかが疎《おろそ》かだとすぐに死ぬ。何故《なぜ》なら中距離《ちゅうきょり》の敵に対して、どちらで攻《せ》めるかを迷うからだと。その迷いこそが命取りになるのだと。

「だから、魔法《まほう》を教えなかったの？」

「はい。そうして魔法《まほう》から遠ざければ私を恨《うら》み、やがては私の仕事である祓魔師《エクソシスト》を恨《うら》む。そうすれば、きっと……この娘《こ》は、祓魔師《エクソシスト》にならないと思ったんです」

イレーナさんはそう言うと、自嘲《じちょう》するように笑った。

「でも、それも間違《まちが》いでした。この娘《こ》は自分の力で祓魔師《エクソシスト》になったんです。子どもは親の心が分からないというけれど、親だって子どもの心が分かるとは限らないものですね」

「…………」

そうだろうか。それは、本当にそうなのだろうか。

俺はただ単にコミュニケーション不足だと思ってしまうのだが。

それを直接言うのはなんだか憚《はばか》られるので黙《だま》っていると、地面に倒《たお》れたままのモンスターが起き上がった。

『あぁ、祓魔師《ふつまし》が二人。それも、第七階位と第四階位が揃《そろ》うなんて』

片足の無くなった犬がそう喋《しゃべ》ると、人の姿に変形していく。

『……怖《こわ》くて怖《こわ》くて、泣いてしまいそうだ』

イレーナさんの妖精《ようせい》が、再びモンスターの身体《からだ》を引き抜《ぬ》こうとしたが、周囲に生まれた黒い導糸《シルベイト》が妖精《ようせい》を散らした。散らして、笑った。

『弱いもの虐《いじ》めはやめようじゃないか。君たちだって自分より強い者と戦うのは嫌《いや》だろう？

誰《だれ》だって死ぬのは嫌《いや》だろう？』

モンスターがイレーナさんに向かって導糸《シルベイト》を伸《の》ばす。

次の瞬間《しゅんかん》、それは鋭《するど》い木の枝になって放たれた。

それを俺は網状《あみじょう》にした導糸《シルベイト》で食い止める。だが、最初から俺に魔法《まほう》が防がれるのを分かっていたようにモンスターは肩《かた》をすくめた。

『もちろん、私も死にたくないんだ』

「よく言うよ」

再び俺は導糸《シルベイト》を編む。糸が消されるのであれば、それよりも先に魔法《まほう》にしてしまえば良い。

だから俺は槍《やり》の形のように炎《ほのお》を生み出すと、モンスターを前にして構えた。

「ニーナちゃんを喰《く》おうとしたくせに」

その魔法《まほう》の名を、『焔蜂《ホムラバチ》』という。

「イレーナさんを殺そうとしたくせに……！」

音の速さを超《こ》えた俺の魔法《まほう》は、しかし黒い糸によってかき消される。

パァン！　と、黒い導糸《シルベイト》に触《ふ》れた瞬間《しゅんかん》、炎《ほのお》の槍《やり》は、ぱっと消えた。

『危ない危ない。当たれば、私ごとき簡単に死んでしまう』

爆発《ばくはつ》するより先に散った魔法《まほう》を見て、次の手を打とうとした瞬間《しゅんかん》イレーナさんが前に出た。

「では、次は当たってみますか？」

イレーナさんがそう言うと、モンスターの影《かげ》が異様なまでに長く伸《の》びる。

『ふむ？　これは影《かげ》を媒介《ばいかい》にする魔法《まほう》かな？』

モンスターの影《かげ》が分裂《ぶんれつ》する。

一つ、二つ、三つと、モンスターの影《かげ》がどんどん増えていく。

次の瞬間《しゅんかん》、一つの影《かげ》から漆黒《しっこく》の手が伸《の》びるとモンスターの足を摑《つか》んだ。それを皮切りに二つ、三つと影《かげ》がモンスターを摑《つか》む。摑《つか》んで、影《かげ》の中に引きずり込んでいく。

ずぶずぶと、影《かげ》を波打たせながらモンスターの身体《からだ》が沈《しず》み込んでいく。

『ああ、なんてことをするんだ。こんなの恐《おそ》ろしくて……』

モンスターは口の中に手を入れて、そこから黒い導糸《シルベイト》で小さな箱を取り出した。

腹の中に何をしまってたんだ……？

『思わず死んでしまいそうだ』

しかしその答え合わせをする時間もなく、完全にモンスターは影《かげ》の中に沈《しず》んで消えた。

だけど、イレーナさんは臨戦態勢を解かない。

「私の『影送《かげおく》り』では時間稼《じかんかせ》ぎが精々です。恐《おそ》らく、あと三十秒と経《た》たずにあのモンスターは影《かげ》から出てくるでしょう」

「……あれ、どうやって祓《はら》うの？」

厄介《やっかい》なのは、兎《と》にも角《かく》にも黒い導糸《シルベイト》だ。

あれのせいで、こちらの魔法《まほう》がかき消される。

「先ほどからイッキさんの魔法《まほう》を消しているのは、逆位相の魔力《まりょく》でしょう。つまりモンスターの魔力《まりょく》とイッキさんの魔力《まりょく》が互《たが》いに互《たが》いを打ち消し合って、ゼロにしているんです」

「逆位相……？」

「はい。だから、あの攻略法《こうりゃく》はとても簡単です。特に、イッキさんにとって見ればお手のものでしょう」

刹那《せつな》、グラウンドの何も無いところから影が溢れた。

ぼこぼこと泡立《あわだ》った影《かげ》から、モンスターが這《は》い出してくる。

次の瞬間《しゅんかん》、モンスターが手に持っていた黒い箱を手放した。それはくるりと回転すると、空中で静止。そして、展開。開いた平面は瞬《まばた》きした瞬間《しゅんかん》には、俺たちを囲ってしまえるほどに巨大化《きょだい》。そのまま、世界が閉じた。

閉じると同時に、再び静寂《せいじゃく》と夜の世界がやってくる。

『さっきは抜《ぬ》け道を見つけられたが、それも封《ふう》じさせてもらったよ。私は臆病《おくびょう》なんでね』

見れば、イレーナさんを囲っていた妖精《ようせい》たちが、ふらふらと震《ふる》えて分解されながら散っていくのが見えた。俺は導糸《シルベイト》を編み出して魔法《まほう》を使おうとするが、それは形にならない。

しかし、それら全てを無視してイレーナさんが続けた。

「相手を上回る出力の魔力《まりよく》で、撃《う》ち抜けば良《い》いんです」

そして、俺を見た。

「イツキさんなら簡単でしょう?」

「…………」

簡単でしょ?　と、聞かれても曖昧《あいまい》な表情を浮《う》かべることしかできない。

確かに俺の魔力《まりよく》は第七階位。普通《ふつう》よりも多いが、それは俺が持っている魔力《まりよく》総量が多いのであって、別に出力が高いこととイコールでは繋《つな》がらないのだ。

つまり俺の魔力《まりよく》が入っているタンクはバカでかい。

ただ、そのタンクにくっついている蛇口《じやぐち》が特別大きいとは限らないという話なのだ。一応、出力を上げる訓練もしていたといえば、していたんだけどな……。

再度、閉じた世界の影響《えいきよう》で魔法《まほう》が使えなくなる。

『身体強化』が解《ほど》け、抱《かか》えていたニーナちゃんを自分の力で支えながら思考する。

小学校の授業は退屈《たいくつ》だ。

とても退屈《たいくつ》だから、俺は授業中にこっそりと周りに気づかれぬように導糸《シルベイト》に込《こ》められる魔《ま》力量《りよく》を増やしていく出力強化訓練を行っていた。ニーナちゃんと仲良くなってからは錬術《エレメンス》の練習に力を入れていたから、訓練前と今とでは一本あたり1・2倍ほどしか増えていないが……それでも、一応出力は上がっている。

それだけ増えたところで、一体なんの意味があるのかという話もあるだろう。あるのだが、それでも、い、い、使い道はあるのだ。

『もうやめよう。戦いなんて何の意味も無いじゃないか。私は死にたくない。君たちも死にたくない。だとすれば、ここは一つ』

モンスターはそこまで言うと、導糸《シルベイト》を練った。

『停戦といこうじゃないか』

次の瞬間《しゅんかん》、形質変化。それは鋭《するど》い木の枝になる。

「イレーナさん！」

魔法《まほう》の先にいたのはイレーナさん。

とっさに叫《さけ》んだ俺の声を聞いて、イレーナは地面を蹴《け》る。

刹那《せつな》、彼女が立っていた場所に、深々と木の枝が突《つ》き刺《さ》さった。

続けてイレーナさんが妖精《ようせい》を呼び出そうとしたのだが、手を伸《の》ばした瞬間《しゅんかん》に片端《かたはし》から魔力《まりょく》が散っていく。

そんな状態にいてもなお、イレーナさんは顔色一つ変えることなくモンスターに尋《たず》ねた。

「停戦するのではないのですか？」

『あぁ、もちろん停戦したいとも。祓魔師《ふつまし》を前にして戦うなんて、怖《こわ》くて怖《こわ》くて』

モンスターが怯《おび》えたようにそう言うと、ぶるりと身震《みぶる》いした。

『震《ふる》えてしまいそうだ』

そう言った瞬間《しゅんかん》、モンスターの生み出した木の枝が弾丸《だんがん》のように放たれる。

二人揃《そろ》って後ろに避《よ》けたが、後ろに飛んだ俺……というか、俺が抱《かか》えているニーナちゃんを守るようにイレーナさんが盾《たて》になる。それによって、イレーナさんの脚《あし》を木の枝が貫《つらぬ》いた。

「大丈夫《だいじょうぶ》⁉」

「……ええ。これくらい慣れています。それよりもイツキさん。眼《め》の前のモンスターを」

ふくらはぎに刺《さ》さった木の枝を引き抜《ぬ》きながら、イレーナさんがそう言う。

……大丈夫《だいじょうぶ》なはずがない。イレーナさんは魔法《まほう》が使えないのだ。さらに俺たちを庇《かば》って、足が動かなくなった。だったらもう、モンスターの的になるしかないのだ。

それを大丈夫《だいじょうぶ》などと言って良いはずがない。

『すまない。私は魔法《まほう》が下手でね、威嚇《いかく》のつもりだったんだが……当たってしまったよ』

へらへらと、軽薄《けいはく》な態度で笑うモンスター。

こいつの言っていることが本当ではないことくらい、これだけ相手にしていれば分かる。眼《め》の前にいるこいつは、明らかに俺たちを殺すつもりで魔法《まほう》を放った。

けれど、俺たちがそれを避《よ》けたから、まるで最初から俺たちを狙《ねら》っていなかったような言い方をしているだけなのだ。

あまりに……薄《うす》っぺらい。

「ねぇ、ちょっと聞いても良い？」

『どうした？　如月《きさらぎ》イツキ』

「気になることがあるんだ」

俺はそう言うと、抱《かか》えていたニーナちゃんをイレーナさんに預けた。

預けながらもモンスターからは目を離《はな》さない。そして、俺は二人の壁《かべ》になるようにして、モンスターと真正面で向かい合った。

向かい合いながら、導糸《シルベイト》を編んだ。だが、編むと魔力《まりょく》が散る。

散った端《はし》から、魔力で補強してやる。魔力量《リソース》に物を言わせた力押し。

「祓魔師《ふつまし》と戦いたくないのに、どうして僕たちから逃《に》げないの？」

『逃《に》げようとしたとも。それを止めたのは君たちじゃないか』

「ううん。他にも逃《に》げるチャンスはいくらでもあったよね。でも、閉じた世界を作って残った。だから、僕は思うんだよ。言うほど怖《こわ》がっていないんじゃないかって」

魔力《まりょく》出力を高める方法は、二つある。

一つは、導糸《シルベイト》の強度を高める。今まで一しか込《こ》められなかった祓魔師《ふつまし》が、十の魔力《まりょく》を込《こ》められるようにするのだ。これは俺がずっと練習してきた最も分かりやすく、単純な方法。

「口ではなんだかんだ言って、僕たちの魔力《まりょく》を喰《く》いたいんでしょ？」

『…………』

二つ目は一の魔力《まりょく》を込《こ》めた導糸《シルベイト》を百本生み出せるようにする。

これでも全てをかけ合わせれば、それなりの出力になる。

そして魔力《まりょく》の性質から考えれば、こちらの方が都合が良かったりするのだ。

「第六階位になるのにあと何体だっけ？　覚えてないけど……まぁ、僕を食べれば、そういうのを全部すっとばして第七階位になれるしね」

俺がそう言った瞬間《しゅんかん》、モンスターの口角が上がった。

つり上がって、つり上がって、そして耳元まで口が裂《さ》けた。

ばか、と大きく開いた口でモンスターが笑う。

『これは失礼だ。失礼だよ、如月《きさらぎ》イツキ。それじゃあ、まるで私が君に勝てると思っているってことじゃあないか』

「思ってるんでしょ？　だから、閉じた世界を作ったのに、僕たちの魔法《まほう》を封《ふう》じて逃《に》げるチャンスはいくらでもあるのに、それでも逃《に》げずにいるんでしょ？」

俺がそこまで言うと、モンスターは何も言わなくなった。

返答代わりにモンスターが導糸《シルベイト》を練り上げた。再び、モンスターの魔法《まほう》。

だが、モンスターが狙《ねら》ったのは相対している俺でもなく、足を怪我《けが》しているイレーナさんでもなく、気を失っているニーナちゃんだった。

行動自体は理解できる。

閉じた世界で、俺の魔法《まほう》も、イレーナさんの魔法《まほう》も封《ふう》じたと思ったのだろう。その状態で、俺を脅威《きょうい》から外したのだろう。だから、俺たちに見せつけるように二人で守ってきたニーナちゃんを狙《ねら》ったのだろう。

そうすれば、俺たちが苦しむから。

そうすれば、俺たちが後悔《こうかい》するだろうから。

油断、慢心《まんしん》、あるいはもっと相応《ふさわ》しい言葉があるのだろうか。

まぁ、つまりは命への執着《しゅうちゃく》が甘《あま》いんだろうと思う。

「……だから、祓《はら》われるんだよ」

そして俺は魔法を使った。

こっちの世界にやってきて、魔法《まほう》という存在に触《ふ》れて、俺は気がついたことがある。

魔力《まりょく》の性質は、掛《か》け算になっているのだ。

例えば魔力《まりょく》量を測る階位に関しても、第二階位は第一階位の三十倍。第三階位は第一階位の九百倍。そんな感じで、乗算になっている。

これは別に、階位だけじゃない。複合属性魔法《まほう》の消費魔力《まりょく》だって、形質変化の消費魔力《まりょく》だってそうだ。魔法《まほう》の難易度が上がれば、それに比例する形で消費量も上がっていく。

そして消費魔力《まりょく》に応じて威力《いりょく》だって跳《は》ね上がっていく。

消費魔力《まりょく》が三十倍になれば、威力《いりょく》もおよそ三十倍。

だとすれば。だとすれば、だ。

出力1・2倍になった導糸《シルベイト》――それを六十本分重ねれば魔法《まほう》の威力《いりょく》はどうなるだろう。

「ねぇ、モンスター」

だから俺は、今まさに魔法《まほう》を放とうとしているモンスターに向かって尋《たず》ねた。

「僕を撃たないで良かったの？」

『これは凄《すご》い自信だ。幼い頃《ころ》から傲慢《ごうまん》とは、先生として将来が心配になるね』

魔法《まほう》の矛先《ほこさき》が俺に向けられる。

「自信？　違《ちが》うよ、これはもう結果なんだ」

その全てが鈍《のろ》い。その行為《こうい》の全てが愚鈍《ぐどん》なのだ。

だって俺の魔法《まほう》は、既《すで》に放たれているから。

「撃《う》ち抜け。――『陽光《ヨウコウ》』」

瞬間《しゅんかん》、俺が六十を一つに重ね合わせた導糸《シルベイト》が光り輝《かがや》く。モンスターに向かって純粋《じゅんすい》なエネルギーとして放たれる。それは余りある莫大《ばくだい》な魔力《まりょく》が、わずかばかり光に変換《へんかん》され、かけ合わさることで、目を開けてられないほどの大きな一筋の光になった姿。

故《ゆえ》にその名を、陽光《ヨウコウ》と呼ぶ。俺が名付けた。

『アハハ！　これは凄《すご》い。食べに来て、正解……ッ！』

光が触《ふ》れた瞬間《しゅんかん》、モンスターが蒸発した。気化した身体《からだ》が遅《おく》れて爆《は》ぜた。その一撃《いちげき》でモンスターは絶命して、生み出された黒い霧《きり》すらも消し飛ばしていく。だが俺の放った極大のレーザーはそれだけで止まらない。止まるはずもない。

そのまま閉じた世界の校舎に触《ふ》れると、融解《ゆうかい》させ、蒸発させ、そして貫通《かんつう》する。エネルギーの余波によってガラスが全て蒸発すると、校舎が沸騰《ふっとう》、液化して、真っ赤になった灼熱《しゃくねつ》の液体が津波《つなみ》になって溢《あふ》れかえる。

そして、光が貫《つらぬ》いた場所には何も残らない。残るはずもない。

出力1・2倍の導糸《シルベイト》を六十本使うと、その威力《いりょく》は1・2の六十乗で……ええっと、良く分からん。掛《か》け算は小学二年生の履修範囲《りしゅうはんい》。俺が計算できないのも仕方ないだろう。うん。

とにもかくにも、大きな数字になるのだ。

その瞬間《しゅんかん》、空に亀裂《きれつ》が入る。同じ光景を二回も見ればバカでも分かる。

「僕の勝ちだよ」

現実世界に戻《もど》りながら、俺は誰《だれ》も死ななかったことに心の底から安堵《あんど》して、息を吐《は》き出した。

吐《は》き出すと同時に、完全に空が割れた。

現実世界も夜になっていたから、一瞬《いっしゅん》、ちゃんと戻《もど》って来れなかったのかと思って不安になったが……自動車の音が聞こえたから、戻《もど》って来たのだと思えた。

周りを見るとグラウンドには誰《だれ》もいない。みんな、帰ったのだ。

「イレーナさん。足、大丈夫《だいじょうぶ》？」

「……ええ、大丈夫《だいじょうぶ》です。魔法《まほう》が使えれば、治せますから」

真っ白な祓魔師《エクソシスト》の服を血で真っ赤に染めながら、イレーナさんが手元で魔力《まりょく》を固める。すると、生み出された真っ白な妖精《ようせい》が傷口に入っていく。光の波紋《はもん》を拡《ひろ》げながら傷口がどんどん塞《ふさ》がっていくと、完全に傷が癒《い》えた。

治癒魔法《ちゆまほう》だ！　良いな!!

俺がまだ使えない魔法《まほう》に思いを馳《は》せていると、イレーナさんは抱《かか》えていたニーナちゃんを俺に受け渡《わた》してきた。意味が分からないままに、俺はニーナちゃんを受け取ってしまう。

「すみません、イツキさん。お見苦しいところを見せてしまって」

「……ううん。別に」

返答した俺に背を向けると、イレーナさんはそのままグラウンドに倒《たお》れていた二葉《ふたば》先生を担《かつ》ぎ上げた。入学式の前からずっとモンスターに取り憑《つ》かれていた先生を。

「私はこの方を病院に連れていきます。申し訳ないのですが、ニーナを家まで連れて帰ってくださいますか」

「ううん。それは僕の仕事じゃないから」

俺はイレーナさんからの依頼《いらい》を秒で断った。

それに対して、意外そうに目を丸くする。

「イレーナさんが連れて帰るべきだよ」

「私が……？　いえ、でも、それは……」

困ったように眉《まゆ》をひそめるイレーナさん。

俺は半分呆《あき》れというか、どう言うべきかを考えて、無意識親馬鹿《このひと》に回りくどい言い方をしても仕方がないと思ったので、直球で言うことにした。

「そもそも、どうしてニーナちゃんが祓魔師《ふつまし》になりたいのか……知ってるの？」

「ニーナが？　いえ、子どもだから……正義の味方に憧《あこが》れているからでしょう？　そして、最も身近な仕事だから。そこに深い意味なんて……」

困惑《こんわく》しながらズレたことを言うイレーナさんに、俺は思わず手を額に当てそうになった。

おい、マジかよ。それ本気で言っているのかよ。

「違《ちが》う。違《ちが》うんだよ、イレーナさん」

「……何が、違《ちが》うというのでしょうか」

恐《おそ》らくは、本気で何が違《ちが》うのか分かっていないのだろう。明らかに困惑《こんわく》しながら、イレーナさんがそう言った。だから、俺は少し迷って……それでも伝えることにした。

ニーナちゃんが、祓魔師《ふつまし》を目指す理由を。

本当だったら直接、彼女の口から伝えるのが良いのだろう。

だが、こんなにすれ違《ちが》っているんだったら、誰《だれ》かがそれを言うべきなのだ。もちろん、俺だってこれが余計なお節介《せっかい》だってことくらい分かっている。

けれど、ニーナちゃんは俺に魔法《まほう》を教えてくれた。

俺が見習うべき精神のあり方を見せてくれた。

そんなニーナちゃんが苦しむような思いをして欲しくないと願うのは……それは、駄目《だめ》なことなのだろうか。

「ニーナちゃんは、イレーナさんに認められるために、祓魔師《ふつまし》になろうとしているんだよ」

「………私に？」

「そうだよ。ニーナちゃんが言っていたんだ。僕に勝てば、イレーナさんが自分を見てくれるって。そのために、祓魔師《ふつまし》になるんだって」

「それ、は……」

言葉に詰《つ》まったイレーナさんが、俺の腕《うで》の中で胸を上下するニーナちゃんを見た。

「前にニーナちゃんがね、イレーナさんと買い物に行った話をすごく楽しそうにしてくれたんだ。それを聞いて、思ったんだよ。ニーナちゃんはイレーナさんのことが大好きなんだって。イレーナさんだって、ニーナちゃんのことが大切だから……祓魔師《ふつまし》から遠ざけようとしたんでしょう!?」

俺がそう言うと、イレーナさんは完全に黙《だま》りこくった。

だから俺は、畳《たた》み掛《か》けるように続けた。

「どうして、ちゃんと話し合わないの。向き合って、話し合えば……きっと！」

しかし、月の光が冷ややかにイレーナさんを照らした。

静かな光が映し出したのは、微笑《ほほえ》んでいるイレーナさんで、

「向き合う……ですか。酷《こく》なことを、言いますね。イツキさん」

「……酷《こく》？」

「私はこの娘《こ》にひどいことをしてきました。この娘《こ》のためになると思って、そうやってきました。……分かっていますよ。自分でも、これが言い訳だってことくらい。それでも、そうすることが、この娘《こ》にとって一番良《い》いと思ったから……」

淡々《たんたん》と言葉を紡《つむ》ぐ。

けれど、そこには熱があった。静かな、それでも確かに熱い火が。

それはまるで、燻《くすぶ》っている炭のような。

「半年前、この娘《こ》の父親がモンスターに殺されました。父親の血を全身に浴び、心を壊《こわ》して、笑うことしか出来なくなったニーナを抱《だ》きしめたときに、私は何があってもこの娘《こ》を守ると決めたんです。そのためには母親である資格を失っても良いと……そう思いました」

「……………」

「記憶《きおく》を封印《ふういん》して、魔法《まほう》を教えるのをやめました。祓魔師《ふつまし》の世界に足を踏《ふ》み入れないように、この世界に触《ふ》れないように情報を閉じました。それは……間違《まちが》っていたのでしょうか」

「……そんなの」

分からない。そんなことを言われても分かるわけがない。

俺は未《いま》だに分からないことだらけなんだ。

前世で歳《とし》ばかりを重ねて、名前だけの大人になって、図体《ずうたい》ばかりデカい子どものまま死んだ俺に……人生の何が分かるというのか。判断できるというのか。

そんなこと、出来るわけないじゃないか。

「ニーナを守るためなら、恨《うら》まれても良《い》いんです。この娘《こ》にどれだけ恨《うら》まれても、この娘《こ》が死なずに大人になることが出来るのであれば、私は喜んで嫌《きら》われましょう。イツキさん。それでも私は……この娘《こ》と、向き合っていないでしょうか」

全てを吐《は》き出したような表情で言葉を紡《つむ》いだイレーナさんに、それでも俺は頷《うなず》いた。頷《うなず》かなければいけなかった。

「向き合ってないよ」

前世でも、現世でも、俺に子どもはいない。

人の家族に口を出せるほど、ご立派な人生を歩んできたつもりもない。

でも……と、思う。

それでも、こんな俺にも分かることくらいある。

「ニーナちゃんは、イレーナさんを嫌《きら》いになりたくないいんだ」

「……それは」

イレーナさんは、必死に考えたんだろう。

どうしたら、ニーナちゃんを守れるか。どうやったら、ニーナちゃんが死なずに済むか。

それは分かっている。伝わってくる。だけど、それで思いついたのがニーナちゃんに嫌《きら》われるなんて……あまりに、不器用すぎる。

そんなところまで、ニーナちゃんにそっくりだ。

「ニーナちゃんと、イレーナさんはちゃんと話すべきなんだ。なんで、イレーナさんがニーナちゃんに祓魔師《ふつまし》になって欲しくないのか。どうして、ニーナちゃんは祓魔師《ふつまし》になりたいのか。二人ともそれを知らないのに……向き合っているなんて、言えないよ」

それが、俺の本音だった。

せっかくお互《たが》い思う気持ちがあるのに、それを抱《かか》えたまま話さないんだ。

どうしてそれを不意にしようとするんだ。

そんなの、あまりに勿体《もったい》ないじゃないか。

俺の言葉がどこまで伝わったのかは分からない。

けれど、イレーナさんはふっと表情を緩《ゆる》めた。

「六歳の子に、そんなことを言われるなんて、やっぱり私は母親失格ですね」

「………」

「イツキさんの言う通りなのかも知れません。私は……もっと、ニーナの話を聞くべきだったのかも知れません」

イレーナさんはそう言うと、ふっと踵《きびす》を返した。

そこまで言ったのにニーナちゃんを連れて帰らないつもりかと思って俺は思わず呼び止めた。

「イレーナさん！」

「大丈夫《だいじょうぶ》です。ちゃんとニーナとは話し合います。でも、イツキさん。あなたではこの人を運べないでしょう」

そう言われてしまい俺は閉口。そりゃ二葉《ふたば》先生は大人だから、俺よりもイレーナさんが運ぶ方が適しているだろう。それはそうなのだが、別にそこまで合理的にならなくても……と思う。

「救急車を呼びます。ニーナも私が連れて帰ります。……ですから、ここで待っていて欲しいんです」

「……うん。分かった、待ってるよ。イレーナさん」

ほっと安堵《あんど》の息を吐《は》く。

先生を担《かつ》いだ状態で去っていくイレーナさんに、俺は言葉を投げかけた。本当だったらニーナちゃんがいないときに聞いてしまいたかったけど……良い機会だし、聞いてしまおう。

「そういえば、どうして僕とニーナちゃんを結婚《けっこん》させようと思ったの？　祓魔師《ふつまし》の世界に足を踏《ふ》み入れさせたくないなら、僕と結婚《けっこん》させたらダメじゃないの？」

俺がそう言うと、イレーナさんは立ち止まって振《ふ》り返った。

「イツキさんなら、結婚《けっこん》相手を守ってくれると思ったからですよ。家族を守るためにわずか五歳で第六階位に立ち向かい、それを祓《はら》ってしまうほどの勇気のある子がニーナと結婚《けっこん》すれば、どんなことがあってもニーナを守ってくれると……そう思ったんです」

「僕をイギリスに誘《さそ》ったのは？」

「ニーナも生まれ育った国の方が過ごしやすいと思ったからです」

イレーナさんの言葉に、俺は思わず笑ってしまった。

いつか、ニーナちゃんの言っていたことを思い出したからだ。『ママはイツキのことしか見ていない』なんて言葉を。

だが、現実はその逆だ。

イレーナさんはニーナちゃんのことしか見ていなかった。

「その話、ニーナちゃんにした？」

「してませんよ。するわけないでしょう」

「僕にしても良かったの？」

「イツキさんは、私の浅ましい考えが無くても……ニーナを守ってくれましたから」

「ニーナちゃんは、友達だから」

「……えぇ、知ってますよ」

そう言って、イレーナさんは先生を連れて去っていった。

その背中が十分に見えなくなるまで見送ってから、俺は抱《だ》きかかえている友達に向かって声をかけた。

「だってさ、ニーナちゃん」

「……バカ」

とん、とニーナちゃんが俺の胸を叩《たた》く。

彼女は俺に受け渡《わた》されていたときから起きていたのだ。

イレーナさんは気づかなかったみたいだけど。

「どうして、あんなこと聞いたの」

「だってさ」

俺は現世に来てから、家族から抱《かか》えきれない愛を貰《もら》ったと思っていた。

だが、それはきっとニーナちゃんも同じだったんだ。

だから、彼女にも家族と仲良くなって欲しかった。そう思ったからこそ俺はイレーナさんに尋ねたのだ。それをニーナちゃんにも知って欲しくて口を開いた。

「僕は二人に、仲良くして欲しかったんだ」

「そっちじゃないわよ！」

ニーナちゃんは顔を真っ赤にして俺の胸を再び小突《こづ》いた。

「え、違《ちが》うの⁉」

「もう……イツキと喋《しゃべ》ると調子が狂《くる》うわ」

ニーナちゃんはそう言ってそっぽを向いた。

一体何が違《ちが》ったんだろうと考えながら……俺は、イレーナさんに言ったことを思い返した。

結局のところ、俺がやったことはエゴだったのかもしれない。

この半年間、一生懸命《いっしょうけんめい》イレーナさんがやろうとしたこと、やってきたことを無駄《むだ》にしてしまう選択《せんたく》だったのかもしれない。

それでも、と思う。

それでも俺はこの二人が仲良くなってくれればと、心の底から思うのだ。

——第二巻『海外からの挑戦者《チャレンジャー》』終わり——

断章

梅雨、放課後、風薫る

雨が好きだ。

まず何が良いって音が良い。あの拍手《はくしゅ》のような、ざぁざぁとした音が良い。

それを聞いてたら、まるで自分が一人みたいに思えるから雨が好きだ。


雨が好きだ。

何が良いって空がどんよりとするのが良い。あの灰色の、一色では塗《ぬ》れないような色が良い。

それを見ていたら、まるで自分の心よりも汚《きたな》いものがあると思えるから雨が好きだ。


雨以外に、好きなものがある。

放課後の図書室。買ったばかりの新品の本の匂《にお》い。新しいシャー芯《しん》の書き心地《ごこち》。

私の世界には、それだけあれば良いと思う。

だから、雨の日の放課後には、こうして一人。図書室で本を読む。

それが私の贅沢《ぜいたく》だから。

ぺらり、とページをめくる。文字が溢《あふ》れる。本は私を知らない世界に連れて行ってくれる。知らないところを教えてくれる。だから、ページをめくる。

めくった瞬間《しゅんかん》、どん、と音がした。

視線を向けると、そこには数十冊の本が山のように置いてあった。つんと漂《ただよ》う、古書の匂《にお》い。

「真島《ましま》さん。悪いんだけど、これ片付けておいてね」

「……あの、先生」

「なに？」

読みかけの本を閉じながら、担任を見た。

三十代後半の、独身女性。刺激臭《しげきしゅう》みたいな、香水《こうすい》の臭《にお》い。

私の嫌《きら》いな臭《にお》い。

動物が威嚇《いかく》しているみたいな、派手な化粧《けしょう》が目につく。

私の嫌《きら》いな色。

でも、彼女を嫌《きら》っているのは、私だけじゃない。彼女も私を嫌《きら》っている。縄張りに侵入《しんにゅう》したことを怒《おこ》る野生動物みたいなものだ。学校に、クラスに馴染《なじ》めない私を毛嫌《けぎら》いし、異質なものを排除《はいじょ》しようとしているのだ。

けれど、それをお互《たが》い言葉にしないくらいは良識を持っている。と、思う。

「先生。私、今日は急ぎの用事があるんです」

「別に良《い》いじゃない。真島《ましま》さんは図書委員だし、用事っていっても本を読むだけでしょ?」

先生は乱雑に置いた本を、ぐい、と私の方に寄せた。

「そんな時間かからないんだから、これよろしくね」

そして、そのまま職員室に戻《もど》っていってしまった。

ふざけてるな、と思う。

私は知っているのだ。あの担任はクラスの中で動物園の猿《さる》みたいに騒《さわ》ぎ立てる男子生徒が持ち込んでいる校則違反《いはん》のスマホを見逃《みのが》していることを。TikTokに恥《はじ》ずかしげもなく踊《おど》っている動画を上げるような女子学生が持ち込んでいる校則違反《いはん》のお菓子《かし》を見逃《みのが》していることを。

だけど、私にはこうして強く言ってくる。

言っても良い相手だと思っているからだろう。

「はぁ……」

本を見ながら、ため息をつく。

無視して帰っても良かったけど、私の好きな場所を私の嫌《きら》いな人に汚《けが》されるのが嫌《いや》で仕方なく片付けた。片付けるのに思った以上の時間がかかってしまった。

時間を見ると、十七時三十分。

「……三十分も過ぎてる」

いつもだったら十七時には図書室を閉めて帰っているのだが、今日ばかりは本を片付ける場所を探すのに手間取ってしまった。そろそろ帰らないといけない。

帰らないとあいつが来る。

雨の日の学校に長居すると出てくる、あいつが。

忘れ物が無いかの簡単なチェックだけして鞄《かばん》を持って図書室から出たら、最悪なことにそいつが立っていた。

喪服《もふく》みたいな真っ黒いスーツ。顔はカエルで、身長は百九十センチくらいあって、ぬるりと袖《そで》から見えている手もカエルのそれ。

最初は変なコスプレをしているヤバいやつかと思っていた。だけど、私以外の誰《だれ》にも見えていないと気がついてからは見えない振《ふ》りをしている。

カエル男の大きな目が、私の手の平くらいあるそれが、ぎょろりと私を見る。

『ま、真島《ましま》ちゃァん……。み、み、見てたよぉ……。あ、あぁ、あの女が。真島《まし ま》ちゃんに本を投げるところぉ……！　許せないよねェ……。真島《ましま》ちゃんがあんな行き遅《おく》れのババァに下に見られるなんてあっちゃダメだよねぇ』

耳元で囁《ささや》かれる。腐《くさ》った魚みたいな生臭《なまぐさ》さ。むっとするような湿度《しつど》。我慢《がまん》。

黙《だま》って鍵《かぎ》を閉める。振《ふ》り返る。カエル男の存在に気がついてない振《ふ》りをして、隣《となり》を抜《ぬ》ける。

『こ、殺そうよ。あの女。殺しちゃおうよ。ねぇ、真島《ましま》ちゃんはそうしたら幸せかなぁ？　ねえ、真島《ましま》ちゃん。真島《ましま》ちゃんもそう思うよねぇ』

支離滅裂《しりめつれつ》なことを言う男が私の眼《め》の前に現れたのは、一ヶ月くらい前のことだった。

あの日も今日と同じように雨が降っていて、今日と同じように本を読んでいたのだ。

放送部が下校の放送を流し始めたから、帰ろうと思って図書室を後にしたらカエル男が一人でグラウンドに立っていたのだ。

不審者《ふしんしゃ》かな、と思っていたら目があった。

それが不幸の始まりだった。

こいつは雨の日の放課後に、どこからともなく現れていつのまにか消える。

だから、なるべく刺激《しげき》しないのが一番だと思った。

だって放課後にすれ違《ちが》ったよく知らない女の子から『あいつ臭《くさ》くない？』って言われたときに、怒《おこ》ったこのカエル男は女の子をおたまじゃくしにして、窓から投げ捨てたから。

『カエルの子はカエル。じゃあ、クズの子は、く、く、クズ！　消えれば真島《ましま》ちゃんは幸せ。はっぴー！』

意味が分からなかった。その女の子は行方《ゆくえ》不明として処理された。

その後、警察が入ったりして、なんだかよく分からない先生が一人増えた。その人は女の子が行方《ゆくえ》不明になった原因が私にあると思ったらしい。色々と嗅《か》ぎ回られて、その人もおたまじゃくしになった。

だから私は何も見ないことにした。

目を塞《ふさ》いで、耳を塞《ふさ》いで、ただ自分の好きなものだけを考える。

雨の音。放課後の図書室。新品の本の匂《にお》い。新しいシャー芯《しん》の書き心地《ごこち》。

他には何も要《い》らない。

人の悪意も、不気味なカエル男も。

何もかも要《い》らない。私は、私の好きに囲まれていたい。

職員室に図書室の鍵《かぎ》を返しに行くと、担任は今年入った新人の先生を叱《しか》っていた。

周りに見えるように、聞こえるように叱《しか》っていた。

『う、うひゃあ！　筋金入りだぁ。や、やっぱり殺そうよ。うん殺そう。そしたら真島《ましま》ちゃんは幸せだぁ！』

カエル男の言葉を全て無視して、私は職員室を後にする。

鞄《かばん》の中から折りたたみの傘《かさ》を取り出して、エントランスで靴《くつ》を履《は》き替《か》えた。

雨は良い。雨が好きだ。

世界に私一人だけな気がするから。

カエル男も悪意をぶつけてくる人もいない。

私だけな世界の気がするから。

そう思って校門から出たら、別の不審者《ふしんしゃ》が立っていた。

頭はナメクジ……だろうか。それともカタツムリだろうか。

喪服《もふく》みたいな黒いスーツを来た不審者《ふしんしゃ》の目玉が、ぐにょーんと馬鹿みたいに伸《の》びた。

その異常な光景に、私は思わず立ち止まってしまった。眼《め》の前にいるナメクジ男の伸《の》びた目と、目があった。

『や、やっぱり、ま、ま、真島《まじま》ちゃんは俺たちが見えているんだねぇ！　霊感《れいかん》持ち！』

ずっと隣《となり》に立っていたカエル男が叫《さけ》ぶ。

まずいと思った。

なんでこんなところにもう一人、変なやつがいるんだと思った。

気がついたら傘《かさ》を捨てていた。逃《に》げないと、と思った。

どこに逃《に》げれば良いか分からないけど、とにかく逃《に》げないといけないと思った。

『せっかく守ってやったんだからさぁ！　真島《まじま》ちゃん。お、俺の子ども産んでよ！　おたまじゃくし！　たくさんのおたまじゃくし！　ちょっと季節は外れてるけどさぁ！　クラスメイトたちの脳みそを田んぼにしてぷかぷか卵を浮《う》かせようよ！　そ、そしたら俺がはっぴー！』

雨粒《あまつぶ》が身体《からだ》を叩《たた》きつける。

後ろから伸《の》びてきた手が私の肩《かた》に触《ふ》れる。見れば、それはナメクジ男だった。

ぬるりとした感触《かんしょく》。思わず鞄《かばん》を投げつけた。

それにナメクジ男が怯《ひる》んだ。その隙《すき》をついて、逃《に》げ出した。

『あっ、おっ、お前。俺が先に目ぇ付けたんだぞ！　俺の真島《ましま》ちゃんだぞ』

カエル男の声が聞こえる。後ろから走って迫《せま》ってくる足音が聞こえる。

嫌《いや》だ。嫌《いや》だ。何なんだ。

私は運動が嫌《きら》いだ。だから足も遅《おそ》い。

逃《に》げ切れないなんて分かってる。嫌《いや》だ。捕《つか》まりたくない。

助けてほしいのに、誰《だれ》もカエル男たちが見えないから必死で走る私を見る。私だけが好奇の視線に晒《さら》される。

何もしていない。ただ目があっただけだ。

目があっただけなのに、どうしてこんなことに。

「うわ……っ！」

ただでさえ走りにくいローファー。雨で濡《ぬ》れた道路。そして、マンホール。

それで足を滑《すべ》らせて、思わず倒《たお》れた。とっさに伸《の》ばした手では勢いを受け止められなくて、前に一回転《ころ》がった。制服が汚れるのが分かった。周りの人が変な目で見てくるのが分かった。

空からは、大粒《おおつぶ》の雨が降っていた。

「……やだ」

カエル男の足音。ナメクジ男の這《は》って来る音。

「なんで……」

迫《せま》ってきている。それが分かる。もう逃《に》げられない。

「なんで、私ばっかり！」

雨に紛《まぎ》れて涙《なみだ》が出る。

雨音は、私を一人にする。

誰《だれ》も助けてくれない。誰《だれ》にも見えていない。

だって、ここには私だけしかいないんだから。

「あの……」

その時、声が聞こえた。

はっとして見れば、そこに小学生の男の子が立っていた。

黄色い傘《かさ》をさして、黒いランドセルを背負っている小学生。

「大丈夫《だいじょうぶ》ですか？」

顔はとても幼い。小学一年生か、二年生くらいに見える。

周りの人は誰《だれ》も声をかけてくれなかったのに、小学生の子だけが声をかけてきてくれたことに思わず涙《なみだ》がこぼれた。

「うん。大丈夫《だいじょうぶ》。ちょっと、転《こ》けただけだから」

「あ……。えっと、そっちじゃなくて」

男の子が首を傾《かし》げる。

その視線の先には、二人の男がいる。

『ま、真島《ましま》ちゃん！　ダメだよ、これから身重になるんだから！　身体《からだ》は大事に――』

カエル男の声が途切《とぎ》れた。

違《ちが》う。途切《とぎ》れたんじゃない。首が無くなったのだ。

まるでそこだけコンパスで線を引いたみたいに、綺麗《きれい》な丸を描《えが》いて、すっぱりと。

その隣《となり》にいたナメクジ男の目が伸《の》びた。伸《の》びた瞬間《しゅんかん》、男の身体《からだ》が真っ二つに割れた。

そして、二人揃《そろ》って黒い霧《きり》になって消えていった。

死んだ。あっけなく、カエル男たちが。

何故《なぜ》だかは分からないけれど、それは理解できた。

「これで全部かな」

ぼそり、と男の子がつぶやく。

「お姉さん。足、大丈夫《だいじょうぶ》？」

「え、う、うん……。ちょっと、痛いけど」

「これ、絆創膏《ばんそうこう》。僕は使わないからあげる」

男の子はランドセルから絆創膏《ばんそうこう》を取り出すと、擦《す》りむいた足の傷に貼《は》ってくれた。

さらにその子は私に手を差し出して、起こしてくれた。

「あ、ありがとう。ねぇ、さっきのって……」

「さっきの？」

純粋《じゅんすい》そうに男の子が首を傾《かし》げる。

この子、カエル男が見えてたと思ったんだけど……気のせいだったのかな。

「危ないから気をつけてね、お姉さん」

「う、うん。あ、ちょっと待って！」

私を起こして帰ろうとする男の子を、慌《あわ》てて呼び止めた。

「な、名前教えて！　君、なんていうの？」

「僕？　僕の名前はイツキ」

その子は黄色い傘《かさ》を掲《かか》げて、言った。

「如月《きさらぎ》イツキだよ」

好きなものが、一つ増えた。

あとがき

こんにちは！　シクラメンです。

『凡人転生《ぼんじんてんせい》の努力無双《むそう》』2巻も楽しんでいただけましたでしょうか？　楽しく読んでいただけましたら、とても嬉《うれ》しいです。さて今回もページ数ぱつぱつまで書く間抜《まぬ》けな作家のせいで、あとがきが2ページしかありません。

思い返してみれば、1巻もギリギリでしたし、前作も文字数がパンパンでした。もしかしたら、文字数を詰《つ》め込みたがる……そういう癖《くせ》があるのかも知れません。

パンパンと言えばの話になるんですが、ご飯を食べる量がいつもお腹《なか》パンパンなんですよね。腹八分目というのが難しくて「これなんでなんだろう？」と思っていたら、空腹時の食事量の見極《みきわ》めが高校生の時のママなんでした。あれだけ飯食えてたからいけるやろ……の、ノリで食事をして毎回泣きを見ることになってるんですよね。自分のピーク時の能力でいけちゃうと思うの、あるあるだと思います。

さて中高生の読者諸兄《しょけい》には何を言っているのかさっぱり分からないだろう話をしたところで、ここからは謝辞を。

イラストを担当してくださった夕薙《ゆうなぎ》先生。今回も素敵《すてき》なイラストありがとうございます！特にニーナのイラストは見るだけで、彼女らしさが伝わってきます。いつまでも見ていたくなりますね……！

続いて担当編集様。1巻に続いて、無茶も無茶を言ってしまって申し訳ないです……。今回も謝辞ではなく、謝罪とさせてください……。

そして、読者の皆様《みなさま》。

大判・文庫を合わせれば年間2千冊以上も出ているライトノベル業界において、凡人《ぼんじん》転生を見つけてくださり、何よりも2巻まで追ってくださってありがとうございます。これからも、皆様《みなさま》に楽しんでいただけるような作品を書いていければと思っています。ほんの少しだけ厚かましいことを言うのですが、面白《おもしろ》かったらSNSとかレビューサイトで「面白《おもしろ》かった～」とだけ残していただけますと幸いです。

最後にこの本に携《たずさ》わってくださった関係者の皆様《みなさま》に感謝を込《こ》めて、このあとがきを締《し》めくくらせていただきます。

あ、2巻はもう少しだけ続きますので、そちらも楽しんでいただければと。

ではでは。

シクラメン

幕間　氷華星彩

視界いっぱいに広がる緑と、突《つ》き抜《ぬ》けるような青。

真夏の山景色を見ながら、霜月《しもつき》レンジはぽつりと漏《も》らした。

「今日も暑いね」

「最高気温、三十二℃だって」

リンゴジュースを口に含《ふく》みながら、アヤが答える。

七月某日《ぼうじつ》。レンタカーを借りたレンジたちは、東北地方のとある場所に向かっていた。そこで発生した異常事態を解消するために。

レンジはカーナビを一瞥《いちべつ》。備え付けのナビには、目的地まで残り五分との表示。それを見て、冷房《れいぼう》を切った。進む山間部はカーブが多い。落とした速度で、何度も何度もハンドルを切る。

そして最後、一番大きなカーブを曲がった瞬間《しゅんかん》に、アヤは息を吞《の》んだ。

「……えっ」

遅《おく》れて車内に底冷えする冷気が忍《しの》び込む。レンジが素早《すばや》く車内の暖房《だんぼう》を入れる。

点《つ》いたばかりのシートヒーターの熱を感じる暇《ひま》なく、アヤは大きな声を出した。

「いっ、いま七月だよ⁉」

彼女たちの前に広がるのは、真白に染まった一面の雪景色。その光景を前にして、アヤは思わず車に搭載《とうさい》されている温度計に目を運ぶ。指している数字は『-20℃』。

「これが異常事態だよ」

〝魔《ま》〟の異常性を知っているはずのアヤも、流石《さすが》に呆気《あっけ》に取られて黙《だま》り込んだ。

わずかに遅《おく》れて、ナビの表示が『No Signal』に切り替《か》わる。一人、これを知っていたレンジはコンビニのコーヒーを口に含《ふく》むと、

「アヤ、スマホを見て。電波は繋《つな》がってる？」

「ううん。変な漢字がある。これ……えん、外《そと》？」

「圏外《けんがい》だよ。園《えん》じゃなくて、圏《けん》だ」

見知らぬ漢字を初めて見たアヤはそれを覚えるように、スマホを見ながら自らの膝《ひざ》の上で漢字をなぞった。

「雪の中に入ると、外と電波が繋《つな》がらなくなるんだ。パパたちの仕事はこれの原因究明。避難《ひなん》者《しゃ》も出てるしね」

「避難者《ひなんしゃ》？」

娘《むすめ》の素朴《そぼく》な疑問に視線で答えるように、レンジは真《ま》っ直《す》ぐ奥を見つめた。

「奥に家があるのが見える？　そこに住んでた人たちに危ないからって逃《に》げてもらってるんだ。だから、パパたちが一刻も早く原因を見つけて、元の生活に返してあげないとね」

「イツキくんたちと同じってこと？」

「あれは避難《ひなん》じゃないけど……まぁ、そうだよ」

「なら、早く原因見つけないとだね！」

「……アヤは大人しくしてること」

しかし、アヤは返事をせずに膝《ひざ》の上での漢字の書き取りを続けている。それにレンジは小さな不安を抱《いだ》きつつ、きっかり五分走ったところで赤い鳥居が見えてきた。

真っ白に染まった中、その赤い鳥居だけが色づいており、嫌《いや》でも目を引く不気味な光景。

レンジはその手前で車を停《と》めると、あらかじめ持ってきた冬服をアヤに手渡《てわた》した。

「外、寒いからちゃんと着るんだよ」

「分かってるもん」

アヤが冬用の祓除服《ハンティングドレス》を羽織っているのを見ながら、レンジも着替《きが》える。エンジンが凍結《とうけつ》することを危惧《きぐ》して、ギアをＰ《パーキング》に入れたまま車から下りた。そこから遅《おく》れて、白と赤の祓除服《ハンティングドレス》に身を包んだアヤも父親に続く。

「どこ行くの？」

「神社だよ。山の上にあって集落を一望できるんだ。そこでアタリをつけようと思ってね」

そうなんだ、とアヤの漏《も》らした息が真白に染まる。

「ね、パパ。『火』で雪溶《と》かしたら登りやすいかな？」

「溶《と》けた雪が凍《こお》って大変なことになるからやめなさい」

「良《い》い考えだと思ったのになぁ……」

覚えたばかりの魔法《まほう》を披露《ひろう》する機会を失ったアヤは、生返事がてら手元で魔力《まりょく》を編む。次の瞬間《しゅんかん》、ふ、と柔《やわ》らかく火が灯《とも》って指先を温めた。イツキに追いつくために手にした魔法《まほう》は、しかしイツキのようにお披露目《ひろめ》することも、ましてや実戦で使う機会もない。

神在月《かみありづき》家にありそうな長い石階段を上りきると、確かにそこからは雪で埋《う》もれた集落を一望することができた。どの民家の屋根にも数メートルほど雪が積もっており、中には倒壊《とうかい》している建物もある。ただし、人の気配はどこにもない。

「さて、どうしようかな……」

それを見ながら、この異常事態を引き起こしそうな可能性にアタリをつけていくレンジ。

一方、父親をちらりと一瞥《いちべつ》し、すぐに自分が暇《ひま》になったことに気がついたアヤは『イツキくんとくれば良かった』なんてことを考えた。

思考を続けるレンジをよそに、アヤは神社の探検をすることにした。

とはいっても大きな神社ではない。入り口となる石階段の延長線上には、小さな祠《ほこら》。そして、雪の積もった賽銭箱《さいせんばこ》がその前に置かれているだけだ。

「……寒い」

ぽつりと呟《つぶや》いたアヤの声が、雪に吸い込まれていく。

特に意図があったわけではない。アヤはそのまま、まっすぐ歩いて、祠《ほこら》を覗《のぞ》き込んだ。

木組みの扉《とびら》の奥には、小さな石が置いてあるのが見えた。

石の表面には甲殻《こうかく》に見える溝《みぞ》があり、ダンゴムシが丸まっているようにも見える。その不気味な石を覗《のぞ》き込んだ瞬間《しゅんかん》に、声が聞こえた。

『汝《なれ》、祓魔師《ふつまし》の子か。その齢《よわい》で哀《あわ》れな……』

「誰《だれ》⁉」

『名を求めるか。〝魔《ま》〟である私に』

その瞬間《しゅんかん》、アヤの全身を悪寒《おかん》が襲《おそ》った。全身が凍《こお》りついたように動かなくなって、思わず後ろに倒《たお》れる。幸いだったことは、雪がクッションになったことか。

「アヤ⁉」

転倒音《てんとうおん》を聞いたレンジが駆《か》け寄り、アヤを抱《だ》き起こす。

触《ふ》れた少女の身体《からだ》はありえないほどに冷え切っており、

「アヤ、大丈夫《だいじょうぶ》か？」

「……う、うん。ちょっと滑《すべ》っちゃっただけ」

そう言いながら、アヤは数度瞬《まばた》きをする。

違和感《いわ》。身体《からだ》が言うことを聞かないことではない。今は手も足も動く。
違和感《いわ》。胸の中で、何かがつかえるような。蠢《うごめ》いているような。
アヤは言葉を探す、考える。
そして一つの可能性に思い当たった瞬間《しゅんかん》、全身の魔力《まりょく》が凍《こお》りつく。
これは――。

『お主の身体《からだ》を蛹《さなぎ》と見立てた』

――これは〝魔《ま》〟に取り憑かれた感覚だ。

『蝶《ちょう》になろうぞ、蝶《ちょう》になろうぞ。骨が灼《や》けるほど濃《こ》く香る、ひらひらと舞《ま》う蝶《ちょう》になろうぞ』

不気味な声が頭の内で響《ひび》く中、アヤは意識を失った。

◉シクラメン著作リスト

「凡人転生の努力無双 ～赤ちゃんの頃から努力してたらいつのまにか日本の未来を背負ってました～」（電撃文庫）
「凡人転生の努力無双2 ～赤ちゃんの頃から努力してたらいつのまにか日本の未来を背負ってました～」（同）

本書に対するご意見、ご感想をお寄せください。

ファンレターあて先
〒102-8177　東京都千代田区富士見2-13-3
電撃文庫編集部
「シクラメン先生」係
「夕薙先生」係

本書は、2022年から2023年にカクヨムで実施された「第8回カクヨムWeb小説コンテスト」（現代ファンタジー部門）で特別賞・ComicWalker漫画賞を受賞した『凡人転生の努力無双 ～赤ちゃんの頃から努力してたらいつのまにか日本の未来を背負ってました～』を加筆・修正したものです。

電撃文庫

凡人転生《ぼんじんてんせい》の努力無双《どりょくむそう》2

～赤《あか》ちゃんの頃《ころ》から努力《どりょく》してたらいつのまにか日本《にほん》の未来《みらい》を背負《せお》ってました～

シクラメン

2024年５月10日　初版発行

発行者　山下直久
発行　株式会社KADOKAWA
〒102-8177　東京都千代田区富士見2-13-3
0570-002-301（ナビダイヤル）
装丁者　荻窪裕司（META＋MANIERA）
印刷　株式会社暁印刷
製本　株式会社暁印刷

ISBN978-4-04-915596-9　C0193　Printed in Japan

電撃文庫　https://dengekibunko.jp/

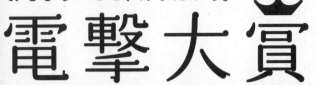